# मृदुला गर्ग



मृदुला गर्ग के रचना-संसार में लगभग सभी गद्य विधाएँ सम्मिलित हैं। उपन्यास, कहानी, नाटक, निबन्ध, यात्रा-संस्मरण, कटाक्ष आदि।

उनकी प्रकाशित पुस्तकें हैं—'उसके हिस्से की धूप', 'वंशज', 'चित्तकोबरा', 'अनित्य', 'मैं और मैं', 'कठगुलाब', 'मिलजुल मन' और 'वसु का कुटुम' (उपन्यास); कुल प्रकाशित कहानियाँ—90, जिनको लेकर 2003 तक प्रकाशित 8 कहानी-संग्रहों की सम्पूर्ण कहानियों की पुस्तक 'संगति-विसंगति' नाम से प्रकाशित; 'एक और अजनबी', 'जादू का कालीन', 'साम दाम दण्ड भेद', क़ैद-दर-क़ैद (नाटक); 'रंग-ढंग', 'चुकते नहीं सवाल', 'कृति और कृतिकार' (निबन्ध-संग्रह); 'मेरे साक्षात्कार' (साक्षात्कार), 'कुछ अटके कुछ भटके' (यात्रा-संस्मरण); 'कर लेंगे सब हज़म', 'खेद नहीं है' (व्यंग्य-संग्रह)।

अन्य भारतीय भाषाओं समेत उनकी कृतियों के अनुवाद अंग्रेजी, जर्मन, रूसी आदि भाषाओं में भी हो चुके हैं। 'चित्तकोबरा' का जर्मन अनुवाद 'द जिफ़्लेक्टे कोबरा' शीर्षक से प्रकाशित। 'चित्तकोबरा' नाम से अंग्रेज़ी में प्रकाशित। रूसी में 'कोबरा मोएगो रज़ूमा' नाम से अनूदित। 'कठगुलाब' का अंग्रेज़ी अनुवाद 'कन्ट्री ऑफ़ गुडबाइज़' तथा 'कठगुलाब' शीर्षक से मराठी और मलयालम में प्रकाशित। 'वुडरोज़' शीर्षक से जापानी में प्रकाशित। 'अनित्य' उपन्यास अंग्रेज़ी में 'अनित्य : हाफ़वे टु नोवेह्यर' और मराठी में 'अनित्य' शीर्षक से प्रकाशित। 'मैं और मैं' मराठी में अनूदित। 'मिलजुल मन' उर्दू, पंजाबी, राजस्थानी, तमिल और तेलुगू में अनूदित। अनेक कहानियाँ भी अंग्रेज़ी, जर्मन, चेक, जापानी व भारतीय भाषाओं में अनूदित।

उन्हें अनेक पुरस्कारों के साथ 'कठगुलाब' के लिए 'व्यास सम्मान', 'मिलजुल मन' के लिए 'साहित्य अकादेमी पुरस्कार', हिन्दी अकादमी के 'साहित्यकार सम्मान', ह्यूमन राइट वॉच के 'Hellman Hammett Grant New York', उत्तर प्रदेश हिन्दी संस्थान के 'राममनोहर लोहिया सम्मान', 'उसके हिस्से की धूप' के लिए मध्य प्रदेश के 'अखिल भारतीय वीरसिंह सम्मान', 'जादू का कालीन' के लिए मध्य प्रदेश के ही 'अखिल भारतीय सेठ गोविन्द दास सम्मान' से सम्मानित किया जा चुका है।

'कठगुलाब' उपन्यास दिल्ली विश्वविद्यालय के बी.ए. पाठ्यक्रम तथा कई विश्वविद्यालयों में स्त्री-रचना/विमर्श पाठ्यक्रमों में शामिल है।

# छत पर दस्तक

मृदुला गर्ग

रेमाधव पेपरबैक्स

रेमाधव पेपरबैक्स में
**पहला संस्करण** : 2007
**तीसरा संस्करण** : 2024



---

**रेमाधव पेपरबैक्स** : उत्कृष्ट साहित्य के जनसुलभ संस्करण

---

रेमाधव पब्लिकेशन्स प्राइवेट लिमिटेड
जी-17, जगतपुरी, दिल्ली-110 051
द्वारा प्रकाशित

**शाखाएँ** : अशोक राजपथ, साइंस कॉलेज के सामने, पटना-800 006
पहली मंजिल, दरबारी बिल्डिंग, महात्मा गांधी मार्ग, प्रयागराज-211 001
1, अनमोल सोराबजी संतुक लेन, धोबी तलाव, मरीन लाइंस, मुम्बई-400 002

वेबसाइट : www.remadhav.com
ई-मेल : contact@remadhav.com

बी.के. ऑफसेट
नवीन शाहदरा, दिल्ली-110 032
द्वारा मुद्रित

मूल्य : ₹ 299

CHHAT PAR DASTAK
*Stories* by Mridula Garg

ISBN : 978-81-89914-05-9

राजीव जैन के लिए

# अनुक्रम

# हरी बिन्दी

**आँख** खुलते ही आदतन नजर सबसे पहले कलाई पर बँधी घड़ी पर गई...सिर्फ साढ़े छह बजे थे। उसने फौरन दुबारा कसकर आँखें बन्द कर लीं और इन्तजार करने लगी कि अब पलंग चरमराएगा और आवाज आएगी—उठना नहीं है क्या? पर जब कुछ देर चुप्पी बनी रही तो आँखें खोलकर देखा, बिस्तर पर वह अकेली है। अरे हाँ, रात ही तो राजन दिल्ली गया है। याद ही नहीं रहा। तो अब उठने की कोई जल्दी नहीं है। उसने ढेर सारी हवा गालों में भरकर एक लम्बी साँस छोड़ी और पूरे बिस्तर पर लोट लगा गई। दूसरे सिरे पर जाकर मुँह पर बाँह रखकर लेटी तो कानों में घड़ी की टिक-टिक बज उठी। वह मुस्करा दी। उसे कलाई पर घड़ी बाँधकर सोने की आदत है। रोज राजन चिढ़कर कहता है, 'यह क्या, सारी रात कान के पास टिक-टिक होती रहती है। इसे उतारो न।' उसने मुँह पर से बाँह हटा ली, तकिया खींचकर पेट के नीचे दबा लिया और लम्बे-चौड़े पलंग पर बाँहें फैलाकर औंधी लेट गई। ओह, सुबह देर तक सोने में कितना आनन्द आता है। राजन होता है तो सुबह छह-साढ़े छह से ही खटर-पटर शुरू हो जाती है। चाय-नाश्ते की तैयारी, दोपहर का खाना साथ में और आठ बजे राजन दफ्तर के लिए रुखसत। न जाने राजन को जल्दी उठने का क्या मर्ज है। खैर, आज वह

स्वतन्त्र है। जो चाहे, करे। उसने शरीर को ढीला छोड़ दिया और दोबारा सोने की तैयारी करने लगी।

फिर आँख खुली तो साढ़े आठ बज चुके थे। उसने एक प्याला चाय बनाई और खिड़की का परदा हटाकर बाहर झाँकने लगी। दूर तक धुन्ध छाई थी। आज जरूर बरसात होगी, उसने सोचा। उसे धुन्ध बहुत भली लगती है। जब मालूम नहीं पड़ता, वहाँ कुछ दूर पर क्या है तो अनायास आशा होने लगती है कि कोई अनुपम और मोहक वस्तु होगी। मैं भी खूब हूँ, उसने मुस्कराकर सोचा, मुझे धुन्ध में खुलापन लगता है और सूर्य के प्रकाश में घुटन! चाय पीकर गरम पानी से देर तक नहाया जाए, उसने सोचा और बाल्टी भरने लगी। फिर ठंडे पानी की फुहार ही ऊपर छोड़ ली और एक गजल गुनगुना उठी। बड़े तौलिये से खूब रगड़कर बदन पोंछा। आज एक अद्भुत स्फूर्ति और उत्साह का अनुभव हो रहा है। नीले रंग का कुर्ता और चूड़ीदार पाजामा पहना तो नीले रंग की बिन्दी माथे पर लगाने को हाथ बढ़ गया। फिर न जाने क्या सोचकर उसे छोड़ दिया और बड़ी-सी हरी बिन्दी लगा ली। राजन होता तो कहता— "नीले पर हरा? क्या तुक है?" उसने दर्पण में दिख रही अपनी प्रतिच्छाया को जबान निकालकर चिढ़ा दिया, कहा, "तुक की क्या तुक है?" और खिलखिलाकर हँस पड़ी।

दराज खोली तो नजर चाँदी की बाली पर पड़ गई। उठाकर कानों में लटका ली। विवाह के बाद से पहननी छोड़ दी थी। नकली हैं न। और जरूरत से ज्यादा बड़ी, राजन कहता है। एक पुराना बैग हाथ में ले, झपटकर बाहर निकल आई। बरामदे में मुंडू बैठा आराम से सिगरेट फूँक रहा था, राजन की। उसे देखते ही हथेली में छिपा, बड़ी संजीदगी से बोला, "खाना क्या बनाऊँ?"

"कुछ नहीं," उसने कहा, "नहीं खाएँगे। तुम्हारी छुट्टी।"

मुंडू की घबराई सूरत देखकर वह हँस पड़ी और बोली, "मेरा मतलब, जो तुम्हें अच्छा लगे बना लो। तुम्हें ही खाना है, चाहे खाओ, चाहे छुट्टी मनाओ।"

बिना यह चिन्ता किए कि ठीक कहाँ जाएगी या क्या करेगी, वह सड़क पर कुछ दूर चलती चली गई। बस इतना जानती है कि आज का दिन यों ही नहीं जाने देगी। कुछ तय करने से पहले बारिश शुरू हो गई। उसने कुछ दूर भागकर टैक्सी को आवाज लगाई और भीतर घुसकर सोचने लगी, जब टैक्सी ली है तो

कहीं-न-कहीं जाने को कहना पड़ेगा। जहाँगीर आर्ट गैलरी, उसने जो सबसे पहले मुँह में आया, कह दिया।

गैलरी में किसी आधुनिक चित्रकार की प्रदर्शनी हो रही थी। विशेष कुछ समझ में नहीं आया पर आनन्द अवश्य आया। आज कुछ भी करने में आनन्द आ रहा है। एक चित्र के आगे वह काफी देर खड़ी रही। देखा, पूरे कैनवास पर रंग-बिरंगी रेखाएँ इधर-उधर दौड़ी चली जा रही हैं। अरे, उसने सोचा—'यह तो बिलकुल मेरे कुर्ते की तरह है।'

वह जोर से हँस पड़ी, इतनी जोर से कि पास खड़ा एक दढ़ियल उसे घूरने लगा। कहीं यही तो चित्रकार नहीं है? बेचारा! जरूर चित्र अत्यन्त त्रासद रहा होगा।

उसने चेहरा गम्भीर बनाया और दढ़ियल के पास जाकर विनम्रता से कहा, "सॉरी।" और बाहर निकल आई। बाहर आकर खयाल आया, हो सकता है, वह कलाकार न हो, उद्योगपति हो। दो किस्म के इन्सान ही दाढ़ी रखने का साहस कर सकते हैं, कलाकार और सामन्त। सामन्त अब रहे नहीं, उनका स्थान उद्योगपतियों ने ले लिया है। तब तो दिन भर यही सोचता रहेगा, उसने सॉरी क्यों कहा। उसमें भी नफे की गुंजाइश ढूँढ़ता रहेगा। वह दूने वेग से हँस दी।

फिर देखा, बारिश थमी हुई है पर आकाश अब भी काफी गुस्सैल नजर आ रहा है। पूरा बरसा नहीं, उसने सोचा, और फिर सड़क थाम ली।

सड़क के किनारे रेस्तराँ देख याद आया कि काफी जोर से भूख लगी है। भीतर जाकर चटपट आदेश दे दिया— "एक गरमागरम आलू की टिकिया और एक आइसक्रीम, एक साथ।"

"एक साथ?" बैरे ने आश्चर्य दिखाया।

"हाँ। कोई एतराज है?"

"जी नहीं। लाया।"

उसे ढंडा और गरम एक साथ खाना भला लगता है। कहते हैं, दाँत खराब हो जाते हैं। कितना चटपट काम हो गया आज। राजन रहता है तो बढ़िया जगह बैठकर आराम से खाने की सूची देखने के बाद, सोच-विचारकर आदेश दिए जाते हैं। खाकर बाहर निकली तो सोचा, पास किसी सिनेमाघर में पिक्चर देख

ली जाए। किस्मत से अँग्रेजी की पुरानी मजाकिया पिक्चर लगी मिल गई। डैनी के की। राजन कहता है— "न जाने तुम्हें डैनी के कैसे पसन्द है। मुझे तो उसके बचपने पर हँसी नहीं आती।" पर उसे आती है, खूब आती है, फिर हँसी पर हँसी आती है...कभी-कभी बे-बात आती है, जैसे आज।

पिक्चर के दौरान वह आज और दिनों से ज्यादा ठहाके लगा रही थी। पास बैठे आदमी की सूरत अँधेरे में दिख नहीं रही थी, पर हँसी की आवाज जरूर सुनाई पड़ रही थी। पता लग रहा था, हँसने में वह उससे दो कदम आगे है। अदाकार की एक खास बेचारगी की मुद्रा पर वे इतनी जोर से हँसे कि उनके हाथ आपस में टकरा गए। सॉरी कहने के इरादे से एक-दूसरे की तरफ मुड़े, पर माफी माँगने के बजाय एक ठहाका और लगा गए।

उसके बाद हर बार यही हुआ। हँसी आने पर वे अनायास एक-दूसरे को देखते और मिलकर हँसते।

खेल खत्म होने पर एक साथ बाहर निकले तो देखा, साढ़े चार बजे ही काफी अँधेरा हो चला है। आकाश यों तना खड़ा है कि अब बरसा, अब बरसा।

"कितना सुहावना दिन है!" उसने अपने पड़ोसी से कहा।

"सुहावना?" उसने कुछ अचरज से कहा, "या बेरंग?"

"हाँ, कितना सुहावना बेरंग दिन है!"

वह हँस पड़ा—"समझता हूँ। सूरज यहाँ रोज निकलता है।"

"पर धुन्ध कभी-कभी होती है। आठ महीनों में आज पहली बार।"

"अब मानसून शुरू हो जाएगी?"

"हाँ, आज खूब बरसेगा," उसने कहा। फिर अनायास जोड़ा—"काफी पिएँगे?"

"जरूर।"

हल्की-हल्की फुहार पड़नी शुरू हो गई तो दोनों भागकर सामनेवाले रेस्तराँ में जा घुसे। उसने बाल झटक दिए और बोली, "आपका छाता कहाँ है?"

"छाता?"

"हाँ, आप लोग हमेशा छाता साथ रखते हैं न?"

वह ठहाका मारकर हँस पड़ा—"इंग्लैंड में।" उसने कहा।

काफी मँगाकर दोनों सामने, काले पड़ आए, समुद्र को देखते अपने-अपने खयालों में खो गए।

सहसा उसकी आवाज सुनकर वह चौंकी— "आप क्या सोच रही हैं, यह जानने के लिए पेनी का खर्चा करने को तैयार हूँ।" वह कह रहा था।

"दीजिए।" उसने हँसकर कहा।

उसने निहायत संजीदगी से जेब में हाथ डाला और एक पेनी आगे कर दी। उसने उसे हथेली में बन्द कर लिया।

"बतलाना सच-सच होगा।"

"मैं सोच रही थी, समुद्र में कूद पड़ूँ तो कितनी दूर तक अकेली तैर सकूँगी। और आप? आप क्या सोच रहे थे? पर पेनी नहीं दूँगी।" उसने मुट्ठी कसकर बन्द कर ली, जैसे उसमें किसी आत्मीय का दिया उपहार हो।

"बुरा तो नहीं मानेंगी?" उसने पूछा।

"नहीं।" उसने कह दिया पर दिल बैठ गया। अब वही घिसी-पिटी आशिकाना बातें शुरू हो जाएँगी।

"मैं सोच रहा था, बारिश बढ़ जाने पर यहाँ से वोरली तक का टैक्सी भाड़ा कितना लगेगा?"

वह जोर से हँस पड़ी, दुर्भावना से नहीं, हर्ष के अतिरेक से।

"मुझे रास्ते में छोड़ते जाएँगे तो आधा।" उसने कहा।

"बहुत खूब!" उसने यह नहीं पूछा कि वह रहती कहाँ है।

उसे लगा, जीवन में पहली बार ऐसे इनसान के साथ बैठी है, जो यह नहीं जानना चाहता, उसके पति हैं या नहीं, और हैं तो क्या काम करते हैं।

"समुद्र के जल पर गिरती वर्षा की बूँदें कितनी अच्छी लगती हैं।" उसने कहा।

"हाँ।"

कुछ देर दोनों चुप रहे।

"प्रशान्त महासागर पर जब जहाज जाता है, तो उसके अग्रभाग से चिरता जल चाँदी की तरह चमकने लगता है।" अतिथि ने कहा।

"क्यों?"

"शायद फॉसफोरेसन्स के कारण। आपने कभी नहीं देखा?"

"नहीं।"

"मौका मिले तो देखिएगा।"

"आप बहुत घूमे हैं?" उसने हल्की ईर्ष्या के साथ पूछा।

"बहुत!" वह याद करके मुस्करा रहा था।

"सबसे अच्छी जगह कौन-सी लगी?"

"जब जहाँ हुआ।" वह हिचकिचाहट के साथ मुस्कराया, पता नहीं वह समझे या न समझे।

वह हामी में सिर हिलाकर मुस्करा दी।

उसने देखा, काफी खत्म हो चली है और बैरा बिल लिये आ रहा है। बाहर वर्षा थमने लगी है, धुन्ध भी छँट रही है। नहीं, धुआँधार नहीं बरसेगा। वह संकेत झूठा निकला। अब धुन्ध हट जाएगी और वही तेज प्रकाशवाला सूर्य निकल आएगा।

बिल आने पर उसने उठा लिया। कहा, "न्योता मेरा था।"

अतिथि ने बहस नहीं की। शुक्र है, उसने सोचा, पैसे देने की जिद करने लगता तो सब कुछ बिखर जाता।

टैक्सी लेकर चले थे कि घर आ गया। उतरते-उतरते पैसे निकालने लगी तो उसने रोक दिया, "रहने दीजिए।"

"क्यों?" उसके माथे पर शिकन पड़ गई।

"आज का दिन मेरे लिए काफी कीमती रहा है।"

"कैसे?"

"मैंने आज से पहले किसी को हरी बिन्दी लगाए नहीं देखा।" उसने स्निग्ध स्वर में कहा।

वह जरा ठिठकी कि टैक्सी चल दी। कुछ दूर जाकर आँखों से ओझल हो गई।

# डैफोडिल जल रहे हैं

**आमतौर** पर हिन्दुस्तान में डैफोडिल नहीं होते। अच्छा है। आमतौर पर जो मिल जाए, उसका मिलना क्या मिलना! फिर भी एक जगह है, जहाँ वे मिलते हैं। हिन्दुस्तान की उत्तरी सरहद पर। कश्मीर की घाटी में। घाटी के उत्तरी हिस्से में ऊँचे-ऊँचे पहाड़ हैं। उन पहाड़ों के बीच बसा एक शहर। शहर, नगर, कस्बा या गाँव? पता नहीं। कभी इनमें से एक रहा होगा। दुनिया भर के सैलानियों के धावा बोलने से पहले। अब तो बस गुलमर्ग है। गुलमर्ग यानी फूलों का रास्ता। एक रंगीन सफर। या सैलानियों की बन्दरगाह। हाँ, सैलानी भी जहाजों की तरह होते हैं।

उस जगह को यह नाम भी किसी सैलानी ने बख्शा होगा।

बख्शा था।

वह आया। पहले, सर्दी में। पथरीले पहाड़ों पर जमी सफेद बर्फ देखी। फिर आया गर्मी में। पिघली बर्फ के नीचे से उमगती हरी घास देखी। वहीं ठहर गया। घास फैलने लगी। पथरीले पहाड़ हरी घास के लहलहाते ढलवान बन गए। दूर तक हरा ही हरा। उसे अच्छा लगा और नहीं भी। उसने फूलों की चन्द किस्मों के अनगिनत बीज ढलानों पर छितरा दिए। और लौट गया। बाकी काम मिट्टी-हवा-पानी और बर्फ के रक्षा कवच ने कर डाला। और यूँ कश्मीर घाटी के उत्तरी हिस्से में बसे गुलमर्ग

में डैफोडिल खिल उठे। खिलते रहे हर गर्मी में; सर्दी में बर्फ के नीचे अपने बीज सुरक्षित रखकर।

डैफोडिल खिले और नर्गिस और आइरिस। गुलमर्ग में आए सैलानियों के लिए ये फूल देखना आम बात हो गई।

मैंने पहले पहल डैफोडिल वहीं देखा, गुलमर्ग में। पीले रंग का बड़ा-सा फूल। चार पंखुड़ियाँ और बीच में एक कटोरा सा। सब पीला। मुझे पीला रंग पसन्द नहीं है। मतलब, डैफोडिल देखने से पहले नहीं था। पर डैफोडिल देखकर लगा, कोई हर्ज नहीं है। चलेगा, पीला रंग भी चलेगा।

वैसे मुझे डैफोडिल देखने, गुलमर्ग जाने या कश्मीर की यात्रा करने का खास शौक नहीं था। बल्कि मैं वहाँ के बारे में सुन-सुनकर और पढ़-पढ़कर तंग आ चुकी थी। लगता था, जिसके पास भी थोड़ा-सा पैसा है, वह शादी कराने के फौरन बाद कश्मीर भाग जाता है और वहाँ से लौटकर उसे बहिश्त का नाम देता है। जैसे नई शादी हुए हर जोड़े के लिए वक्ती बहिश्त का होना जरूरी शर्त हो। अँग्रेजी में इस वक्ती बहिश्त को हनीमून कहते हैं। डैफोडिल की तरह हिन्दुस्तान में आमतौर पर हनीमून भी नहीं मिलता। अच्छा है, बहुत-से लोग एक भुलावे से बचे रहते हैं। वरना, वह वक्ती बहिश्त जमीन पर जहन्नुम के एहसास को कुछ और तीखा बना डालता है।

मुझे भुलावों का शौक नहीं है। मुझे बहिश्त का शौक नहीं है। मुझे कश्मीर जाने का शौक नहीं था। मुझे गुलमर्ग देखने का शौक नहीं था।

मेरी शादी सुधाकर से हो चुकी थी। सुधाकर और मैं कॉलेज में साथ पढ़ते थे। हम एक-दूसरे को बुरे नहीं लगते थे। सुधाकर को नौकरी मिली तो उसे लगा, अब शादी कर लेनी चाहिए। मैंने बी.ए. पास किया तो मुझे लगा, नौकरी क्या करनी, अब सीधे-सीधे शादी कर लेनी चाहिए। सुधाकर ने सोचा होगा—'वीना क्या बुरी है।' मैंने भी सोचा—'सुधाकर क्या बुरा है।' जाना-पहचाना आदमी है। तीन साल

साथ रहा, बुरा नहीं लगा। शायद इसी को प्रेम करते हैं। और जो अब तक नहीं लगा, आगे चलकर क्यों लगेगा? लगा भी तो औरों की क्या गारंटी है? यानी बुरा कोई भी किसी वक्त लग सकता है।

एक दिन पिक्चर देखकर बाहर निकले तो सुधाकर बोला, "वीनू, मुझसे शादी करोगी?"

मैंने कहा, "कर लूँगी।"

...हमारी शादी हो गई।

संयोग कुछ ऐसा था कि सुधाकर और मैं एक ही जाति और प्रदेश के थे। दोनों बनिये और दोनों उत्तर प्रदेश के। लिहाजा न उसके माँ-बाप ने अड़ंगा लगाया, न मेरे माँ-बाप ने। खुशी-खुशी दान-दहेज का सामान खरीदा, मेहमान जुटाए, बारात चढ़वाई और अग्नि की साक्षी दिलवाकर पंडित से हमारे फेरे फिरवा दिए। प्रेम-विवाह हुआ भी और अपने शहर से भाग, कहीं परदेश जाकर चोरी-छिपे शादी करने का रोमांच तक नहीं मिल पाया।

शादी होते ही सुधाकर बोला, "हनीमून के लिए एक ही जगह है, कश्मीर। वहाँ के लिए बुकिंग करा ली है।"

"मुझे भी जाना होगा?" मैंने पूछा।

सुधाकर बोला, "तुम्हारा सेन्स ऑफ ह्यूमर बहुत अच्छा है।"

"ऐसा नहीं हो सकता था, हम शादी से पहले कश्मीर भाग जाते," मैंने कहा। सोचा, तब होता कोई रोमांच।

"जब हमारी शादी में कोई बाधा नहीं थी तो वहाँ जाने की क्या जरूरत थी?" सुधाकर ने पूछा।

मैंने कहा, "हाँ, जरूरत तो नहीं थी। अब क्यों है?"

"अरे, सारी जिन्दगी यहाँ दिल्ली में पड़े-पड़े सड़ना है, कुछ दिन तो जी लें। कश्मीर को सब लोग, पता है, स्वर्ग बतलाते हैं, स्वर्ग।"

तो सारी जिन्दगी पड़े-पड़े सड़ते रहने के लिए अपने को अच्छी तरह तैयार करने, हम लोग कश्मीर चले गए।

सुधाकर ने सुन रखा था, पूरा कश्मीर स्वर्ग है। लिहाजा उसने कसम खाई कि उसका कोई निसर्ग देखे बिना नहीं छोड़ेगा। और चूँकि हम हनीमून मनाने आए थे, इसलिए जरूरी था कि स्वर्ग के इस आस्वादन में मैं सदा साथ रहूँ। स्वर्ग की तलहटी श्रीनगर से शुरू होकर हम पहलगाम, चन्दनवारी, वापस श्रीनगर, वूलर लेक, बनिहाल, वापस श्रीनगर होते-हवाते आखिर ठीक बहिश्त के कन्धों पर चढ़ गए, यानी गुलमर्ग जा पहुँचे।

टनमर्ग के आगे बस नहीं जाती, इसलिए वह सफर हमने घोड़ों पर चढ़कर तय किया। चढ़कर मैं इसलिए कह रही हूँ क्योंकि घोड़े की सवारी करना हम दोनों नहीं जानते थे। रास्ता बेहद खूबसूरत था। दोनों तरफ चीड़ के पेड़, ठंडी हवा वगैरह, सब कुछ। घोड़ों पर बैठकर कुछ दूर चलने के बाद हम दोनों की पीठ में दर्द होने लगता था। इसलिए थोड़ी-थोड़ी देर बाद उन्हें रोक देना पड़ता था और नीचे उतर आना पड़ता था। पर हम अपनी यात्रा के उन अवकाशों को बेकार नहीं जाने देते थे। नीचे उतरकर हम एक-दूसरे को चूमने लगते थे और आलिंगन में बँधकर कुछ दूर चलते चले जाते थे। साथ ही आसपास के खूबसूरत नजारों की तारीफ भी करते थे। बहिश्त के दरवाजे पर पाँव रखते हुए ये सब करना जरूरी होता है, खासकर तब, जब आप हनीमून मनाने आए हों।

यूँ घोड़ों पर चढ़ते-उतरते हम गुलमर्ग टूरिस्ट रेस्ट हाउस पहुँच गए। यह मंजिल तय करते-करते मेरी कमर का दर्द कुछ ज्यादा बढ़ गया। इतना कि लगा, वह महज घोड़े की वर्जिश के कारण नहीं हो सकता। वैसे अनाड़ियों के साथ होता यही है। वर्जिश घोड़ा करता है और बदन सवार का दुखता है। मैंने सुधाकर से कुछ नहीं कहा, अपने दर्द के बारे में। आमतौर पर, घोड़े पर बैठने से सुधाकर की कमर ज्यादा दुखती थी। एकाध बार मुझे दबानी भी पड़ी थी। अपने दर्द का जिक्र करके मैं उस वक्त उसे उसकी कमर की याद दिलाना नहीं चाहती थी। दर्द

का माप-तौल करने का कोई यन्त्र तो हमारे पास था नहीं, इसलिए पूरा अन्देशा था कि अपनी कहते-कहते, कमर मुझे उसी की दबानी पड़े।

अपने-अपने दुखते बदन घसीटकर, हम बिस्तरों तक ले गए और निढाल से उन पर पड़ गए। एक-दो जुम्बिश देकर, उन्हें जरा-सा उठाया और हल्की कराहटों के साथ रजाइयाँ ऊपर खींचकर फौरन सो गए। उस रात खाना-पीना-प्रेम करना सब गोल रहा।

सुधाकर के होठों ने मेरे होठों को छुआ और तड़पकर अलग हो गए, जैसे दहकता अंगार छू लिया हो।

"तुम तो जल रही हो," उसने कहा।

"सुबह हो गई?" मैंने पूछा। पर शायद उसने सुना नहीं।

अपना हाथ मेरे माथे पर रख दिया। फिर जल्दी से हटा लिया।

"तुम इतनी गरम क्यों हो?" उसने कहा।

मैं भला इसका क्या जवाब दे सकती थी?

तभी क्या जवाब दे पाई थी, जब कुछ दिन पहले, उसने अपने होठ मेरे थके बदन पर घुमाकर कहा था—"तुम इतनी ठंडी क्यों हो?"

पहली बार जब उसने यह वाक्य कहा था तो मैंने अपनी थकान से मुँदी जा रही आँखों को बिना खोले, जमुहाई लेकर कहा था—"कश्मीर ठंडी जगह है।"

तब वह बहुत नाराज हो उठा था।

"मजाक का कोई वक्त होता है," उसने कहा था।

"तुम्हारे लिए मेरे जज्बात मखौल उड़ाने की चीज है?" उसने कहा था।

"तुम हर चीज को इतनी उदासीनता से क्यों लेती हो?" उसने कहा था।

"मैंने सुना था, कश्मीर आकर मुर्दा से मुर्दा इन्सान भी रोमांटिक हो जाता है, पर तुम हो कि तुम्हारा आलस ही खत्म होने में नहीं आता," उसने कहा था।

और...और भी बहुत कुछ उसने कहा था।

दिन भर हम कश्मीर के चप्पे-चप्पे को कुरेदते फिरते और रात देर तक प्यार करने के नए-नए तरीके आजमाते। दिन भर की थकान से चूर होकर बिस्तर पर अलसाए लेटे रहना और बीच-बीच में जमुहाई ले उठना, मुझे बिलकुल मुनासिब लगता। मैं दावे के साथ कह सकती थी—अगर दावे के साथ कहने के लिए मैं कुछ देर के लिए अपनी थकान और आलस से छुटकारा पा सकती—कि कश्मीर आया हर सैलानी दिन भर घूम लेने के बाद, रात को बिस्तर पर लेटकर ऐसा ही करता होगा। पर हम उस तरह के सैलानी नहीं हैं, सुधाकर कहता था—'हम हनीमून मनाने आए हैं। प्यार करना हमारी नियति है" यह वह कहता नहीं था, पर मैं समझ जाती थी।

"फिर हम दिन भर इधर-उधर टक्कर मारते क्यों घूमते हैं। आराम और सुकून से प्यार क्यों नहीं करते?" एक बार मैंने इतना जरूर पूछा था, पर वह और भड़क गया था।

"कमाल करती हो," उसने कहा था—"हम कोई लखपति, करोड़पति तो हैं नहीं जो हर साल गर्मियों में कश्मीर दौड़े आएँगे। जिन्दगी में एक बार मौका लगा है, इतना पैसा खर्च किया है तो पूरा देखकर नहीं जाएँगे? लौटकर किसी से कहेंगे तो क्या कि कश्मीर गए भी और डल लेक देखकर लौट आए।"

"तो थोड़ा ठहरकर आते।" मैंने कहा था।

"उससे क्या होता?"

'तब शायद प्यार करना जरूरी नहीं रहता', मैंने मन में सोचा था पर मुँह से कहा नहीं था क्योंकि मैं तय नहीं कर पाई थी कि सुधाकर उस बारे में ठीक क्या सोचता है। हो सकता था, उसका खयाल यही होता कि शादी करने के बाद उम्र-भर प्यार करते रहना जरूरी होता है। इसलिए मैं चुप रही थी।

जब उसने दोबारा कहा था—"उससे क्या होता, बोलो न?"

तो मैंने कह दिया था—"नहीं, उससे भला क्या होता।"

कोई-कोई दिन ऐसा भी होता था जब हम दिन भर नहीं घूमते थे। सुबह घूमकर, दोपहर को खाना खाने रेस्ट हाउस लौट आते और खाकर प्यार करते। तब भी

सुधाकर खुश नहीं हो पाता। प्यार कर चुकने पर, मेरा मन करता कि आराम से सोया जाए, पर चार बजे हमें दोबारा सैर के लिए निकलना होता था और सुधाकर देरी बर्दाश्त नहीं कर पाता था।

तब खूबसूरत-से-खूबसूरत नजारे को नजरअन्दाज करके मैं, घूमते हुए, बार-बार पलकें झपकाती रहती थी और बीच-बीच में जमुहाई ले उठती थी। सुधाकर खीजकर कहता था—"तुम्हें साथ लेकर बाहर आना तो ऐसा है जैसा किसी छड़ी को साथ लेकर घूमना।"

एक बार मैंने कहा था—"मेरा साथ रहना जरूरी है क्या?"

सुधाकर को उसमें कोई सेन्स ऑफ ह्यूमर नजर नहीं आया था।

"तुम इतनी ठंडी क्यों हो?" खीजकर उसने कहा था।

तो अब जब उसने कहा—'तुम इतनी गरम क्यों हो'—मेरी समझ में नहीं आया, क्या जवाब दूँ। मेरे दिमाग में यही आया कि कह दूँ, यहाँ बहुत ठंड है, इसलिए। शायद मैंने कहा भी। मेरे होंठ हिले जरूर पर पता नहीं उनका कहा सुधाकर तक पहुँचा या नहीं। शायद नहीं पहुँचा क्योंकि जो अब उसने कहा, उसका उससे कोई ताल्लुक नहीं था।

"लगता है, तुम्हें तेज बुखार है।" उसने कहा।

तो यह बात है, मैंने राहत महसूस की। दिमाग लगाने की जरूरत नहीं है। कारण मिल गया।

"अरे, कुछ बोलती क्यों नहीं?" उसने घबराए स्वर में कहा और अपना हाथ मेरी छाती पर रख दिया। वह भी ज्यादा देर नहीं टिक पाया। झटके से हटाकर बोला, "तुम्हारी साँस धौंकनी की तरह चल रही है। क्या हुआ तुम्हें? कुछ बोलो तो सही।"

मैंने पूरा दम लगाकर आँखें खोलने की कोशिश की। पलकों पर रखे भारी पत्थरों को किसी तरह परे सरकाकर एक बार उन्हें उठा लिया पर दूसरे क्षण, वे दोबारा मुँद गईं।

"अरे, क्या हुआ तुम्हें? बोलती नहीं, हिलती-डुलती नहीं? हुआ क्या?" सुधाकर ने तेज घबराहट से सने स्वर में कहा और मुझे पकड़कर हिला दिया।

मेरे मुँह से चीख निकल आई।

"क्या हुआ?" वह और घबरा गया।

उसके हिलाने पर मेरी कमर में जो बिजली कौंधती चली गई थी, उसके लिए मैं शब्द खोजने लगी।

मौत, पहले मैंने सोचा।

हत्या, फिर दिमाग में आया।

बलात्कार, मस्तिष्क ने कहा।

हलाल! हलाल! हलाल! एक शोर-सा मेरे सिर के अन्दर उठा, पर जुबान तक आते, न जाने कब बुद्धि ने उसे पकड़कर मोड़ दिया और...

"दर्द!" मैंने कहा।

"दर्द!" सुधाकर ने दोहराया—"दर्द और बुखार। ठहरो, मैं रेस्ट हाउस के मैनेजर से पूछकर आता हूँ, इधर कोई डॉक्टर है?"

चलो, गनीमत हुई कि मरने के बाद मैं स्वर्ग पहुँच गई, मैंने सोचा। पूरे कमरे को आलोकित करती सामने जो कान्तिस्तूप-सी स्त्री खड़ी है, अवश्य स्वर्ग की देवदूती होगी। स्वर्ग में देवदूतियाँ होती हैं या देवदूत? मैंने दिमाग पर जोर देने की कोशिश की। उहूँ, होगा। वे चाहे जो होते हों, यह और कुछ नहीं हो सकती; स्वर्ग की देवदूती के सिवा। जिसके चेहरे की एक झलक देखकर मैं, मरकर भी इतनी जीवन्त ललक महसूस कर रही हूँ, कमरे में जिसके आने से एक जगमगाती ज्योति चारों तरफ फैल गई है, उसे जी भरकर देखने के लिए, मैंने कोशिश करके अपनी भारी आँखें एक बार फिर खोल लीं।

मुझे धक्का लगा। नहीं, यह देवदूत नहीं है। देवदूत लाल पैंट नहीं पहनते। मतलब, ऐसा कोई कानून नहीं है कि लाल पैंट पहन ही नहीं सकते पर जितना उनके बारे में पढ़ा-सुना है; जिसके भरोसे मन में उनकी तसवीर उभर सकती है; उससे यही विश्वास जगता है कि लाल पैंट वे नहीं पहनते।

यह देवदूत नहीं हैं तो मैं स्वर्ग में भी नहीं हूँ और शायद मरी नहीं, जिन्दा हूँ। अच्छा लगा जानकर कि मैं जिन्दा हूँ। मैंने अपने सूखे होठों पर जबान फेरी और मुस्कराने की कोशिश की, पर तभी सुधाकर ने मेरे मुँह में थर्मामीटर घुसेड़ दिया।

"ये मिसेज दस्तूर हैं।" उसने कहा, मेरे देवदूत की तरफ इशारा करके।

"मैं नीचे मैनेजर से थर्मामीटर माँग रहा था कि ये मिल गईं। इनके पति डॉक्टर हैं। पास के कमरे में ठहरे हैं। इन्होंने कहा, गुलमर्ग में कोई डॉक्टर मिलेगा नहीं, श्रीनगर से बुलाना पड़ेगा। जरूरत हुई तो इनके पति कुछ दवा दे देंगे।"

सुधाकर बोल रहा था। मैं जगे रहकर उसकी बात सुनने की कोशिश कर रही थी, तभी वह आगे बढ़ी और मेरे मुँह से थर्मामीटर निकाल लिया। मैंने जगे रहने की कोशिश छोड़ दी।

"अरे, यह तो 106 डिग्री बुखार है! देखिए न मिसेज दस्तूर, 106 ही है न!"

सुधाकर के त्रस्त स्वर से चौंककर मैंने आँखें खोल लीं।

वह मेरी तरफ देख रही थी। अब धीरे-से मुस्करा दी। जैसे कह रही हो, तुम्हें आँखें खोलने की जरूरत नहीं है। मैं सब देख लूँगी। मैंने आँखें बन्द कर लीं।

"हाँ।" उसने कहा और सुधाकर के हाथ से थर्मामीटर ले लिया।

"कमर में बहुत दर्द है," सुधाकर ने कहा, "क्या करना चाहिए? पता नहीं, इन्हें एकदम हो क्या गया!"

"मैं डॉ. दस्तूर को बुलाती हूँ," उसने कहा।

स्वर्ग भी है और देवदूत भी। बस, मौत की कमी है। मेरी आँखें बन्द थीं, पर दिमाग काम कर रहा था। मुझे उसके सोचने के तरीके पर हँसी आ गई। पर मेरी कमर बगावत कर उठी। दर्द से खौफ खाकर बोली, मौत पर हँसो मत, मरना उतना आसान नहीं है। लो, मैं तुम्हें बेहोश भी नहीं होने देती। पर मेरा दिमाग भी कम नहीं था। बोला, तो मरो। और देवदूत की सूरत पर ध्यान जमा, सोने की मुद्रा में पसर गया। पूरी तरह सोने, कमर ने भले न दिया हो, पर पूरी तरह जगाए भी न रख सकी।

"माई गॉड, शी इज डन फॉर!" जज के फरमान-सा वाक्य कमरे में बजा और मेरे अधसोए दिमाग तक को झिंझोड़ गया।

घबराकर मैंने आँखें खोल दीं। अपने हाथ में मेरा हाथ लिये जो आदमी खड़ा था, वह सुधाकर नहीं था।

"क्या डॉक्टर! क्या कह रहे हैं आप!" सुधाकर ने पूछा।

"इनकी हालत बहुत खराब है।"

उन्होंने अपना स्वर इतना धीमा कर लिया कि मेरे लिए सुनना मुश्किल हो गया। फिर भी मेरे कान उधर ही लगे रहे। आश्चर्य, अपनी हालत से ज्यादा मुझे उनकी बातों में दिलचस्पी हो रही थी।

"बच्चे कितने हैं आपके?" उसी आदमी का स्वर उभरा।

"बच्चे? अभी तो हमारी शादी को पन्द्रह दिन हुए हैं।" यह सुधाकर था।

"ओह!" सहसा कोई खिलखिलाकर हँस पड़ा—"तब तो आपको भी इनके साथ मरना होगा।" उसने कहा।

"क्या?" सुधाकर चीख-सा दिया तो मैं हँस पड़ी, जोर से।

अब पता चलेगा बच्चू...सारा-सारा दिन मुझे साथ लिये घूमते थे न...साथ नहीं रहेंगे तो हनीमून कैसे मनेगा...सुधाकर जी...हनीमूनर... अब बचकर कहाँ जाइएगा...असली हनीमून तो अब मनेगा...मरूँगी तो साथ लेकर...

"क्या हुआ? डिलीरियस हो गईं? हँसे क्यों जा रही हो?" सुधाकर चीखा, पर मेरी हँसी रुकी तब, जब एक ठंडे ठोस हाथ ने मेरा हाथ थाम लिया। उसमें कोमलता नहीं थी, न सहानुभूति; था केवल अपनापन।

"इतने बदहवास क्यों हो रहे हो तुम लोग?" मेरे हाथ को अपने हाथ में सँभाले रखकर, उसने कहा, "तुम अपना काम करो फीरोज, इंजेक्शन, दवा, जो देना हो, दो। शादी के पन्द्रह दिन बाद भला कोई मरता है! मिस्टर...नाम क्या है आपका?"

"सुधाकर।"

"और तुम्हारा?" उसने पूछा और अपना कान मेरे होंठों के पास झुका लिया।

"वीना!" मैंने बुदबुदाकर कहा।

"मिस्टर सुधाकर, वीना क्या आते ही बीमार पड़ गई थीं?"

"जी हाँ।"

"ओह, तभी! मैं सोच रही थी, कमरे में फूल क्यों नहीं हैं। आप जाइए, मिस्टर सुधाकर, बाहर जाकर कुछ फूल ले आइए।"

"पर मैं कैसे जा सकता हूँ?"

"क्यों, आपकी तबीयत भी खराब है क्या?"

"नहीं, पर इन्हें अकेला छोड़कर..."

"अकेली कहाँ हैं?" उसने कहा तो मैंने उसकी मुट्ठी में बन्द पड़े अपने जलते हाथ को वहीं फड़फड़ाकर उसकी हथेली पर हल्के से दबा दिया।

"अभी तो डॉक्टर साहब दवा-दारू करेंगे। आप जाइए न, फूल लेकर आइए। कमाल है, आदमी के बीमार पड़ने का फायदा क्या जो चन्द फूल भी नसीब न हों। जाइए न। और तुम भी इंजेक्शन वगैरह जो देना है, देकर अपना रास्ता नापो। इतनी भीड़ के बीच कोई अपनी बीमारी क्या खाक एंज्वाय करेगा।"

एक बार फिर मैंने उसका हाथ अपने हाथ से दबा दिया।

वह हँस दी। फिर अपना वह हाथ हटाकर, दूसरा मेरे हाथ पर रखती हुई बोली, "लो, अब इसे गरम करो।"

मेरी बाँह में सुई चुभी।

एक बार आँखें खोलकर मैंने उसे देखा, फिर शायद मैं सो गई।

मैं बिस्तर पर औंधी पड़ी थी। दो पुष्ट हाथ मेरी कमर थामे उस पर मालिश कर रहे थे। समुद्री ज्वार-भाटे की तरह दर्द की लहरें ऊपर से नीचे उतर रही थीं। पहली बार दर्द की चोटों को कोई थामे ले रहा था। हर कचोट अपने साथ राहत लिये हुए थी।

एक लम्बी साँस खींचकर, मैंने अपनी जलती आँखें खोल दीं। सामने पीले फूलों के गुच्छों पर गुच्छे झूम रहे थे। अगर वे दो पुष्ट हाथ मेरी कमर न थामे होते तो एक बार फिर मुझे भ्रम हो जाता कि मैं मर चुकी हूँ और स्वर्ग में हूँ।

"डैफोडिल हैं।" कमर के ऊपर से आवाज आई।

तो ये हैं डैफोडिल। पीले। चार बड़ी-बड़ी पंखुड़ियाँ और बीच में कटोरा-सा। लबालब शराब से भरा, शायद। पर पीला। मुझे पीला रंग पसन्द नहीं है। पर डैफोडिल देखकर लगा, कोई हर्ज नहीं है। चलेगा, पीला रंग भी चलेगा।

देर तक उनकी तरफ देखते रहने के कारण आँखों में पानी आ गया। मैंने आँखें बन्द कर लीं; तभी कमर पर टिके हाथों ने मुझे थामकर सीधा कर दिया।

मैंने आँखें बन्द रखीं।

"तुम्हारी कमर काफी नाजुक है," उसने कहा, "मजा आया मलने में। आँखें खोलो, इधर भी डैफोडिल हैं।"

मैंने आँखें खोल दीं। डैफोडिल के फूलों की पीली पृष्ठभूमि पर खिला उसका चेहरा देखा। पीले कैनवस पर उलीचे रंग जैसे फैले उसके घने भूरे बाल देखे। उनके बीच जड़ी उसकी शरारती भूरी आँखें देखीं, शोख मेकअप से रंगा उसका गोरा मुख देखा। और देखा कि अब उसने लाल नहीं, नीले रंग का पैंट-कोट पहन रखा है। शायद एक दिन गुजर चुका था।

'वाह मेरे देवदूत, काफी आधुनिक हो तुम'—मैंने सोचा। फिर मेरी आँखें बाकी कमरे में घूम गईं।

"सुधाकर दवाई लेने श्रीनगर गया है।" उसने कहा।

मैं आश्वस्त हो मुस्करा दी। फिर कुछ खयाल आया और मैंने अपने पपड़ाए होंठों पर जबान फेरकर धीमे से कहा, "फूल कौन लाया?"

"वही, सुधाकर। कल। देखा तुमने, और लोगों को मरने के बाद फूल मिलते हैं, तुम्हें पहले मिल गए।"

"काम कम हो गया।" मैंने कहा।

"हाँ," वह बोली, "जब मरोगी तो और नहीं लाने पड़ेंगे।"

मेरी धीमी आवाज सुन पाने के लिए वह मेरे पास खिसक आई थी। मुँह मेरे चेहरे के ऊपर झुका लिया था।

"कौन से फूल पसन्द करोगी तुम अपने कफन पर?" उसने पूछा।

"यही।"

"डैफोडिल?"

"हाँ।"

"इतनी जल्दबाजी न करो," उसने कहा, "अभी तुमने आइरिस और नर्गिस देखे कहाँ हैं?"

"दिखलाओगी?"

"हाँ, सुधाकर आ जाए तो लाने भेज देंगे।"

"कब तक आएगा?"

"रात तक।"

मेरे चेहरे पर मन की बेचैनी दौड़ गई होगी क्योंकि उसने कहा, "फिक्र मत करो। वह बहुत थका होगा। आते ही सो जाएगा।"

मैं उसे समझाना चाह रही थी। यह बात नहीं है कि मैं सुधाकर का पास होना पसन्द नहीं करती। वह मेरा पति है। अच्छा आदमी है। मुझे बुरा नहीं लगता। पर आजकल बीमारी में, मौत के करीब, मैं उसे देखकर यह सोचने पर मजबूर नहीं होना चाहती कि मैंने उसका हनीमून बिगाड़कर रख दिया। जिन्दगी में सिर्फ एक बार कश्मीर आने का मौका मिला। गुलमर्ग का सपना देखते-देखते आखिर गुलमर्ग पहुँचा तो क्या बीमार बीवी से तीमारदार का रिश्ता जोड़ने...अच्छा हनीमून मना...बेचारा सुधाकर!

ये सब मैं कहना चाह रही थी पर मेरा गला सूखा जा रहा था। आँखें मुंदी जा रही थीं। मेरी समझ में नहीं आ रहा था कि वह मैंने कह डाला या सिर्फ सोचा। मैंने कसमसाकर उसकी तरफ देखा।

"तुम्हारे ठीक हो जाने पर, उसे इस बीमारी के बारे में फूल और बर्फ के अलावा कुछ याद नहीं रहेगा।" उसने कहा।

मैं समझ गई, उसे कुछ समझाना जरूरी नहीं है।

"कल उसे खिल्लनमर्ग भेज देंगे," वह कहती गई, "कहेंगे, सबसे बढ़िया आइरिस वहीं खिलते हैं। और वहाँ बर्फ है। बर्फ ही बर्फ। दूर-दूर तक। पास भी। ऊपर चढ़ाई तक। नीचे ढलान पर। आइरिस का बड़ा-सा गुच्छा हाथ में लेकर, अपने कूल्हे ऊपर बर्फ में जमाकर एक बार जो फिसला तो सीधा गुलमर्ग आ पहुँचेगा।"

दृश्य मेरी आँखों के सामने साकार हो गया। मुझे हँसी आने लगी। खिलखिलाकर मैं हँसी भी। पर हँसी होंठों से फूटी नहीं। बस भीतर कुलाँचें भरती रही।

बाँह में कुछ चुभा। मैंने एक बार आँखें खोलकर देखा। वही डॉक्टर बाँह में इंजेक्शन दे रहा है।

वह बर्फ, जिसकी ढलान पर सुधाकर फिसला आ रहा था, धुँधली पड़ने लगी...ढाके की मलमल-सी महीन धुन्ध उठी...एक छोर से दूसरे छोर तक बिछी चादर की झीनी परत...हवा में धीमे से झूलती हुई...एक परत पर दूसरी परत...उसकी पारदर्शिता को आच्छादित करती...बर्फीले नजारे से खेल, उसे घूँघट की ओट लेता धुँधलका...प्रहार को प्रस्तुत, सितार के तारों-सी कसी, दर्द से तनी नसों को सहलाता दुलराता, राहत भरा सलेटी अँधेरा...परत दर परत गिरती यवनिका...भ्रान्ति, निद्रा या सुखद छाँव...जो हो...आहिस्ता-आहिस्ता बढ़ता सुकून।

सोने और जागने के बीच, दर्द के शिकंजे से बाहर फिसल आने के झुटपुटे में मैंने उसकी आवाज को कहते सुना—"अगर तुम मर गईं तो हम तुम्हें वहीं खिल्लनमर्ग ले जाकर बर्फ के नीचे दफना देंगे। आइरिस से ढककर। क्यों, ठीक है न?"

"हूँ..." मैंने कहा।

"पर ऐसे नहीं," दूर होती जा रही उसकी आवाज ने कहा, "उससे पहले, एक बार तुम्हें खिल्लनमर्ग जाकर उसके बारे में पक्की राय कायम करनी होगी।

ऐसे तो तुम डैफोडिल के लिए भी हाँ कह देती हो और आइरिस के लिए भी। दोनों के बीच फर्क करना जरूरी है। है न?"

"हूँ..." दूर से आ रही उसकी आवाज को मैंने एक बार अपने से बाँधकर महसूस किया, फिर दूर होते जाने दिया।

"उफ, किस कदर ठंड है!" सुधाकर कह रहा था।

ऊपर से नीचे तक बर्फ में सना, हाथ में फूलों का बड़ा-सा गुच्छा थामे, वह अभी-अभी खिल्लनमर्ग से लौटा था। बिलकुल जैसा मेरे देवदूत ने कहा था। पर ये क्या आइरिस हैं? मैंने ध्यान से फूलों को देखने की कोशिश की। पीले फूल। चार बड़ी-बड़ी पंखुड़ियाँ और बीच में कटोरा-सा। लबालब शराब से भरा। शायद। पर पीला। धत्, मैंने सोचा, यहाँ क्या हर फूल पीला होता है और रूप-आकार में भी एक सा। बस, नाम फर्क दिए रहते हैं। यह तो सरासर धोखाधड़ी है। मुझे कोफ्त हो रही थी।

सुधाकर ने फूल सामने कोर्निश पर पटक दिए। गीला कोट उतारकर झाड़ता हुआ बोला, "क्या जगह है खिल्लनमर्ग! बर्फ ही बर्फ! मजा आ गया!"

कोट उसने कुर्सी पर फेंक दिया। पूरी बाँहों का स्वेटर उठाकर पहन लिया और बोलता गया—"सर्दियों में लोग खिल्लनमर्ग स्कीइंग करने आते हैं। आजकल टोबोगन चलते हैं। अभी बर्फ पिघली नहीं है वहाँ। आज भी ढेरों लोग थे; पर ज्यादातर अमेरिकन। टोबोगन महँगे क्या कम थे! अरे, पूरी लूट थी लूट। पैसा लुटाओ और बदले में मजा लूटो। यही दस्तूर है जमाने का। पर अपन ने भी तय कर लिया था, मजा लेंगे पूरा पर पैसा खर्च नहीं करेंगे। सो अपन तो खिल्लनमर्ग की पहाड़ी पर जमकर बैठे और नीचे फिसल पड़े। भगवान ने कूल्हे दिए हैं सो इसीलिए न! अरे, हिन्दुस्तानी आदमी के लिए स्की हैं, स्की। सच कहता हूँ, टोबोगन पर आने वालों से पहले मैं नीचे पहुँचा और वह ठाट थे कि क्या बतलाऊँ।"

वह खुलकर हँस दिया।

मैंने बहुत चाहा, उसकी हँसी में शामिल होऊँ। मैं हँसी भी, पर पहले की तरह हँसी होंठों से फूटी नहीं। भीतर-भीतर झनझनाकर रह गई। उस नि:शब्द हँसी को सुधाकर कैसे सुनता! नहीं सुना उसने।

सहसा वह संजीदा हो गया। पास आकर बिस्तर पर मेरे बराबर बैठ गया। जैसे कुछ गलत कर गया हो, ऐसे सपाट स्वर में बोला, "कैसी तबीयत है तुम्हारी? सच, तुम लोगों के कहने से मैं खिल्लनमर्ग चला तो गया, पर अकेले, तुम्हारे बिना, जरा मजा नहीं आया। तुम साथ रहतीं तो कितना अच्छा होता। हनीमून पर आकर तुम बीमार पड़ गईं, पता नहीं क्यों, लगता है इसमें मेरा दोष है।"

मेरी हँसी का दम घुट गया। मैं चुपचाप पड़ी रही, पर भीतर चीख पनप उठी—ओ सुधाकर, तुम मुझे पहले कहीं ज्यादा अपने लग रहे थे। तब, जब तुम खुश थे, सन्तुष्ट थे, चंचल थे। हँस रहे थे, बतिया रहे थे, जो महसूस कर रहे थे वही दिखला रहे थे। तुमसे किसने कहा, तुम्हें मुझे बहलाना चाहिए बहकाकर?

"देखो," सुधाकर उसी तीमारदार स्वर में कह रहा था—"मैं तुम्हारे लिए कितने सारे फूल लाया हूँ। वही, जो परसों लाया था। वैसे ऊपर और भी फूल थे। नीले। पर मैंने सोचा, तुम्हें ये इतने पसन्द आए थे परसों, तो यही ले चलूँ।"

ओ...तो ये खिल्लनमर्ग के आइरिस नहीं हैं। अब मेरी समझ में आया, सुधाकर को फूलों की याद, नीचे वापस पहुँच जाने पर आई होगी और पास में यही फूल दिखलाई दिए होंगे। यानी ये डैफोडिल हैं, आइरिस नहीं। कहीं कोई धोखाधड़ी नहीं है। चलेंगे, मैंने सोचा, डैफोडिल भी चलेंगे। यह जानकर कि ऊपर खिल्लनमर्ग पहुँचने पर, बर्फ पर फिसलते सैलानियों को देखकर, सुधाकर इतना उत्तेजित हो उठा था कि मेरी या फूलों की कतई याद नहीं रही थी, मुझे उस पर प्यार आ गया। मैंने हँसकर उससे कहना चाहा पर शायद कह नहीं पाई। दर्द का कोचवान आज कुछ ज्यादा बेरहमी से कोड़े बरसा रहा था। फीरोज ने जो इंक्जेक्शन दिया था, उसके सामने पिटा-सा पड़ा था। उसकी बख्शी खुमारी बस इतना कर पाई थी कि जेहन में आया हर लफ्ज जुबान पर आने से पहले

लड़खड़ाकर गिर जाता था। बाहर नहीं निकल पाता था। कूदकर सुधाकर बिस्तर से उठ खड़ा हुआ। बोला, "क्या जबरदस्त ठंड है। देखूँ, मैनेजर से कहूँ, कमरे में आग जलवाने का इन्तजाम करवा दे। आग तापे बगैर आज ठंड जाती नहीं दिखती।"

जाते-जाते वह रुका, मेरी तरफ मुड़ा, बोला, "तुम्हें भी आराम रहेगा। अच्छी तरह सेंक लगेगा तो दर्द-वर्द आप कम हो जाएगा।" और बाहर चला गया।

मैंने डैफोडिल के गुच्छे को देखने की कोशिश में आँखें खोलीं। दर्द से हटाकर ध्यान फूलों पर केन्द्रित किया। शरीर में बसी खुमारी को दिमाग पर हावी हो जाने दिया। इस बार जो धुँधलका अँधेरे की परतों में गहराया, पीले रंग का आभास लिये हुए था।

आँखें खुलते ही मैंने आग देखी...दोजख की आग...चट-चट चटखती लकड़ियाँ...धू-धू धधकती ज्वाला...प्रचंड अग्निशिखाएँ...कहीं मासूम नीली लौ का नामोनिशान नहीं...जो लपट उठी...लाल खून से सनी...नारंगी-सिन्दूरी-सुर्ख... नरक-ज्वाल...रक्तरंजित...हू-हू हुड़कती हड्डियाँ...तिलमिलाता चिलकता उजारा...धाँय धाँय धमकती धमनियाँ...मेरे देवदूत! तू कहाँ चले गए...मैं मरकर दोजख में आ पड़ी...आग की सुर्ख लपटों और चकाचौंध के बीच...

छुटकारा पाने के लिए मैंने हाथ-पाँव मारे तो पाया, वे मुलायम बिस्तर पर पड़ रहे हैं। तो क्या नरक में गुदगुदे बिस्तर मिलने लगे? नहीं, कुछ गलती जरूर है। मैंने आँखें बन्द करके आग की लपटों को परे धकेला और दूसरी तरफ मुँह घुमाकर आँखें खोलीं। वहाँ आग का आभास तो था, आग नहीं। शायद मैं मरी नहीं। अब मेरी दृष्टि के दायरे में एक चेहरा झिलमिलाया, सुधाकर। नहीं, मैं मरी कदापि नहीं!

"क्यों, बढ़िया जल रही है न आग?" वह बोला।

तो वह जानता है। उसे भी आग दिखलाई दे रही है। मेरी नजरें फिर घूम गईं। वही नारंगी, सिन्दूरी, सुर्ख लपटें। वही धू-धू धधकती लकड़ियाँ। वही

चकाचौंध, वही तपिश और...आग की झुलसती लपटों के ठीक ऊपर कोर्निश पर पड़े डैफोडिल। लाल लौ के नुकीले नाखूनों से बिंधे, पीले, निरीह फूल। उनकी पंखुड़ियों के कोर झुलसकर सिकुड़ रहे थे, दियासलाई की लौ दिखलाए खत के पन्ने की तरह।

डैफोडिल जल रहे हैं—मेरे भीतर चीख उभरी—डैफोडिल जल रहे हैं। पर कमरे में कोई शब्द नहीं हुआ, लकड़ियों के जलकर चटखने के सिवा। मैंने अपनी पूरी ताकत का इस्तेमाल किया और चीख को बाहर उछाल दिया, "डैफोडिल जल रहे हैं।"

सुधाकर ने चौंककर मेरी तरफ देखा, पूछा—"क्या हुआ?"

"डैफोडिल!" मैं चीखी।

"डैफोडिल?" उसने दोहराया, "डैफोडिल क्या?"

"डैफोडिल जल रहे हैं।" मैंने चीखकर कहा, पर आखिरी लफ्ज तक आते-आते मेरी आवाज पस्त होकर टूट गई। मेरी आँखों से आँसू निकल आए और हिचकियाँ लेते-लेते मैंने फिर कहा, "डैफोडिल..."

"क्या हो गया?" सुधाकर ने बेहद चिन्तित स्वर में कहा, "बुखार ज्यादा बढ़ गया है क्या?"

मैं बोल नहीं पाई, रोती रही।

"ठहरो, डॉक्टर को बुलाता हूँ," कहता वह कमरे के बाहर दौड़ गया।

आँसुओं के पर्दे के पीछे से मुझे एक पीली आभा का अहसास हुआ।

"क्या चाहिए?" उसने मेरे चेहरे के करीब झुककर कहा तो मैंने जाना, आज वह पीले कपड़ों में है। डैफोडिल की तरह पीले। मैं बेतरह घबरा गई। कसकर उसका हाथ पकड़ लिया। तभी उसने कहा, "अरे, डैफोडिल जल रहे हैं!" मेरे मुँह से मुँह सटाकर बोली, "तो तुम इसलिए रो रही हो?"

मैंने सिर हिलाने की कोशिश की, उसका हाथ मेरे हाथ से छूट गया।

उसने आगे बढ़कर डैफोडिल उठा लिए और मेरे सिरहाने रख दिए।

"इन फूलों का नाम डैफोडिल है क्या?" सुधाकर ने पूछा।

"हाँ।" उसने कहा।

"और वे आग की गरमी से जलने लगे थे?"

"हाँ!"

"ओह!" सुधाकर ठठाकर हँस पड़ा—"मैंने सोचा, इन्हें डिलीरियम हो गया या मालूम नहीं क्या मुसीबत आ गई। वाह साहब वाह, हद हो गई!"

वह देर तक हँसता रहा, इस बात की परवाह किए बिना कि वह उसका साथ नहीं दे रही।

वह आग के पास जा पहुँची थी। उसने कुछ लकड़ियाँ खींचकर बाहर कर दीं। आग का दायरा बढ़ गया पर पहुँच कम हो गई। कुछ लकड़ियों को फर्श पर पटककर बुझा दिया। आग की तपिश कम हो गई।

वह आकर मेरे पास बैठ गई। बोली, "मुझे आग के ऊपर भुट्टे भूनकर खाने में बहुत मजा आता है। तुम्हें?"

मैंने गर्दन हिलाई, शायद।

"अभी फीरोज दूसरा इंजेक्शन लेकर आता है। तब तक सोचो, आग की गरमाई कितनी सुकूनदेह है।"

मैंने आँखें बन्द कर लीं। वक्त पर फीरोज आ जाएगा। मुझे उसका इन्तजार करने की जरूरत नहीं है।

"इसे कहते हैं कमरा," दरवाजे की चौखट पर खड़ी वह कह रही थी, "एक हमारा कमरा है; भीतर झाँको तो पता तक नहीं चलता, अन्दर कोई जी रहा है।"

वह धीमे से हँसी—"या मर रहा है।"

"अरे, आइए, अन्दर आइए।" सुधाकर उठकर खड़ा हो गया।

वह अन्दर आ गई।

"दवा दे दी?" उसने पूछा।

"दवा? वह...मैं ले तो आया हूँ श्रीनगर से...पर देने को...मैंने सोचा... डॉक्टर साहब बतलाएँगे तभी..."

आज फिर सुधाकर दवा लाने श्रीनगर गया था। अभी शाम घिरने पर लौटा है।

"लाइए, मुझे दीजिए, मैं दे देती हूँ।" उसने कहा।

उसने यह नहीं पूछा कि लौटकर तुमने डॉक्टर से पूछ क्यों नहीं लिया। मेरी तरह वह भी जान गई होगी कि कुछ ही दिनों में सुधाकर अपेक्षा करने लगा है, वही आकर मुझे दवा देगी।

उसके हाथ से गोली लेकर निगलते हुए मैं सहज भाव से मुस्करा दी।

"तो इस वक्त दर्द कम है?" उसने पूछा।

"हाँ, कम है।" मैंने कहा।

कुछ देर वह अपनी भूरी आँखें मेरे चेहरे पर टिकाए रही, फिर धीरे से बोली, "लगता है, तुम नहीं मरोगी।"

"नहीं!" मैंने कहा।

"आप हमेशा मरने की बात क्यों करती हैं?" सहसा सुधाकर फट पड़ा।

"क्यों, क्या हुआ?" उसने पूछा।

"वीना काफी परेशान है। बीमारी में आदमी को यूँ ही बुरे खयाल आते रहते हैं। हमें इसकी हिम्मत बँधानी चाहिए। अगर हमीं मरने की बात करने लगे तो इसका क्या हाल होगा, सोचिए।"

"आप कभी मरने की बात नहीं करते न?" उसने कहा।

"नहीं, मैं क्यों करूँगा? पर..."

"नहीं, आप क्यों करेंगे? आप कभी मरेंगे थोड़ा।" कहकर वह खिलखिलाकर हँस दी। इतनी जोर से कि मैं आँखें खोलकर उसका हँसता रूप देखने को मजबूर हो गई। एक बार देख लेने पर मंत्रमुग्ध देखती रह गई।

उसका गोरा चेहरा लाल पड़ गया था। गुलाबी नहीं, लाल; जैसे गालों से आग की लपटें निकल रही हों। कटे, भूरे बाल, उनकी तपिश बर्दाश्त न कर पाने के कारण चेहरे से अलग छितर गए थे। हँसी के झटके के साथ उसका सिर पीछे झुक आया था। गोलाकार तेजोमंडल की तरह वे उसके चेहरे के चारों तरफ खिले

हुए थे। आज पहली बार मैंने देखा, उसकी भूरी आँखें असल में भूरी नहीं हैं। एक मन्द-मन्द हरा रंग उनमें झिलमिलाता रहता है, जो भावावेश में तीखी चमक के साथ उभर आता है। उस वक्त उसकी आँखों में हरी रोशनी की चिनगारियाँ इस तरह लपलपा रही थीं कि भूरा रंग दिखलाई तक नहीं दे रहा था।

अरे, कहीं सचमुच यह देवदूत तो नहीं? मैं सोचती रह गई। पहली बार इसे बुखार और दर्द की खुमारी में देखा था, इसीलिए देवदूत-सी लगी होगी। पर आज मैं होशोहवास में हूँ। तब इसका यह रूप? भय और पुलक की लहरें, एक के बाद एक, मेरे शरीर को थरथराते हुए निकल गईं। मेरा मन हुआ वह ऐसे ही हँसती रहे और मैं उसे देखती रहूँ। फिर डर से काँपकर मैंने आँखें बन्द करने की कोशिश की, पर सफल न हो सकी। भयभीत, सम्मोहित, पुलकित, मैं उसे देखती रही।

"कभी न कभी तो सभी को मरना है।" मैंने सुना, सुधाकर कह रहा है।

सुनकर विश्वास नहीं हुआ। सचमुच उसने वह कहा है और इतने क्षुब्ध स्वर में। उसने जो कहा था, उसका जवाब और चाहे जो हो, यह नहीं हो सकता था। उसके रूप ने सुधाकर में कोई रोमांच पैदा नहीं किया? सहसा मुझे सुधाकर पर बेहद दया आने लगी। दया के साथ प्यार। बेचारा, भोला-भाला, सीधा-सादा सुधाकर। जो हो, है तो मेरा अपना।

उसकी हँसी एकदम रुक गई।

"आप ठीक कहते हैं।" उसने गम्भीर स्वर में कहा।

फिर मेरी तरफ मुड़कर बोली, "अब जल्दी से ठीक हो जाओ। अगले हफ्ते हम यहाँ से चले जाएँगे। उससे पहले तुम्हें मेरे साथ खिल्लनमर्ग जाना है।"

"पता लेकर क्या कीजिएगा? हम दिल्ली तो रहते नहीं," उसका स्वर काफी दृढ़ था, पर सुधाकर विचलित नहीं हुआ।

"वाह, कभी बम्बई आएँगे तो मिलेंगे नहीं?" उसने कहा।

नहीं, मैं सोच रही थी, मैं तुम्हें बम्बई में नहीं मिलना चाहती...आग और फूलों के बिना तुम्हारा अस्तित्व क्या है...जिन्दगी में एक बार तुमसे मिलना—जी भरकर सिर्फ एक बार—और बात है, मेरे देवदूत। पर बार-बार? बम्बई की घुमस भरी शामों में, ट्यूब लाइट के चुँधियाते प्रकाश में तुम्हें परखना...नहीं, इतनी ज्यादती मैं बर्दाश्त नहीं कर सकूँगी।

"बम्बई में?" वह हँस पड़ी—"वहाँ क्या पता, मैं आपको पहचान ही न पाऊँ।"

सुधाकर का मुँह उतर गया।

पर वह उसे नहीं, मुझे देख रही थी। मैं हँस दी। तुम कैसे समझ जाती हो, सब कुछ?

"ऐसा नहीं कहते, जिना!" एक लाड़-भरा उलाहना डॉ. दस्तूर की तरफ से आया।

आज पहली बार मैंने डॉ. दस्तूर को देखा है। इंजेक्शन से अलग करके। डॉ. दस्तूर नहीं, फीरोज। वह उन्हें फीरोज कहती है। उनके बाल, भूरी आँखें, त्वचा की चमक, सबमें सुनहलापन है। उनका व्यक्तित्व पिघले सोने की तरह है। ऐसा जो आसानी से गढ़ा जा सकता है। ठोस हो चुकने पर भी कुछ हद तक तोड़ा-मरोड़ा जा सकता है। पर मन नहीं होता ऐसा करने को। एक सुखद स्थिरता है उनमें जो, वे जैसे हैं, वैसे ही उन्हें रहने देने पर बाध्य करती है।

आज मैं कुर्सी पर बैठी हूँ, अपने कमरे में। वे सब भी हैं। सुधाकर, फीरोज और...जिना। आज पहली बार, वह मेरे लिए सिर्फ देवदूत नहीं, जिना भी है। परसों सुबह वे दोनों बम्बई वापस जा रहे हैं। मैं अब ठीक हूँ।

"ऐसा नहीं कहते, जिना!" फीरोज ने कहा था और वे सुधाकर की तरफ मुड़ गए थे।

"कभी बम्बई आएँ तो जरूर मिलिएगा। बहुत खुशी होगी हमें। अपना पता मैं आपको दे दूँगा।" उन्होंने कहा।

"हम पर आपका इतना एहसान है," सुधाकर ने कृतज्ञ स्वर में कहा, "और हम आपसे मिलें भी नहीं, कैसे हो सकता है?"

सुनकर, सच, बड़ा गुस्सा आया मुझे।

उस बेचारी ने मेरी जान बचाई है, इसका यह मतलब तो नहीं कि हम उसका जीना मुहाल कर दें। जब भी बेचारी बाहर की ठंडी हवा खाने के लिए घर का दरवाजा खोले तो हम चौखट पर नजर आएँ। अपना शुक्रिया साथ लिये। धत्! यह कोई बात हुई। जिन्दगी बचाई, ठीक है। जिन्दगी-भर का ठेका तो नहीं लिया।

दयनीयता और हँसी के मिले-जुले भाव से मैंने उसकी तरफ देखा। मुझे आश्वस्त करती हुई वह एक बार मुस्कराई, फिर बोली, "ठीक है। आखिरी दिन ले लीजिएगा।"

कहते-कहते मुझे लगा, वह बहुत गम्भीर हो गई है। शायद मेरा भ्रम था। पर मेरे साथ फीरोज ने भी चौंककर उसकी तरफ देखा। उधर देखते-देखते उन्होंने 'हाँ' भी कहा पर अनमने भाव से, अपने खयालों में खोये-खोये।

"परसों जा रहे हैं न आप?" सुधाकर ने पूछा।

कुछ देर उसका प्रश्न हवा में टँगा रहा, फिर फीरोज ने कहा, "हाँ।"

"कहाँ?" जिना ने पूछा।

"बम्बई!" सुधाकर ने कहा।

"वह तो परसों जाएँगे।" उसने कहा, "अभी तो कल बीच में है।"

"कल हम खिल्लनमर्ग जाएँगे। तुम भी।" आखिरी बात उसने मुझसे कही।

"ये अभी बहुत कमजोर हैं," सुधाकर ने बाधा दी, "तीन मील चढ़ाई पर चलकर जाना, मैं नहीं समझता, इनके लिए ठीक होगा। क्यों डॉ. दस्तूर, आपकी क्या राय है?"

फीरोज अभी तक जिना को देख रहे थे। अब चौंककर उन्होंने कहा, "हूँ! हाँ वीना, तुम्हें कैसा लग रहा है? चल सकोगी तुम?"

"हाँ।" मैंने कहा।

मेरा छोटा उत्तर सुधाकर के शब्दों की बाढ़ के नीचे दब गया।

"अरे, उनसे पूछेंगे तो कह देंगी, हाँ। पहले भी यही हुआ था। अगर श्रीनगर में कह देतीं, तबीयत ठीक नहीं है तो हम गुलमर्ग आते क्यों?"

आते ही नहीं, मैंने सोचा, कितना कुछ छूट जाता। जैसे अब खिल्लनमर्ग छूट जाएगा। नहीं, मैं नहीं छोड़ूँगी।

"पैदल नहीं जा सकती तो क्या हुआ," मुझसे पहले जिना कह रही थी, "डाँडी में बिठाकर ले चलेंगे। क्यों मिस्टर सुधाकर, उठा सकोगे न?"

"मैं...मैं..." सुधाकर बेचारा हकला गया।

मैं और वह, दोनों, खिलखिलाकर हँस पड़े।

"चलिए माफ किया," उसने कहा, "गुलमर्ग में डाँडी वालों की कमी नहीं है। किसी को भी तय कर लेंगे।"

"हाँ," फीरोज बोले, "दोनों महिलाएँ डाँडी में चल सकती हैं।"

"दोनों?" वह हँसी रोक भवें ऊपर चढ़ाकर बोली, "मैं क्यों?"

"यूँ ही, मैंने सोचा, वीना का साथ हो जाएगा।"

वह कुछ देर उनकी तरफ देखती रही, फिर बोली, "बर्फ पर हाथ में हाथ डालकर चले नहीं तो खिल्लनमर्ग जाने का फायदा क्या?"

वह उठकर मेरे पास आ गई। मेरा हाथ अपने हाथ में दबा लिया और कान में फुसफुसाकर बोली, "बीच-बीच में तुम भी डाँडी से नीचे फुदक आया करना, बर्फ पर, हूँ?"

"मैं तुम्हारे साथ रहूँगी।" मैंने भी फुसफुसाकर कहा।

हम खिल्लनमर्ग पहुँच गए।

सुधाकर के मुँह से मैंने उसके बारे में काफी सुन रखा था। पर खुद वहाँ आना और बात थी। खुद मेरे पैरों का बर्फ के नरम फैलाव में धँस जाना...खुद मेरे हाथों का बर्फ की पिघलती छुअन महसूस करना...खुद मेरी आँखों के सामने बर्फ पर पड़ रही सूर्य किरणों का सात रंगों में बँट जाना...और बात थी।

जिना ने आज फिर लाल कोट-पैंट पहन रखा है। उसके ऊपर नाइलोन का मोटा लबादा, जिसके भीतर रूई भरी है। वह भी लाल। सफेद बर्फ पर सूरज की रोशनी के नीचे वह अग्निशिखा-सी चमक रही है।

दूर किसी अनजान बिन्दु पर टिकी उसकी सपनीली आँखें, रह-रहकर एक वहशी हरी कौंध से चमक उठती हैं। उसकी भूरी आँखों में हरी चिनगारियाँ जब-तब लहरा जाया करती हैं, मैं जानती हूँ। पर ऐसी हरी लौ पहले कभी नहीं देखी। हो सकता है, वह इसलिए हो क्योंकि आज पहली बार मैं उसे खुले में सूरज की रोशनी के नीचे देख रही हूँ। अब तक जब भी उसे देखा है तो कमरे के भीतर की फीकी रोशनी में।

बर्फ पर हँसती दौड़ती वह सहसा होठ दाँतों के नीचे भींच लेती है और गम्भीर हो उठती है। पर कुछ देर के लिए। फिर सिर झटककर बाल हवा में छितरा देती है और भिंचे होठ छोड़, खुलकर हँस देती है। बार-बार दाँतों के नीचे आकर उसके होठ सूज आए हैं और रोज से ज्यादा मांसल लग रहे हैं। मुझे एक दिलचस्प खयाल आया है। जरूर, प्यार कर चुकने पर वह ऐसी दिखती होगी।

हवा में बाँधी गई रस्सी पर चलने वाली सर्कस की नटी की तरह उसकी चाल में अजीब चेतन पैनापन है। लग रहा है, उसका लिया हर कदम कँपकँपाते रोमांच से भरा है, जिसकी विद्युत तरंगें उसके शरीर से फूटकर हमारे शरीर को झनझनाए दे रही हैं।

इतने अभिभूत चैतन्य भाव से आज तक मैंने किसी की मौजूदगी महसूस नहीं की। बार-बार मुझे खयाल आता है और अचरज होता है कि हमारे आसपास मँडराते लोग, उसकी मौजूदगी से रोमांचित क्यों नहीं हो रहे।

शायद हम जहाँ भी जाते हैं अपने साथ एक बन्द गोल दायरा ले जाते हैं। जो हमारे साथ उसकी परिधि के भीतर होते हैं, वही हमें महसूस कर सकते हैं, परिधि के बाहर के लोग नहीं। एक बात का मुझे यकीन है। मेरी तरह फीरोज भी दायरे के अन्दर हैं, बाहर नहीं। मेरी तरह वे भी उसे महसूस कर रहे हैं। जब वह कहीं दूर देख रही होती है तो कई बार मैं देखती हूँ वे उसी को देख रहे हैं। और सुधाकर? पर उसका खयाल मुझे बहुत बाद में आया था।

हमारे देखते-देखते जिना खिलखिलाकर हँस पड़ती है। अपने एक हाथ में मेरा हाथ पकड़ती है दूसरे में फीरोज का। और बर्फ पर दौड़ पड़ती है। दौड़ते-दौड़ते अचानक रुक जाती है और हम उसे साथ लिये बर्फ पर लुढ़क जाते हैं। एक-दूसरे का सहारा लेकर उठते-उठते, वह फिर खिलखिलाकर हँस पड़ती है और उसकी हँसी हमें मजबूर करती है कि हम भी खिलखिला दें।

होते-होते मैंने पाया, उसकी मौजूदगी मुझ पर इस कदर हावी हो चुकी है कि मैंने उसका विश्लेषण करना ही नहीं, उसके बारे में सोचना भी बन्द कर दिया है। मंत्रमुग्ध मैं वही करती जा रही हूँ जो वह कर रही है या जो मुझसे करवाना चाह रही है। मैं...और फीरोज भी।

पिछले पाँच महीनों से यहाँ लगातार बर्फ पड़ती रही है। एक परत पर दूसरी परत जमकर शीशा बन गई है। उस ठोस, ठंडे विस्तार पर पिछले दिनों फिर ताजी बर्फ पड़ी है, मुलायम और चूरा-चूरा। धक्का खाते ही डंडा सफेद बुरादा सतह से उछल पड़ता है, हमारे कपड़ों पर छिड़काव करता।

हम हाथों से ताजी बर्फ खोद रहे हैं। खोदकर फव्वारे-सी हवा में उछाल रहे हैं। गोले बनाकर एक-दूसरे पर फेंक रहे हैं। दूसरों के गोलों से अपने को बचाते बर्फ पर दौड़ रहे हैं। अपने गोले फेंकने के लिए दूसरों के पीछे दौड़ रहे हैं। दौड़ रहे हैं और हँस रहे हैं। निशाना चूक जाने पर और निशाना बैठ जाने पर भी। असल में हम नहीं जानते, हम क्यों हँस रहे हैं। वह हँस रही है तो हम हँस रहे हैं। बात बेबात...उस पर...अपने पर...अपनी-अपनी हँसी पर...।

बर्फ का सपाट मैदान खत्म हो रहा है। जगह-जगह ढलान दिख रहे हैं। कहीं आइरिस की नीलिमा और कहीं डैफोडिल के पीलेपन में डूबते बर्फ से ढके ढलान। सैलानी टोबोगन पर जमे ढलानों पर फिसल रहे हैं।

बाईं तरफ बर्फ का ढलवाँ मैदान नहीं, खड़ी चढ़ाई है। हम चोटी पर हैं। नीचे खाई है। उधर कोई नहीं जाता। गाइड सबको दाईं तरफ भेज देते हैं। नौसिखिए डर रहे हैं। एक्सपर्ट हँस रहे हैं। टोबोगन पर लोग फर्राटे से ढलानों के नीचे फिसल रहे हैं; हवा की तेजी से।

उनकी दुनिया से अलग कुछ हम जैसे बेफिक्रे लोग हैं जो बिना सहारे छोटे-छोटे ढलानों पर फिसल रहे हैं। ऐसे लोग, जिन्हें खेल में दक्षता नहीं, क्षणिक स्फूर्ति चाहिए। बर्फ का स्पर्श, हवा की सरसराहट, बदन का खुलना, किसी का साथ और मिलकर हँसने का मौका। काफी है हमारे लिए। एक-दूसरे का हाथ पकड़कर हम बर्फ पर बैठ रहे हैं, पैरों को आगे जमाकर धक्का मार रहे हैं और लुढ़ककर नीचे पहुँच रहे हैं। बर्फ से सने हम एक-दूसरे को थाम बेतहाशा हँस रहे हैं। खड़े होकर कपड़ों से बर्फ झाड़ रहे हैं और दोबारा ऊपर दौड़ रहे हैं। हाँफते-हाँफते ऊपर पहुँच रहे हैं और बर्फ पर ढहे जा रहे हैं। लम्बी साँसें भरकर सुस्ता रहे हैं, फिर बदन को धकेलकर नीचे फिसल रहे हैं।

एक ढलान से दूसरी ढलान तक। एक चढ़ाई से दूसरी चढ़ाई पर। नशे में धुत्त। अलमस्त। कभी इस तरफ, कभी उस तरफ। कब हमारा दिशा ज्ञान हमसे छूट गया, हमें पता नहीं चला। उस एकसार बर्फीले भूदृश्य में दाएँ-बाएँ, उत्तर-दक्षिण का फर्क करना था भी मुश्किल।

"तुम थक गई हो," उसने मुझसे कहा, "अब आराम करो।"

"हाँ, थक तो गई।" मैं वहीं बर्फ पर लेट गई।

उसने अपना लबादा उतारा और मुझे उसमें लपेट दिया। मेरी सलवार, कमीज और उस पर पड़ा कोट गीला हो चुका था। उसके लबादे का निचला हिस्सा, उसकी निस्बत, काफी सूखा था, गरम भी।

वह मेरे पास बैठ गई। अपने दोनों हाथों से मेरा चेहरा थामा और नीचे झुककर मेरी आँखों पर एक-एक चुम्बन दे दिया।

मेरी पलकें मुँद गईं। चुम्बन लेने को आप-से-आप मुँद गईं। बाद में भी मैंने उन्हें खोला नहीं। पलकों के नीचे कुछ बनता रहा, फैलता रहा।

"रहो तुम।" मैंने सुना।

पलकें मूँदे-मूँदे, हाथ बढ़ाकर मैंने उसका हाथ थाम लेना चाहा पर वह हाथ नहीं आया। शायद वह कुछ दूरी पर रही होगी।

उसके लबादे की आरामदेह गरमाई के नीचे मेरे बदन के पोर-पोर में बसी थकान सुकून पाने लगी। मेरी आँखें एक बार भी नहीं खुलीं। बन्द-की-बन्द नींद की खुमारी में डूब गईं...डूबी रहीं...देर तक...

"उधर मत जाइए! उधर खाई है!" मुझे लगा, सुधाकर चीख रहा है।

"जिनाऽ!"

मेरी अर्धसुप्त चेतना को झकझोरती एक भयानक चीख गूँजी।

मैं उठी और जिस तरफ सुधाकर और फीरोज को भागते देखा, उधर दौड़ पड़ी। मेरे साथ बर्फ पर खेल रहा सैलानियों का पूरा हुजूम।

फिर हम सब एक साथ रुक गए। सरहद पर आकर। आगे जाना नामुमकिन था। एक कदम आगे खाई थी। सीधी नीचे जाती गहरी खाई। खाई में नीचे, बहुत नीचे, बेशुमार खिले डैफोडिल के पीले फूल और उनके बीच सूरज की रोशनी में चमकता, एक छोटा-सा लाल धब्बा।

...फिर सब गड्डमड्ड हो गया। फीरोज की वह खौफनाक चीख चारों दिशाओं में टकराकर अब तक सिर धुनती भटक रही थी।

जिनाऽ!! मैंने भी चीखने की कोशिश की और घुमेर खाकर वहीं बर्फ पर गिर पड़ी।

"मैंने पहले ही कहा था, उधर मत जाइए, खाई है।" एक बार फिर सुधाकर कह रहा है।

शाम से वह इस बात को कई बार दोहरा चुका है।

मैं होटल के कमरे में अपने बिस्तर पर पड़ी हूँ। पास के कमरे में स्ट्रेचर पर चादर से ढका जिना का क्षत-विक्षत शव रखा है। कल दोपहर को उसे हवाई जहाज से बम्बई ले जाया जाएगा, अन्तिम संस्कार के लिए। कुछ देर पहले सुधाकर ने मुझे बतलाया है। यह भी कि वह फीरोज के साथ बम्बई जाएगा। और मुझे भी जाना चाहिए।

"इतना तो हमें उनके लिए करना ही चाहिए।" उसने कहा था।

उस सब पर मैंने ध्यान नहीं दिया था। उसकी बात सुनकर कहा था—"जिना को यहीं खिल्लनमर्ग में बर्फ के नीचे दफनाना होगा, आइरिस के फूलों से ढककर।"

"पागल हो गई हो?" सुधाकर बोला था—"डॉ. दस्तूर पारसी हैं। पारसी लोग, जानती हो, शव को दफनाते नहीं। जलाते भी नहीं। एक ऊँचे बुर्ज पर रख देते हैं। गिद्ध उसे खा लेते हैं। उनका कहना है, मरकर भी आदमी को किसी काम आना चाहिए।"

"नहीं!" मैं जोर से चिल्ला पड़ी थी—"मैं जानती हूँ, वह बर्फ के नीचे रहना चाहती है। डैफोडिल और आइरिस के बीजों के साथ। वरना वह वहाँ जाकर मरती क्यों? उसे वहीं दफनाना होगा।"

"यह कैसे हो सकता है? मैंने कहा न, वे लोग पारसी हैं।"

"कौन वे लोग?"

"जिना और फीरोज।"

"जिना मर गई।"

"हाँ, पर थी पारसी।"

"नहीं," मैंने जिद करके कहा था, "वह जिना थी, बस जिना!" और मन में कहा था, 'वह देवदूत थी, बस देवदूत, इस बर्फीले प्रदेश की देवदूत।'

"उसे यहीं दफनाना होगा। मैं अभी फीरोज से कहती हूँ।" मैं उठकर खड़ी हो गई थी। बाहर जाने वाली थी कि सुधाकर ने मुझे पकड़ लिया।

"अभी नहीं," उसने कहा था, "सुबह बात करना। अभी चुपचाप चलकर शव के पास बैठो। मैं वहीं बैठने जा रहा हूँ। फीरोज अकेले हैं।"

सुधाकर बतलाता रहा था...उस हादसे के घंटों बाद तक वे गुमसुम बने रहे थे। इधर मैं बेहोश होकर गिरी, उधर वे बेहोशी की देहरी पर। सारी जिम्मेदारी सुधाकर के कन्धों पर आ पड़ी। मुझे डाँडीवाले के भरोसे छोड़ा। माउंटेनियरिंग क्लब से कुछ जानकार आदमियों को बुलाया। नीचे उतरकर रस्सियों के सहारे, उन्होंने जिना के शव को बाहर निकाला। मेडिकल मदद की तो उस बेचारी को

कोई जरूरत नहीं थी, फिर भी जो कुछ करना था, फीरोज ने ही किया। वहाँ डॉक्टर और था कौन? जिना का तुड़ा-मुड़ा शरीर देखकर, उनकी सुन्न चेतना के भीतर से डॉक्टर जाग उठा था। पर उसे मृत घोषित करने के बाद वे फिर निष्क्रिय हो गए थे। सुधाकर न होता तो कोई काम पूरा न हो पाता। न श्रीनगर से बम्बई की बुकिंग, न गुलमर्ग से श्रीनगर तक टैक्सी का इन्तजाम, न पुलिस से 'ऐक्सीडेंट से मौत' का सर्टीफिकेट...और भी जाने क्या-क्या। कल, वही उन्हें साथ लेकर बम्बई जाएगा। आज रात-भर उन्हें सँभाले रखेगा।

मैंने सुधाकर की बात मान ली। वह वक्त उनसे बात करने का नहीं था। पर उसके बहुत कहने पर भी मैं जिना के शव के पास नहीं गई।

"तुम जाओ," मैंने कहा, "कुछ देर बैठो उसके पास।"

जाने से पहले एक बार फिर उसने गहरे विषाद के साथ कहा, "मैंने पहले ही कहा था, उधर मत जाइए, खाई है", और उसकी आँखें नम हो आईं।

अनायास मैंने दोनों हाथों से उसका चेहरा थाम लिया, अपने चेहरे से सटा लिया और देर तक उसकी आँखों की नमी महसूस करती रही।

अगली सुबह मेरे नाम डाक से खत आया था। जिना का। लिखा था :

'मेरे देवदूत,

चौंको मत। यह कहने का अधिकार सिर्फ तुम्हें नहीं, औरों को भी हो सकता है। और लोग भले मेरी मौत को हादसा मानकर अलग कर दें, मैं जानती हूँ, तुम नहीं कर सकोगी। इसलिए तुम्हें खत लिख रही हूँ।

आज से दो महीने पहले मैंने तय कर लिया था, अपनी मौत के लिए वक्त और जगह मैं खुद चुनूँगी। पिछले दो महीनों में हिन्दुस्तान में कहाँ-कहाँ नहीं घूमे। इससे पहले कोई जगह पसन्द नहीं आई। या शायद वक्त मौजूँ नहीं था। गुलमर्ग पहुँचने पर खिल्लनमर्ग देखा, फिर तुम मिलीं। मैंने तय कर लिया, आगे सफर नहीं करूँगी।

अच्छा सच बतलाओ (रश्क मत करना, मुकाबला तुमसे नहीं है) इतनी खूबसूरत मौत तुमने पहले किसी की देखी है? नहीं न?

हाँ, तुम यह मत समझ लेना कि मौत ही खूबसूरत होती है या मौत खूबसूरत ही होती है! दरअसल, खूबसूरत सिर्फ जिन्दगी होती है, पर मौत उसका हिस्सा जरूर बन सकती है।

जानती हो, जब कोई आदमी जिन्दगी से बहुत-बहुत प्यार करता है तो उसके लिए मरना बहुत आसान हो जाता है।

हाँ, तुम अभी नहीं मर सकतीं। तुम्हें अभी जिन्दगी से प्यार करना सीखना है, और सुधाकर से भी। प्यार अपने आप नहीं होता। सीखना पड़ता है। एक बार सीख लो तो पता चल जाता है कि बामानी सिर्फ प्यार करना होता है। किसे किया जाए, यह नहीं। बदले में प्यार पाना तो बिलकुल नहीं। कुछ लम्हों के लिए देवदूत मिल जाए तो और बात है। पर देवदूत कुछ लम्हों से ज्यादा नहीं टिकते।

एक बात और। अगर फीरोज मेरा अन्तिम संस्कार बम्बई जाकर करना चाहे तो तुम मना मत करना। अपने शव से मुझे मोह नहीं है।

एक बात तो मानोगी। जब भी फीरोज मेरी मौत को याद करेगा तो उसे बर्फ याद आएगी। ठंडी, मासूम, खुशनुमा और आरामदेह बर्फ। और याद आएगी हम लोगों की हँसी। मेरी और तुम्हारी। सच्ची और खनकदार। मेरे साथ उसे तुम याद आओगी। मौत के बजाय जिन्दगी याद आएगी। खुशनुमा, सच्ची और खनकदार। ठीक होगा न?

—जिना'

फीरोज ने हमें बम्बई ले जाने से इनकार कर दिया। सुधाकर ने जिद काफी की, पर वे नहीं माने। अच्छा हुआ, उन्होंने मना कर दिया, मुझे नहीं करना पड़ा। अब मैं कुछ दिन और यहाँ रहना चाहती हूँ।

# क्षुधा-पूर्ति

**उसका** नाम होना चाहिए था भीम, पर था कन्हाई। वैसे ही उसे बड़ के पेड़ जैसे भारी-भरकम शरीरवाला होना चाहिए था, पर था वह ताड़ जैसा दुबला-पतला। बदन में जगह-जगह हड्डियाँ निकली हुई थीं, पसलियाँ उसकी गिनी जा सकती थीं, गाल अन्दर धँसे हुए थे और पिचके चेहरे पर चिपकी आँखें बड़ी और भूखी दिखाई देती थीं। उसे देखकर लोग आसानी से कह सकते थे, इस आदमी ने दो दिन से भरपेट खाना नहीं खाया। वे गलत नहीं कहते। उसके लिए भरपेट खा पाना असम्भव था क्योंकि चाहे वह जितना खा ले, उसका पेट नहीं भरता था।

उसका नाम चाहे जो रहा हो, बचपन से उसे पेटू कहकर पुकारा जाता था। माँ-बाप, भाई-बहन, यार-दोस्त सब उसे इसी नाम से जानते थे।

अपने छह भाई-बहनों के लिए वह एक खौफनाक जानवर की तरह था। उनके मन में हमेशा यह डर बना रहता था कि कहीं पेटू के लिए पहले खाना न परोस दिया जाए, वरना उन्हें भूखा रहना पड़ेगा। उसकी माँ भी इस बात को अच्छी तरह समझती थी, इसीलिए सबके खा चुकने पर उसके लिए खाना परोसा करती थी। और तब तक...जब वह औरों को खाते हुए

देखता...उसके बदन का रेशा-रेशा खाने के लिए तरसता रहता। उसकी खुली आँखों में सपने आने लगते।

...एक बहुत ऊँचा पहाड़ है—भात का। ऊँचा और सफेद...आह, कैसे मोटे-मोटे दाने हैं चावलों के! कैसी सोंधी बास उठ रही है हर तरफ से। मुँह में पानी के बुलबुले उठ रहे हैं, कितना भीतर सुड़के। पानी है कि होंठों से बाहर बहा जा रहा है। वह दबे पाँव पहाड़ की तरफ बढ़ रहा है। चोर नजरों से इधर-उधर देख लेता है। कोई देख तो नहीं रहा। नहीं, कहीं कोई नहीं है। भात का ऊँचा पहाड़ और दूर-दूर तक एक भी पहरेदार नहीं। कैसा वरदान है, किसी प्रतापी देवता के प्रसाद जैसा। फिर भी वह चौकन्ना होकर आगे बढ़ रहा है। दौड़ता हुआ जाए तो कहीं कोई सोते से जगकर उसे पकड़ न ले।

आखिर वह पहुँच गया पहाड़ के पास। मुँह आगे बढ़ाकर भात खाना शुरू कर दिया और खाता गया...खाता गया...पहाड़ में सुरंग बनाता हुआ, किसी चालाक मूस की तरह। कैसी शुभ घड़ी है यह! वह जितना चाहे खा ले, कोई मना करनेवाला नहीं है। भात का पहाड़ उसका है, अकेले उसका। किसी की साझेदारी नहीं है। जब तक वह चाहे खाता रहे...जब तक...जब तक...। सपने में वह घड़ी कभी न आती थी जब वह खाना खत्म करके तृप्ति की डकार लेता। सपना जब भी टूटता, वह चाव से खा रहा होता। सपने में भी उसने कभी भरपेट नहीं खाया।

शुरू-शुरू में जब वह छोटा था, माँ उसके पेटूपन पर तरस खाकर, उसे और भाई-बहनों की निस्बत दो-एक रोटी ज्यादा दिया करती थी। बहुत जल्दी उसकी समझ में आ गया कि दो रोटी ज्यादा खाकर भी वह उतनी ही भूखी नजरों से उसे ताकता है, जितनी कम रोटी खाने पर। जब उसकी तसल्ली होनी ही नहीं थी तो माँ फिजूल रोटियाँ बरबाद क्यों करती। रोटियों का जुगाड़ उसके लिए इतना आसान नहीं था। उसने कड़ा हिसाब रखना शुरू कर दिया था। अब सबके हिस्से में बराबर रोटी आती थी। हाँ, इतना जरूर होता था कि सबके निबट जाने पर, उसे खिलाकर जब माँ खुद खाने बैठती और उसे भूखी नजरों से अपनी तरफ ताकता पाती तो, झल्लाकर, कभी-कभी अपनी रोटी उसके हाथ पर दे मारती।

जिस दिन रोटी की जगह भात पकता उस दिन और मुसीबत हो जाती। उसका सपना टूटने में ही नहीं आता। वह आँखें खोलने से इनकार कर देता। आँखें मूँदे-मूँदे पके चावल की मीठी गन्ध से ललचाकर आगे बढ़ता और थाली हाथ में लेकर खड़े-खड़े कौर निगलने लगता। दरअसल, वह भात के पहाड़ के अन्दर होता, उसका मुँह तेजी से चल रहा होता और सुरंग के चौड़ा होते जाने पर भी सफेद दानों का अटाटूट ढेर कम होने में नहीं आता। पर...बिजली का झटका खाकर वह आँखें खोल लेता। खाली थाली उसके हाथ से छूट जाती। माँ का सख्त चेहरा सामने तन जाता...कहाँ गया भात का पहाड़?

"थोड़ा भात और दे," उसके मुँह से निकल पड़ता और माँ एक जबरदस्त दोहत्थड़ उसके सिर पर जमा देती। "मर पेटू," वह कोस उठती, 'मर पेटू!'

भाई-बहन तालियाँ बजाकर उसके चारों तरफ नाचकर कहते, 'मर पेटू! मर पेटू!'

'पेटू माँगे भात! खाये दो लात!'

'पेटू खाये दो लात! फिर कभी न माँगे भात!'

पेटू बेचारा जार-जार रो देता। भाई-बहनों के चिढ़ाने की वजह से नहीं, पहाड़ के गायब हो जाने के कारण।

काश, किसी दिन वह पूरा पहाड़ निगलकर एक जबरदस्त डकार ले सके। काश, एक दिन ऐसा आए कि वह महसूस कर सके कि उसने पेट भरकर खाया है। जब वह दिन आया...उसे अच्छी तरह याद है...यह वह दिन था, जब वह घर छोड़कर भाग निकला था।

दिन ढल रहा था। शाम की रंगत चावलों के माँड़ जैसी हो रही थी। खोली के भीतर से भी वही खुशबू उठ रही थी। उस दिन घर में भात पका था। खाना माँगने से पहले, सबको काम पर गए बाप के लौट आने का इन्तजार था, पर भात की खुशबू किसी बन्दिश को नहीं मान रही थी। मन मसोसकर वह बार-बार यही सोच रहा था कि उसकी बारी सबके खाने के बाद आएगी। तभी एक अनहोनी घट गई।

माँ भात की ठसाठस भरी हाँड़ी खोली में छोड़कर बाहर निकल गई। उनकी खोली से दो खोली छोड़कर रहने वाली औरत बच्चा जन रही थी। उन खोलियों में रहने वाली सभी औरतें मौका आने पर बच्चा जनवाने का काम बखूबी कर लेती थीं। जो पहले पहुँच जाती, अठन्नी-रुपया झटक लेती। माँ नहीं चाहती थी कि पड़ोसन किसी दूसरे के हाथों में पड़े, इसीलिए दौड़ी चली गई थी। अगर खोली में पेटू अकेला रहा होता तो उस वक्त भी माँ उसे बाहर खदेड़कर खोली बन्द कर देती। पर उसकी दो बड़ी बहनें वहीं मौजूद थीं, जो उसकी निगरानी के लिए काफी थीं। संयोग कुछ ऐसा हुआ कि कुछ देर की कानाफूसी के बाद, वे दोनों बहनें खिड़की से झाँककर तमाशा देखने चली गईं। और वह खोली में अकेला रह गया। एक तरफ वह और दूसरी तरफ भात से ठसाठस भरी हाँड़ी।

कुछ देर वह आँखें बन्द किए बैठा रहा। ताजे पके भात की ललचाती गन्ध को नथुनों के जरिए भीतर खींचकर खुश होता रहा। फिर धीरे-धीरे...सच कहा जाए तो उसे पता भी नहीं चला...कब वह उठा, खोली का दरवाजा ढुकाया, अन्दर से खड़का गिराया और खेत में सेंध लगानेवाले मूस की तरह, आहिस्ता-आहिस्ता सरकता हुआ, हाँड़ी के पास पहुँच गया। फिर वह था और भात के पहाड़ के बीचोबीच खुदी सुरंग। आँखें बन्द किए वह चारों तरफ मुँह मारने लगा। आँखें बन्द रखो तो पहाड़ की ऊँचाई बढ़ जाया करती है। झटके के साथ उसकी आँखें खुलीं। उसने हाँड़ी को इधर-उधर टटोला पर भात का और दाना उसके हाथ नहीं आया। भूचाल बिना पहाड़ नीचे धँस गया। उसने देखा और सुना... सामने चावल की हाँड़ी खाली पड़ी है, बाहर कई जोड़ी हाथ एकसाथ खोली का दरवाजा पीट रहे हैं।

वह समझ गया, कुछ ही देर में वे हाथ उसकी पीठ पर पड़नेवाले हैं, फिर भी...एक तृप्त डकार के साथ उसने उठकर दरवाजा खोल दिया।

माँ भागती हुई भीतर घुसी और सीधी हाँड़ी के पास जा पहुँची। खाली हाँड़ी देखकर वह हलाल होते बकरे की तरह चीखी और दूसरे क्षण, उसने चूल्हे से खींचकर लकड़ी बाहर निकाल ली। दोनों बड़े भाइयों ने उछलकर उसे आ दबोचा और औंधा करके जमीन पर बिछा दिया। फुफकारती हुई माँ आगे बढ़ी और...छोटे भाई-बहन स्तब्ध खड़े देखते रहे...किसी ने आवाज नहीं की...'मर

पेटू-मर पेटू' कहकर कोई नहीं नाचा...माँ ने मुँह से गाली नहीं निकाली...बड़े भाई चुप बने रहे...खोली में मौत का-सा सन्नाटा छा गया। बस, माँ की साँस जोर-जोर से चलती रही, और चूल्हे की लकड़ी उसके बदन को धुनती रही। दोनों भाई उसे कसकर थामे रहे। बचाव का कोई उपाय नहीं था। पिटाई तब तक होती रही, जब तक चीखें मारकर उसने भात की उल्टी न कर दी। तब माँ ने हाथ की लकड़ी फेंक दी, भाइयों ने कसकर दो-दो लातें उसकी पीठ पर जमाईं और उसे घसीटकर खोली से बाहर कर दिया। उस दिन घर में किसी ने कुछ नहीं खाया। दो बार खाने का जुगाड़ बिठलाना उनके बस की बात नहीं थी। अगले दिन की कमाई से ही अगले दिन की भूख मिटाई जा सकती थी।

अगले दिन सबके खा लेने पर माँ ने उसे खाने के लिए नहीं बुलाया तो अपनी कुलबुलाती आँतों को हाथों से दबोचकर, वह घर से भाग निकला। उसने तय कर लिया कि जैसे भी होगा, वह एक हाँड़ी भात रोज खाया करेगा। रोज! जैसे भी हो।

कुछ दिन भीख माँगकर और बोझा ढोकर उसने पेट आधा खाली रखकर गुजार दिए। उसके बाद कई नौकरियाँ पकड़ीं और छोड़ीं। भरपेट खाने को कभी नहीं मिला। रबर की चप्पलों के फीते बनाने वाली फैक्टरी में काम किया, डेढ़ रुपया रोज पर। पता चला कि फुटपाथ पर सोकर भी इतने पैसों में आँतों का कुलबुलाना बन्द नहीं किया जा सकता। ढाबे में नौकरी की, यह सोचकर कि इतना ढेर सारा खाना जहाँ बनेगा, वहाँ उसके हिस्से भी कुछ जरूर आएगा, मगर ढाबे का मालिक उसकी माँ से भी कड़ा हिसाबी निकला। अस्सी रुपये माहवार जो देता, उसमें से खाने के पैसे काट लेता। दो रुपये की पूरी-सब्जी खाकर उसकी आँतों में महाभारत छिड़ जाता। और-और की पुकार उसे पागल बना देती! पहले सिर्फ भात का पहाड़ देखा करता था, अब पूरी-पकौड़ों के भी सपने आने लगे थे। पहले सिर्फ आँतें कुलबुलाया करती थीं, अब जबान के तन्तु भी चिनचिनाने लगे।

जिन्दगी में पहली बार उसे पता चला कि दुनिया में इतनी तरह का खाने का सामान होता है। उसने हर तरह का खाना बनाना सीखा और एक सेठ के यहाँ घरेलू नौकर की तरह नौकरी कर ली।

वाह! क्या मौज है, पहले दिन उसने महसूस किया। नित नए मेहमान, दावतें, तरह-तरह का खाना। पँचमेल खाने की खुशबू से रसोई तर रहती। आदमी चाहे तो हर वक्त सपने लेता रहे। पर...रसद का सामान सेठानी अपने हाथ से निकालकर देती। सबके खा लेने पर इतना खाना नहीं बचता कि उसका सपना पूरा हो सके। फिर भी उनकी नजर बचाकर वह फल-दूध पर हाथ साफ कर लेता। अपने पेट की सुलगती भट्ठी को वह सारा दिन ईंधन देता रहता। पर उससे पेट नहीं भरता, बस लालच बढ़ता जाता।

दो साल में दस नौकरियाँ बदल चुका, पर हर घर में वही तसवीर सामने आती। कुछ लोग पहले से खाने के सामान की निगरानी रखते। कुछ उसे काम पर लगाने के बाद रखना शुरू कर देते। फिर किसी-न-किसी बहाने उसे नौकरी से निकाल देते। 'तुम्हारे खाने का खर्च हम नहीं उठा सकते', इतनी साफ, दो-टूक बात कहने की हिम्मत सिर्फ एक औरत कर पाई थी। वह सच बोलने की आदी थी और अपने मोहल्ले में झक्की या पागल के नाम से मशहूर थी। पर सोचा, हर किसी ने यही कहा था, वह अच्छी तरह जानता था।

जब उसकी समझ में आ गया कि कुछ दिन बीतने पर नौकरी छूटनी ही है तो उसने तय कर लिया, जितने दिन एक घर में रहेगा, ज्यादा-से-ज्यादा खाना अन्दर ठूँस लेगा। माँगकर, चुराकर, लुका-छिपाकर। जैसे भी हो। आजकल उसके और उसकी मालकिन के बीच हर वक्त लड़ाई छिड़ी रहती है। दोनों अपने-अपने मोर्चे पर तैनात रहते हैं। किस हद तक वह उसकी आँखों में धूल झोंकने में सफल हो सकता है और किस हद तक वह चौकन्नी रहकर, अपने सामान की रखवाली कर सकती है।

अब उसे इस लड़ाई में मजा आने लगा है। दिमाग हर वक्त जोड़-तोड़ बिठलाता रहता है, शरीर में स्फूर्ति भरी रहती है। दिन भर के चुस्त-चौकन्नेपन के बाद रात को खाट पर गिरता है तो गहरी मजेदार नींद सोता है। एक सेहतमन्द थकान पोर-पोर में बसी रहती है, जैसे किसी ऊँचे पहाड़ की चोटी पर चढ़कर लौटा हो। शायद यही कारण है कि उसके बदन पर थुलथुल मांस की परतें नहीं चढ़ीं, वरना मालिक बेचारा तो उससे एक-चौथाई खाकर आटे की बोरी-सा दिखाई देने लगा है।

उसकी भूख और खाने की मिकदार बढ़ती जा रही है। वह हर पल उन क्षणों का इन्तजार करता है, जब रसोईघर में अकेला होगा या उससे भी सुखद स्थिति की, जब वह पूरे घर में अकेला होगा...बचपन के उस दिन की तरह... और फिर...काश, उस दिन वे लोग खाने के सामान पर ताला लगाना भूल जाएँ। कितना खुशकिस्मत है वह! आज वह शुभ दिन आ गया।

सुबह उसकी मालकिन को दिल का दौरा पड़ गया। ठीक क्या हुआ, उसकी समझ में नहीं आया, पर इतना जरूर देखा कि दर्द से बेदम होकर, वह बिस्तर पर गिर पड़ी। डॉक्टर आया और जल्दी-जल्दी मालकिन को उठाकर अस्पताल ले जाया गया। इस दौरान 'दिल का दौरा' शब्द कई बार दोहराया गया। तमाम परेशानी और जल्दबाजी में खाने के सामान पर ताला लगाना, किसी को याद नहीं रहा।

अब मालिक और मालकिन दोनों अस्पताल में हैं, दोनों बच्चे अपनी दादी के घर। खाने का सामान खुला पड़ा है और पूरे घर में वह अकेला है। चार-पाँच घंटे तक किसी के वापस लौटने की उम्मीद नहीं। जो कुछ करना है, इसी दरमियान कर डालना है।

उसने करीब पाँच किलो चावल का डिब्बा खोला। ठीक है। एक किलो दाल, मटर, गोभी, शिमला मिर्च और आलू की सब्जियाँ, पूरी का आटा, खीर, उसने सारी तैयारी कर डाली। खाना बनाकर रसोई के फर्श पर लगा लिया। चावल उसने थाली पर इस तरह जमाया जैसे कोई ऊँचा पहाड़ हो।

कुछ देर तक सामने बैठकर, वह खाने की चीजों की मिली-जुली गन्ध सूँघता रहा। एक हाथ आगे बढ़ाकर धीरे से चावल के पहाड़ को छुआ। आह, सपने को छूकर देखो, कितना सुहावना लगता है! उसने आँखें मूँद लीं और एक सिरे से खाना शुरू कर दिया, और...खाता चला गया। बचपन के उस दिन का दृश्य आँखों के सामने आ टिका, जब वह भात की पूरी हाँड़ी साफ कर गया था और उसके परिवार को भूखा रहना पड़ा था। यहाँ ऐसी कोई बन्दिश नहीं है। यह सारा खाना वह खा भी लेगा तो कोई फर्क नहीं पड़ेगा। शाम तक दुबारा सामान बाजार से आ जाएगा, घंटे भर के अन्दर। फोन करके कहने भर की देर है। कल

तक दस गुना सामान आकर जमा हो सकता है। फिर भी उसका पेट भर पाना उतना आसान नहीं है। सहसा वह खिलखिलाकर हँस पड़ा। उसकी भूखी आँखों में चमक आ गई। कितनी मजेदार बात है। ये लोग हजारों रुपया माहवार कमाते हैं। गाड़ी है, टी.वी. है, फ्रिज है, यहाँ तक कि एयरकंडीशनर भी है। पर उसका पेट ये नहीं भर सकते। उसे महसूस हुआ, वह एक बहुत बड़ी हस्ती है। दुनिया भर में ढूँढ़ने पर भी उतना बड़ा आदमी नहीं मिलेगा, जो उसे भरपेट खिला सके।

पर आज वह खाएगा। भरपेट खाएगा। तब तक खाता रहेगा जब तक उसके भीतर से यह आवाज न उठ आए कि उसका पेट और खाना अन्दर भरने के लिए तैयार नहीं है। क्या ऐसा सम्भव है? पेटू का पेट भर सकता है? सोचकर उसका बदन झनझना गया। चटखारे लेकर वह खाता गया। वक्त का अहसास उससे छूट गया। आँखें खोलकर उसने यह भी नहीं देखा कि कितना खाना बचा और कितना पेट में चला गया। बस, हाथ बढ़ाकर एक-एक कौर उठाता और निगलता जाता।

सहसा दरवाजे की घंटी टन-टन कर बज उठी। घबराकर उसने आँखें खोल लीं। दरवाजा खोलने से पहले खाने का सारा सामान समेट देना होगा, बीते वक्त के अनुभव ने उसके दिमाग पर दस्तक दी। उसने जल्दी-जल्दी दो-चार कौर और निगले और बरतन समेटने लगा। ढक-ढका कर रख देगा और बाद में मौका मिलने पर फुर्सत से...।

दरवाजे की घंटी बजनी बन्द हो गई। उसके बजाय दो जोड़ी हाथ बारी-बारी से दरवाजा पीटने लगे और एक कर्कश आवाज, उसके नाम की गूँज उठी। वह समझ गया, मालिक हैं, साथ में कोई और भी। वह जानता है, ऐसी हालत में दरवाजा खोलने में एक मिनट की भी देरी हुई तो प्रलय हो जाएगी।

बैठे-बैठे उसने बरतन एक तरफ खिसका दिए और झपटकर उठ खड़ा हुआ। एक कदम आगे बढ़ाया था कि सिर में जोर से घुमेर उठी। उसने हाथ बढ़ाकर दीवार को थाम लिया और उसके सहारे आगे बढ़ने की कोशिश करने लगा। पर हुआ नहीं। उसके पैरों ने उसका बोझा ढोने से इनकार कर दिया। उसका पेट पठार की तरह सख्त हो रहा था। उस पर उसकी छाती चट्टान की तरह खड़ी थी। लग रहा था नाक के छेद बन्द हो गए हैं। हवा किसी तरह अन्दर

नहीं जा सकती। उसने मुँह खोलकर साँस लेने की कोशिश की पर बेकार। मुँह खुला का खुला रहा। हवा फेंफड़ों में पहुँचने की बजाय गले में घरघराती रही। पैरों ने जवाब दे दिया और वह लड़खड़ाता हुआ औंधे मुँह फर्श पर जा गिरा।

उसे लगा, दोनों बड़े भाइयों ने उसे कसकर दबोच रखा है। उसकी पीठ पर एक भारी पत्थर रखकर बाकी भाई-बहन उस पर सवार हैं। इतना बोझ उससे उठाए नहीं उठ रहा। गर्दन ऊपर उठाकर उसने खुले मुँह को और चौड़ा किया। एक बार फिर साँस लेने की कोशिश की। साँस नहीं ले पाया, गर्दन ऐंठकर एक तरफ लटक गई। बदन ने दो-चार झटके खाए, फिर तड़पकर डंडा हो गया। उसका पेट भर चुका था।

# टोपी

**मन** कहीं मँडरा रहा हो, अविजित बंसल के पाँव खुद-ब-खुद दफ्तर पहुँच जाते हैं। पाँव नहीं गाड़ी, बड़े लोग भटकते भी मशीन पर चढ़कर हैं। कोई मंजिल के रास्ते में भटकता है, कोई मंजिल पर पहुँचकर। पहली भटकन से छुटकारा पाने की उम्मीद की जा सकती है, दूसरी से कभी नहीं।

आज भी अविजित समय से दफ्तर पहुँच गया। जनरल मैनेजर की भारी-भरकम मेज के पीछे रिवॉल्विंग कुर्सी में कैद हो गया। हाथ सीधा घंटी पर गया।

"सर!" उसका सेक्रेटरी भंडारी सामने खड़ा था।

"स्टेट बैंक के लोन की फाइल लाओ। फाइनेन्स कमीशन में अपाइंटमेंट तय हुआ? महाजन को रिमाइंडर भेजो, पेमेंट अभी तक नहीं हुआ। आज रिमाइंडर भेजो, परसों आदमी भेज देना... तुम खुद चले जाना, पेमेंट फौरन होना चाहिए। पवन कुमार का ट्रान्सफर ऑर्डर गया कि नहीं। वह कानपुर में बैठा क्या कर रहा है, मुझे यहाँ जरूरत है उसकी। सतना को बुलाओ...सेल्स टैक्स के केस की डेट आज है। और सुनो, देखो, सिंघानिया जी, कहाँ ठहरे हैं दिल्ली में। मुझसे बात करवाओ..."

पता नहीं उद्योगमंत्री मुकर्जी बाबू से मुलाकात हुई या

नहीं। यह काम बहुत तंग कर रहा है। बाँकुड़ा में फर्टिलाइजर फैक्टरी लगाने के लिए लाइसेन्स लेना है। कब से जोड़-तोड़ कर रहे हैं। निचली सीढ़ियाँ तय हो चुकीं। अब सिंघानिया जी ने खुद मुकर्जी बाबू से अपाइण्टमेण्ट लिया है। काम हो तो जाना चाहिए। अविजित को अपने सोर्स से पता चला है, मंत्री जी खानदानी सज्जन हैं, उनके यहाँ रकम चलती जरूर है, पर जरा तगड़ी।

"सर!" भंडारी ने कहा।

"सर!" सतना ने कहा।

"सर, कुमार रिपोर्टिंग!" पवन कुमार ने कहा।

"भंडारी, खिड़की का पर्दा खींच दो। धूप ज्यादा तेज है। बत्ती जला लो।" जेल की खिड़की से हरियाली और आसमान देखने को एक भटकता हुआ मन चाहिए, जो अविजित के पास अब नहीं है। पहले ही 'सर' ने उसे कनपटी की नस में छुप जाने पर मजबूर कर दिया था। दूसरे और तीसरे 'सर' ने तने शरीर में चाबी कस दी। अविजित खुद दीवार घड़ी बन गया। अब पाँच बजे तक वह लगातार घंटों और मिनटों में बँधकर दौड़ लगाएगा।

भंडारी फोन मिलाता, उससे पहले ही सिंघानिया जी का फोन आ गया। मंत्री जी से मिल चुके थे और कामयाबी हासिल न कर पाने से काफी तमतमाये हुए थे।

"अजीब आदमी है," उन्होंने कहा, "हाथ ही नहीं रखने देता। कितनी तरह से भेद लेना चाहा, पर वहाँ कोई असर नहीं।"

"पर मेरी सूचना तो यह है कि उनके साथ रकम चलती है।" अविजित ने कहा।

सिंघानिया जी एकदम गरम हो गए—"गलत सूचना है, बंसल," उन्होंने कहा, "मेरी आँखें कभी धोखा नहीं खातीं। मुझे लगता है, इस बार तुमने कोई बहुत ही कमजोर सोर्स पकड़ लिया है।"

"जी..." अविजित सोच में पड़ गया।

"मुझे लगता है," सिंघानिया जी कहते जा रहे थे, "या तो वाकई उस आदमी के खयालात ऊँचे किस्म के हैं, या वह खेल गहरा खेलता है।"

"जी।"

"मेरा खयाल है, लाइसेन्स किसी कांग्रेसी को मिलेगा। क्या विडम्बना है! इलेक्शन के वक्त पार्टी को पैसा दें हम लोग, और मलाई लूटकर ले जाए कोई फटेहाल खद्दरधारी।"

"जी।"

"अरे भाई बंसल!" सहसा उनकी आवाज में सरगर्मी आ गई—"तुम भी तो फ्रीडम फाइटर हो। जेल काट आए थे न उन दिनों। बस, फिर क्या है, तुम मिलो न उनसे। देखो यह काम होना जरूर चाहिए...मैं कहता हूँ भाई, जरूरत पड़ने पर गांधी टोपी लगा लेने में कोई हर्ज नहीं है...क्यों ठीक है न?"

"जी!" कहकर अविजित ने फोन रख दिया, पर उसके बदन में आग लग गई। समझते क्या हैं मिस्टर सिंघानिया! एक लाइसेन्स लेने की खातिर अविजित बहुरूपिये का स्वाँग रचेगा! बढ़िया सिला सूट उतारकर खद्दर का धोती-कुर्ता पहन, गांधी टोपी लगाकर मुकर्जी बाबू के पास जाएगा और अपनी जेल-यात्रा का बयान करेगा। हिम्मत कैसे हुई उनकी यह प्रस्ताव देने की?

और हिम्मत क्यों नहीं हुई अविजित की कि उसी वक्त उनके मुँह पर तीते शब्द उछालकर इनकार कर दे?

इसमें हिम्मत की क्या बात है? उस समय वह शालीनता बरत गया, बस। इसका यह मतलब बिलकुल नहीं है कि वह वाकई अपने को इस तरह जलील होने देगा। इस्तीफे का क्या है, किसी वक्त भी दिया जा सकता है।

"भंडारी!" उसने आवाज लगाई—"जितनी फाइलें हैं, आज सब निकाल डालो। इस हफ्ते के अन्दर पिछला सारा काम निबट जाना चाहिए, समझे।"

अविजित काम में मशगूल हो गया। खाना खाने भी घर नहीं गया। पास के रेस्तराँ से दफ्तर में मँगा लिया।

तीसरे पहर सरण दफ्तर में आ धमका। इलाहाबाद यूनिवर्सिटी में साथ था, आजकल मेरठ में है। छठे-छमासे दिल्ली चला आता है। खादी का कुर्ता-पाजामा, सिर पर गांधी टोपी, चेहरे पर अपार सन्तोष। आज उसे देखकर अविजित खीज से भर उठा।

"यार, तू ढंग के कपड़े क्यों नहीं पहनता?" उसके मुँह से निकला।

"क्या मतलब?" सरण बोला।

"अँग्रेज गए, स्वराज आ चुका, फिर गांधी टोपी लगाने की क्या तुक हुई भला?"

"क्यों? सभी तो लगाते हैं।"

"सभी नेता लगाते हैं। पर तू नेता नहीं है।"

"नेता गांधी जी थे, हम टोपी लगाते हैं।" सरण ने मासूमियत से कहा।

अविजित बेसाख्ता हँस पड़ा।

"इसमें हँसने की क्या बात है?" सरण ने बुरा मानकर कहा, "एक वक्त था, जब तू भी खादी के कपड़े पहनता था और गांधी टोपी लगाता था, याद नहीं?"

"हाँ, तब ये विरोध के प्रतीक थे। अब नहीं हैं। आजकल जब हम खुद मिलों में कपड़ा बना रहे हैं, दुकानों पर पिकेटिंग करके विदेशी माल जला नहीं रहे, तब यह लगाकर घूमने का मकसद?"

"हम तो भैया, गांधी जी को मानते हैं। गांधी जी ने कहा था, स्वदेशी के बिना स्वतन्त्रता किसी काम की नहीं है। खादी बुनना छोड़ दोगे, तो स्वराज भी नहीं रहेगा।"

"और ये जो इतनी बड़ी-बड़ी मिलें खोली जा रही हैं, उनका बुना कपड़ा कौन पहनेगा?"

"पहनो तुम।"

"यानी मेरे पहनने में हर्ज नहीं है। है न?" अविजित फिर हँस दिया।

सरण नाराज हो गया।

"तुम लोग सदा मुझपर हँसते रहे, पर बात मेरी ही ठीक निकली, हर बार। अच्छा तू बतला, जिसने देश की सेवा की होगी, वह चाहेगा नहीं कि लोग जानें, वह देश सेवक है। सूट पहनने पर कौन विश्वास करेगा?"

"और कोई देश-सेवा किए बगैर गांधी टोपी लगाकर खादी पहन ले तो?"

"क्यों पहनेगा भला! हाँ, यह हो सकता है कि किसी कारण पहले दिनों में

देश का काम न कर पाया हो और अब करने का इरादा रखता हो।"

अविजित जानता है, सरण से बहस करना बेकार है। उसमें यह सिफत है कि आप तर्क चाहे जो दे लें, उसके जवाब वही रहते हैं। पर उसे छेड़ने में अविजित को मजा आ रहा था, इसीलिए उसने कहा, "ऐसा कर, इस बार तू इलेक्शन में खड़ा हो जा।"

"इलेक्शन में खड़ा होना होता, तो बावन में ही न हो जाता। अपने पन्त जी ने कितना कहा, विधानसभा में आ जाओ, मंत्री पद सँभालो, पर हमने मना कर दिया। अपन ठहरे सीधे-सादे आदमी, सरकार चलाना अपने बस की बात नहीं है।"

"फिर तो तेरा टोपी पहनना बेकार रहा।" अविजित ने टोका।

"अपना काम तो सेवा करना है, भाई," सरण ने उसकी बात अनसुनी करते हुए कहा, "आजादी मिलने पर जो सीमेंट एजेन्सी सरकार ने हमें दी थी, वह भी हमने छोटे भाई को दे डाली। पेट्रोल पम्प का लाइसेन्स मिला, तो लड़का कहने लगा, मैं चला लूँगा। मैंने कहा, ठीक है भइया चला लो, अपने बस का तो यह रोग है नहीं। हाँ, सरकार ने गांधी संस्थान चलाने को नियुक्त कर दिया, तो रास आ गया अपन को। छह बरस हो गए, आनन्द ही आनन्द है।"

"सीमेंट की एजेन्सी, पेट्रोल पम्प का लाइसेन्स, कुछ और भी दिया सरकार ने?"

"हाँ," बिना हिचक सरण बोला, "स्टील का कोटा मिला था। पत्नी ने कहा, बच्चे बड़े हो गए, वक्त काटे नहीं कटता, कहो तो स्टील के बर्तनों की छोटी-सी फैक्टरी खोल लूँ। मैंने कहा, खोल लो देवी, हम स्त्री-पुरुष को समकक्ष मानते हैं।"

अविजित निरुत्तर रह गया।

आगे केवल यही पूछा, "चाय पियोगे?"

"पी लूँगा," सरण ने तटस्थ भाव से कहा, "एकाध कप ले लेता हूँ कभी-कभार।"

इत्मीनान से चाय पीकर सरण ने झोला सँभाला और दरवाजे की तरफ बढ़ गया। अविजित ने सबसे ऊपर वाली फाइल सामने सरका ली।

दरवाजे पर पहुँचकर सरण सहसा पलटा और बोला, "अपने साथ एक चड्ढा हुआ करता था, याद है?"

"हाँ, हाँ!" अविजित ने तुरन्त कहा। युनिवर्सिटी में चड्ढा उसके सबसे अजीज दोस्तों में से था।

"बेचारा चल बसा।"

"क्या!" अविजित उठकर खड़ा हो गया, "कब?"

"आज सुबह। किरिया करके ही तो चला दिल्ली के लिए।" सरण ने कहा।

"आज! सुबह! पहले क्यों नहीं बतलाया?"

"क्यों, पहले बतलाने से तू क्या करता?"

"इतनी देर यहाँ बैठा हँसी-ठट्ठा करता रहा, उसका मरना याद तक नहीं रहा!"

"हँसी-ठट्ठा मैंने नहीं किया।" सरण ने कहा।

हाँ, हँसा सिर्फ अविजित था।

वह वापस कुर्सी में धँस गया।

"क्या हुआ था उसे?" सूखे गले से पूछा।

"बेचारा बड़ी तंगहाली में मरा। मैंने कितना कहा, चलो सरकारी अस्पताल में भरती करवा दूँ, पर वह माना ही नहीं।"

"हुआ क्या था?" अविजित ने बाधा दी।

"होना क्या था, एक गुर्दा तो तभी खराब हो गया था, जब उन्नीस सौ बयालीस में जेल गया...इलाज कुछ हुआ नहीं...बस...अब दूसरा गुर्दा भी जवाब दे गया।"

"वह मेरठ में ही था?"

"हाँ।"

"तूने कभी उसके बारे में बतलाया नहीं?"

"तूने पूछा कब?"

"मुझे पता नहीं था, वह मेरठ में है।"

"पता मुझे भी नहीं था। करने से चल गया। बाद में भले ही गलत रास्ते पर पड़ गया हो, एक वक्त था तो हमारा ही साथी।"

"गलत रास्ते पर वह कब पड़ा?"

"1942 में छिपकर काम कर रहा था।"

"तो?"

"गांधी जी ने छिपकर काम करने को गलत बतलाया था। उन्होंने सभी भूमिगत विद्रोहियों को राय दी थी कि वे सरकार के आगे समर्पण कर दें।"

"वे जानते भी थे, उन लोगों के साथ जेलों में क्या सुलूक किया जाता है? उनके खुद के साथ कभी कोई जुल्म नहीं हुआ, इसी से..."

"नहीं हुआ क्योंकि अहिंसा से उत्पन्न उनकी नैतिक शक्ति के सामने ब्रिटिश सरकार भी नतमस्तक थी।"

"तुम जानते हो, चड्ढा के साथ फतेहगढ़ जेल में क्या हुआ?"

"जानता क्यों नहीं। मैं तो खुद तुम्हें बतला रहा था।"

"जानते हुए भी तुमने उसे बिना इलाज मर जाने दिया?"

"मैंने? मैंने तो भइया उसे बचाने की बहुत कोशिश की। कितनी बार कहा, सरकार के नाम अर्जी दे दो। बाद में जो हुआ हो, बत्तीस में तो गांधी जी के सविनय-आज्ञा-भंग आन्दोलन में हिस्सा लिया ही था और दो बरस जेल भी काट आए थे, इलाज का इन्तजाम जरूर हो जाएगा...मैं खुद सिफारिश कर दूँगा, पर वह माना ही नहीं। अब मैं..."

"शट अप!" अविजित ने तड़पकर कहा, "और...चले जाओ यहाँ से।"

"ठीक है," सरण ने कहा, "पर यह जरूर सोच रखना, तुमने खुद क्या किया उसके लिए!"

अविजित के पास कोई जवाब नहीं था।

सरण कमरे से बाहर चला गया।

चड्ढा बिना इलाज मर गया और उसका बीस हजार रुपया अविजित के पास पड़ा है।

बारह साल पहले का दृश्य अविजित की आँखों के सामने साकार हो गया। 1942 का अगस्त खत्म होने को था, जब शाम के घिरते झुटपुटे में नुकीली छोटी दाढ़ी और पादरी के लबादे के पीछे छिपा चड्ढा उसके घर पहुँचा था—"पुलिस मेरे पीछे है। लगता है, अब मैं जल्दी गिरफ्तार हो जाऊँगा।" उसने कहा था।

"मैं कुछ कर सकता हूँ तेरे लिए?" अविजित ने पूछा था।

"इसीलिए तो आया हूँ। तुझ पर कोई शक नहीं करेगा।" उसने कहा था।

"क्यों नहीं करेगा?" अविजित को उसका संकेत बींध गया था—"मेरा रिकॉर्ड काफी खराब है।"

यह ठीक था कि 1942 में वह एक प्रतिष्ठित उद्योगपति के यहाँ ऊँची पोस्ट पर काम कर रहा था, पर दस साल पहले विद्यार्थी जीवन में दो बरस की जेल भी काट आया था।

"इसीलिए तो आया हूँ," चड्ढा ने मुस्कराकर दोहराया था—"मुझे ऐसे आदमी की जरूरत है, जिस पर न मुझे शक हो, न सरकार को।"

"करना क्या है?" उसने पूछा था।

"यह रुपया और कागज रख ले, बस। पकड़ा नहीं गया, तो खतरा कम होने पर खुद ले जाऊँगा, वरना हमारा कोई आदमी। पासवर्ड होगा—पीला साफा।" चड्ढा ने मतलब की बात के अलावा उसे कुछ नहीं बतलाया, पर जाहिर था कि वह किसी भूमिगत दल के लिए काम कर रहा है।

अविजित ने रुपया रख लिया था।

उसके बाद...जब-जब चड्ढा मिला, रुपया उसे देना चाहा, पर उसने लिया नहीं। पहली बार मिला था 1945 में, फतेहगढ़ जेल से छूटने पर, हड्डियों का ढाँचा और एक टाँग पर लँगड़ाता हुआ।

"यह क्या हाल हो गया तेरा?" अविजित कह उठा था।

"अब यार, इन्कलाबी शौक फरमाएँगे, तो कुछ-न-कुछ होगा ही।"

कहकर चड्ढा ठठाकर हँस दिया था और थककर देर तक निढाल पड़ा रहा था। अविजित खामोश रहा था।

"अच्छा, यह बतला," चड्ढा ने सुस्ताकर कहा था—"हमने लड़ाई बन्द क्यों कर दी? ब्रिटेन अपनी लड़ाई जीत गया, पर हम?...गांधी जी ने कहा, करो या मरो, और जब जनता कर गई, तो कह दिया, इस आन्दोलन से हमारा कोई सम्बन्ध नहीं है। क्यों?"

क्यों का जवाब अविजित के पास नहीं था।

पहले वह पूछता था, मैं क्यों नहीं?

अब वह पूछने लगा है, मैं ही क्यों?

जो ठोस था, उसी को थामकर उसने कहा था—"तेरा रुपया मेरे पास है।"

"रहने दे," चड्ढा ने कहा था—"रुपया मेरा नहीं, दल का था और दल अब तितर-बितर हो चुका है।"

"तो क्या करें रुपये का?"

"रख अभी। देखें आगे क्या होता है।"

उसके बाद चड्ढा मिला था 1950 में, आजादी मिलने के तीन साल बाद।

"तेरा रुपया..." अविजित ने फिर कहा था।

"मेरा नहीं, दल का।" उसने कहा था।

"हाँ, पर अब तो दल के लोग भूमिगत नहीं हैं। रुपया लेकर आपस में बाँट लो।"

"किस हिसाब से?" चड्ढा ने पूछा था—"रुपया हम लोगों ने अपने लिए नहीं, दल के काम के लिए जमा किया था।"

"फिर...यूँ ही बेकार पड़ा रहेगा रुपया? कुछ तो करना होगा।"

"आदमी बेकार पड़ा रह सकता है, रुपया नहीं?"

"पर...मुझे तो उबार इस जिम्मेदारी से। बतला, क्या करूँ उसका?"

"किसी संस्था को दान कर दे।"

"किसे?"

"मैं क्या जानूँ।"

दो क्षण चुप रहकर चड्ढा सहसा तल्खी से कह उठा था—"कांग्रेस के इलेक्शन फंड में दे देना।"

तब से आज तक चड्ढा से मिलना नहीं हुआ।

रुपया अभी भी उसके पास है। सूद मिलाकर तीस हजार हो गया। कहीं दान नहीं दिया। सोचा था, शायद कभी जरूरत हो और चड्ढा माँगने आए। सच, यही बात थी, और कुछ नहीं...

अविजित के लिए कुर्सी पर बैठे रहना नामुमकिन हो गया। हजारों काँटे उग आए उसमें। शरीर के रोम छिद्रों में गड़ने लगे। वह उठा और कमरे के फर्श को रौंदने लगा। दस कदम आगे...दस कदम पीछे...आगे...पीछे...कोई फायदा नहीं...काँटे उसके शरीर में उगे हैं, कुर्सी में नहीं।

कितने दिन रुपया बेकार बैंक में पड़ा रहा...फिर...अविजित मकान बनवा रहा था, रुपये की जरूरत थी। उसने वह रुपया मकान में लगवा दिया। सिर्फ उधार लिया था। दो साल के अन्दर पूरा रुपया लौट आया था बैंक में...चड्ढा लेने आता, तो सूद समेत उसे लौटा देता। सच। जिस संस्था को वह कहता, दान कर देता। बिलकुल। उसने कुछ कहा ही नहीं।

"मैं नहीं जानता था, वह मेरठ में है...मैं बिलकुल नहीं जानता था, वह तंगी में है, बीमार है, उसे इलाज की जरूरत है...जानता तो जरूर उसके पास जाता, उसका इलाज करवाता...सच...मैं...करता...जरूर..." अविजित की आवाज कमजोर पड़ती गई और एक अन्य स्वर उसके भीतर पनप उठा...

"पिछली बार जब चड्ढा मिला था, तो उससे पूछा था, वह कहाँ रहता है?"

"हाँ, पूछा था। बिलकुल पूछा था"—कमजोर आवाज में जवाब दिया, "तब वह इलाहाबाद में एक पत्रिका का सम्पादन कर रहा था। यही जानने को तो पूछा था कि आमदनी का जरिया क्या है उसके पास?"

"पत्रिका को लिखते, तो पता न चल जाता, वह किधर गया!"

"हाँ, पर...मैंने दो-तीन खत उसे लिखे। जवाब नहीं आया, तो मैंने सोचा, वह ताल्लुकात रखना नहीं चाहता...अब किसी से जबरदस्ती तो दोस्ती रखी नहीं जा सकती।"

"पत्रिका में किसी दूसरे सम्पादक का नाम छपा देखकर क्या सोचा, चड्ढा मर गया?"

"नहीं...नहीं, मैंने पत्रिका देखी ही नहीं। सच, मुझे पता नहीं चला, चड्ढा कब नौकरी या इलाहाबाद छोड़ गया।"

"और पता करने की जरूरत भी महसूस नहीं की?"

"मैं इतना व्यस्त रहा...घर...परिवार...दफ्तर...कारोबार..."

"पैसा कहो, पैसा। पैसा कमाने का सिर्फ एक तरीका है कि आदमी सिर्फ पैसा कमाए।"

"मैंने नाजायज ढंग से पैसा नहीं कमाया। परिवार का पालन-पोषण करने के लिए..."

"हर तरीका जायज है।"

"यह मैंने नहीं कहा।"

"नहीं, मैंने कहा है। पूँजीवादी समाज की सबसे बड़ी विशेषता यही है—नाजायज सिर्फ आदमी होता है, पैसा नहीं।"

"उफ!" कहकर अविजित ने दोनों हाथों से कनपटी की नसें दबा लीं।

"जमीर पर भारी पड़ रहा है?" आवाज ने छींटा कसा।

"नहीं," अविजित ने पूरी ताकत लगाकर प्रतिवाद किया—"दु:ख हो रहा है चड्ढा के मरने का। सरण ने आज से पहले कभी उसका जिक्र नहीं किया, वरना यह कभी न होता। अगली बार वह दफ्तर आया, तो धक्के मारकर निकाल दूँगा। रँगा सियार! बड़ा देश-सेवक बना घूमता है!"

तभी फोन की घंटी घनघना उठी।

अविजित ने चौंककर चोंगा उठा लिया।

आदतन वह फिर उस भारी-भरकम मेज के पीछे पड़ी रिवॉल्विंग कुर्सी में कैद हो गया।

फोन पर फोन आते चले गए।

अविजित की कनपटी की नस कुट-कुट कर कराहती रही।

हर खाली क्षण में वह सरण के विरुद्ध भड़कता रहा, अपने को भड़काता रहा।

घड़ी ने पाँच बजा दिए। कुर्सी पीछे खिसकाकर अविजित उठ खड़ा हुआ।

तभी फोन एक बार और बजा। सिंघानिया जी बोल रहे थे। आवाज में खुशी और जोश था।

"अरे बंसल, लो इस बार तुम्हारा काम हमने कर दिया। एक जबरदस्त सोर्स हाथ लगा है। मेरठ में कोई एक सज्जन हैं, गांधी संस्थान के व्यवस्थापक। पता चला है कि ऐसे लाइसेन्स उन्हें मिल जाया करते हैं और वे उन्हें प्रीमियम पर बेच देते हैं। आधी रकम उनकी, आधी मंत्री जी की। मैं न कहता था, आदमी वह खेल गहरा खेलता है। बस, तुम आज ही मिलकर बात पक्की कर लो। सुना है, वह भी इलाहाबाद युनिवर्सिटी का पढ़ा हुआ है। नाम है—सरण कुमार। काम आसान हो गया न, क्यों?"

अविजित का शरीर नुकीली कीलों से जड़े सलीब पर टँग गया।

उसने साफ सुना, उसके भीतर से आवाज उभरी है—"मैं सरण के पास कभी नहीं जाऊँगा। लात मारता हूँ मैं आपकी नौकरी को। अभी फौरन इस्तीफा दे रहा हूँ।"

पर यह आवाज इतनी कमजोर थी कि उसके कानों तक पहुँचते ही टूट गई, सिंघानिया जी तक नहीं पहुँची।

उन्होंने वही सुना, जो अविजित ने फोन पर उनसे कहा, "आप बेफिक्र रहिए। काम हो जाएगा।"

उसकी समझ में आ गया था, टोपी लगानी नहीं, तो उतारनी जरूर पड़ेगी।

# पोंगल पोली

**आइहोले** के खँडहर मन्दिरों के बीच बने ताल से सोनम्मा पानी भर रही थी कि उसने देखा, वही कलवाले लोग आज फिर आए हैं। वही लम्बी काली गाड़ी। देखते ही उसका छोटा भाई फकीरप्पा अपने साथी बेरू और शान्तम्मा के साथ गाड़ी को घेरकर खड़ा हो गया। आज फकीरप्पा और बेरू, दोनों में से कोई स्कूल नहीं गया था, शायद इन्हीं लोगों के आने की आस में।

सोनम्मा साँस रोककर स्त्री के बाहर निकलने की प्रतीक्षा करने लगी। लकदक सफेद पोशाक पहने एक आदमी कूदकर गाड़ी से उतरा और फुर्ती से पीछे का द्वार खोल खड़ा हो गया। वह उतर आई। वही गले में सोने का भारी हार, हाथों में सोने की ढेर सारी चूड़ियाँ, टोकरी भर काले केश सिर पर और...उसकी साड़ी! इतनी महीन जैसे हवा में उड़ता वर्षा ऋतु का पहला बादल। साथ ही पुरुष भी उतर आया, हाथ में वही कलवाला डिब्बा लिये। क्या अजीब कपड़े पहनता है। रंग-बिरंगी कमीज और कसी-कसी, वह क्या कहते हैं, पतलून। हँसी आती है।

वे दोनों हँस-हँसकर आपस में बातें कर रहे थे और सोनम्मा थी कि उधर से आँखें नहीं हटा पा रही थी।

कल आए थे तो सब मन्दिरों में घूमे थे पर जैसे और यात्री

घूमते हैं वैसे नहीं। ये तो हर मूर्ति के आगे साँस रोककर खड़े हो जाते थे और आदमी डिब्बा आँखों से लगा लेता था। उसका मन हो आया था, वह भी एक बार उसमें से देखे। उसमें सनीमा दिखता है क्या? एक बार मेले में देखा था, कैसे बोलता था दिखलानेवाला—आगरे का ताजमहल देखो। बारह मन की धोबिन देखो। आइयो! कितना मजा आया था।

पर फकीरप्पा कहता है—"यह सनीमा नहीं है, कैमरा है कैमरा। बटन दबाते ही फोटू खिंच जाता है।" फकीरप्पा स्कूल में क्या पढ़ता है, अपने को बश्वेश्वर का अवतार समझने लगा है। संसार में जैसे कुछ हई नहीं जो ये न जानता हो।

कल सारी सुबह सोनम्मा उनके पीछे फिरती रही थी और जब सूरज चढ़ने पर उन्होंने दुर्गा मन्दिर के अहाते में बैठकर टोकरी खोली तो, शिव रे, उसके मुँह में इत्ता पानी आया, इत्ता पानी आया कि थूकना कठिन हो गया, क्या-क्या सामान था उसमें! दही भात, इमली भात, पोंगल, पूरी, आलू भाजी और सफेद-सफेद वह जो होती है। उसने बाजार में देखी कई बार है पर खाई कभी नहीं। क्या नाम है उसका; बरेड; हाँ, बरेड। और भी जाने क्या-क्या। अच्छा, एक ही दिन, एक ही वेला, कोई इतना खा सकता है। अगर उसे मिले तो? हाँ, वह खा सकती है, अवश्य खा सकती है। पर मिलेगा कैसे?

खाते-खाते स्त्री ने उसे ताकते देख लिया था और सोनम्मा लजाकर भाग खड़ी हुई थी, सीधी ताल पर। अकेली क्या वही देख रही थी। उन दोनों के पीछे बच्चों का पूरा जमघट सारा दिन पिछलगुओं की तरह घूमता रहा था। वह सिर्फ बढ़िया-बढ़िया चीजें खा नहीं रही थी, अपने सामान में से बहुत कुछ बच्चों में बाँटे दे रही थी। कोई खाली हाथ नहीं रहा था, किसी के हाथ में बरेड, किसी के हाथ में केला, नहीं तो पूरी या पोंगल या कुछ और। तभी सब उसे अम्माँ-अम्माँ पुकार रहे थे।

आज फिर वही हो रहा है। उसे देखते ही बच्चे उसे घेरकर खड़े हो गए हैं। तभी शान्तम्मा भागती हुई सोनम्मा के पास आई और बोली, "जानती है रे, बेरू को उसने एक फौण्टेन पेन ला दिया है। बेरू भी बड़ा चण्ट है। स्कूल में पढ़ता है न। जरा लाज नहीं है उसे। झट माँग लिया और आज उसने ला भी दिया।"

सोनम्मा ने उत्साह नहीं दिखलाया तो भी शान्तम्मा का जोश कम नहीं हुआ। वैसे ही कहती गई—"सच रे, जो माँगो वही दे देती है। मैंने पूछा, तुम्हारे गले में क्या असली सोना है, तो बिलकुल पास लाकर दिखला दिया। कैसे चमकता है रे! और वह है भी कितनी सुन्दर!"

सोनम्मा फिर भी कुछ नहीं बोली।

शान्तम्मा की समझ में नहीं आ रहा था, आज वह इतनी उदासीन क्यों है। उसे झकझोर कर उसने सीधा वार किया—"तू भी माँग ले न बरेड जाकर। रोज कहती है, बरेड को मन ललचाता है।"

"मुझे नहीं चाहिए बरेड-फरेड," सोनम्मा सहसा झिड़ककर बोली, "तू जा यहाँ से।"

शान्तम्मा उसे अँगूठा दिखलाकर भाग गई और सोनम्मा का मन और भारी हो आया।

कल तीसरे पहर वे दोनों ताल पर आए थे। तभी से सोनम्मा का मन कैसा-कैसा तो हो गया है।

वह ताल से पानी निकाल चुकी थी कि स्त्री ने पास आकर पूछा था, "तुम लोग क्या यही पानी पीते हो?"

"हाँ, अम्माँ!" सोनम्मा ने उल्लसित स्वर में कहा, "चाहिए तुम्हें? दूँ?"

"नहीं, नहीं!" कहकर वह एकदम पीछे हट गई थी।

कुछ कहा नहीं था पर उसके शरीर से जैसे घृणा बह निकली थी।

कुछ देर वह ताल के किनारे खड़ी इधर-उधर देखती रही थी, फिर हाथ बढ़ाकर किनारे बनी एक मूर्ति को दिखलाकर चिल्ला उठी थी—"अरे देखो न, धनकुबेर की मूर्ति, लगता है यह ताल भी आइहोले के मन्दिरों के साथ ही बना होगा, पाँचवीं-छठी शताब्दी में।"

"यानी," पुरुष ने हँसकर कहा था—"डेढ़ हजार साल से यहाँ के लोग इसी ताल का पानी पीते आए हैं। जरा कीच तो देखो। छी: छी:!"

सोनम्मा की समझ में नहीं आया था, इसमें छी: छी: की क्या बात है। पुराने मन्दिरों के खँडहरों के बीच बस्ती बसाकर जो लोग रह रहे हैं, वे सभी तो इस ताल से पानी लेते हैं। आजी कहती है, वो जब छोटी थी तो यहीं से पानी भरती थी। उसी ने बतलाया था, यह मोटे पेट वाली मूर्ति धनकुबेर की है। वो धन की रक्षा करते हैं। धन क्या होता है, उसने पूछा था। यही सोना-चाँदी, आजी ने कहा था। पर यहाँ तो सोना-चाँदी है नहीं, उसने कहा था तो आजी बोली थी, अरे, नीर कौन धन से कम है। हाँ रे, ठीक तो है, यहाँ बैठे धनकुबेर ताल के नीर की रक्षा कर रहे हैं। जो हो, उसे पसन्द बहुत हैं धनकुबेर। गोल-गोल मुख, गोल-मटोल पेट और, आइयो रामा, क्या हँसी! देखकर पेट फूल जाए। कितनी बार पानी भरते वह उनके सामने खड़ी होकर हँसती रहती है। हँसते वो भी हैं, अवश्य हँसते हैं पर गुपचुप। देवता जो ठहरे।

कल की बात याद करके सहसा उसे एक भयावह विचार आया, उस स्त्री ने इतना ढेर सोना पहन रखा है। कहीं धनकुबेर नीर-ताल छोड़ उसकी रक्षा न करने लगें? उसने घबराकर मूर्ति की तरफ देखा। ना, वे तो वैसे के वैसे हँस रहे हैं। वे कहीं नहीं जाएँगे। फिर भी उसका मन पूरी तरह सन्तुष्ट नहीं हुआ। बेचैनी बनी रही। तभी फकीरप्पा तेजी से दौड़ता आया और अंजुली में भरकर गटागट पानी पीने लगा। दूसरे हाथ में बरेड पकड़े था।

"लेगी?" गला तर करके उसने बरेडवाला हाथ नचाकर पूछा।

"तू ही खा, मुझे नहीं चाहिए," सोनम्मा ने कहा।

"क्यों? सब तो लेते हैं। तू क्यों नहीं माँगती?"

"चल यहाँ से, बदमाश! नीर भरने दे।" वह झिड़ककर बोली।

नीर शब्द कहते ही ताल के आसपास 'छी:-छी:' का भद्दा शोर उठा।

"बदमाश होगी तू!" कह फकीरप्पा चल दिया पर थोड़ी दूर जाकर लौट आया। पास आकर बोला, "उसके पास कैमरा है कैमरा, बटन दबाते ही खट से फोटू खिंच जाता है। कहूँ उससे, तेरे पोंगल-पोली का खींच दे।"

"जाता है या कपाल फोड़ूँ?" सोनम्मा जोर से चीखी और झुककर जमीन से ढेला उठा लिया।

फकीरप्पा जीभ दिखाकर भाग गया और वह खीज से भरी खड़ी रही। जाने इस मरे फकीरप्पा से क्यों पोंगल, पोली के बारे में कह डाला था। जब देखो, चिढ़ाता रहता है।

तभी उसने देखा, स्त्री-पुरुष उसके सामने से गुजर रहे हैं।

'नहीं चाहिए मुझे बरेड-फरेड।' मन-ही-मन उसने कहा और जीभ निकालकर उन्हें दिखला दी।

पर उनका ध्यान उसकी तरफ था ही नहीं।

वे ताल के दूसरी तरफ बिखरे मन्दिरों के खँडहर देख रहे थे।

सहसा, "देखो तो, देखो तो!" कहकर वह आदमी लगभग चीख उठा—"वह घर तो देखो। यक्ष-यक्षिणी के कन्धों पर।"

सोनम्मा धक् से रह गई। वह तो उसका घर है। वही तो उसके पोंगल-पोली हैं।

स्त्री ठिठककर खड़ी हो गई।

"कितने सुन्दर हैं!" उसने गद्गद स्वर में कहा और उधर देखती रही। क्षण भर बाद हँस दी। चहकती हुई बोली, "चालुक्यों के यक्ष-यक्षिणी मेरे द्वारपाल बन सकें तो सच, मैं और कुछ न माँगूँ।"

"सच?" पुरुष ने भी हँसकर कहा।

"सच, मजाक नहीं," स्त्री गम्भीर हो गई, "ये मुझे मिल जाएँ तो मैं एकदम सादा-सा घर बनाकर रह सकती हूँ।" उसने आग्रह के साथ कहा।

पुरुष ने उसकी तरफ देखा और सोचकर बोला, "शायद मिल भी सकें। जिसका घर है, उससे बात करके देखता हूँ।"

सोनम्मा ने सुना और झपटकर वहाँ जा पहुँची।

"क्या है?" उसने कहा।

"यह घर किसका है?" पुरुष ने पूछा।

"हमारा।"

"हम देख सकते हैं?"

"नहीं।"

"क्यों? भीतर और भी मूर्तियाँ हैं?"

"नहीं।"

वह सख्ती से उन्हें टालने का प्रयत्न कर रही थी कि फकीरप्पा वहाँ आ पहुँचा।

"आओ, आओ, मैं दिखलाता हूँ।" बन्दर की तरह उछलकर उसने कहा और उन्हें अन्दर ले गया।

'मूर्ख! गधा! बदमाश!' मन-ही-मन उसे गालियाँ देती सोनम्मा वहीं खड़ी रही।

उसने सुना है, उसके घर के नीचे कभी मन्दिर था। अब तो कुछ टूटे-फूटे स्तम्भ बचे हैं। और बचे हैं उसके पोंगल-पोली। उन्हीं पर मिट्टी पत्थर ढोकर यह कच्चा-पक्का घर खड़ा किया गया है। कितने सुन्दर हैं पोंगल-पोली। बचपन में ही उसे इन यक्ष-यक्षिणी से प्यार हो गया था। वह चाहती थी, उन्हें कोई बहुत प्यारा-सा नाम दे, जिससे वे सिर्फ उसके होकर रहें। पता नहीं क्यों, एक दिन इस मरे फकीरप्पा से कह डाला था। फिर भी हैं वे उसी के। पोंगल, पोली नाम उसी ने उन्हें दिए थे। पूर्णिमा के दिन उसकी अम्मा खाने को पोली बनाती है और पर्व के दिन पोंगल। उसकी अम्मा जैसा पोंगल कोई नहीं बना सकता। जाने कितने दिन पहले से आदमी सोचकर प्रसन्न होता रहे। और पोली? जैसे देवता का प्रसाद हो। कितनी कोमल। कितनी मीठी। याद करते ही मुँह में पानी भर आता है। तभी न अपने सबसे प्यारे यक्ष-यक्षिणी को उसने यही नाम दे डाले थे।

कितनी सुन्दर है यक्षिणी!

वक्ष भार से झुकी पड़ रही पतली कटि, नन्हे पक्षी समान होंठ, ऊँचे बँधे मणि जैसे केश और ये ढेर सारे जेवर!

कितनी बार उसके बराबर में खड़े होकर उसने अपने को देखा है। क्या वह भी इतनी सुन्दर दिखती है?

पर उससे भी सुन्दर है यक्ष। क्या चौड़ी छाती है पर पोली जैसी पतली कटि। कितने प्रेम से पोली की कटि को बाँह से घेरकर वक्ष पर हाथ रखा हुआ है। वैसा ही प्रेम भरा है उसकी लम्बी बड़ी आँखों में। और उसके होंठ। जैसे अब बोले और अब बोले। हाथ से छूकर देखो तो साँस रुक जाए। एक बार तो...

याद करके वह लजा गई और जोर से बोली—"नहीं, मैं नहीं ले जाने दूँगी, कभी नहीं।"

वे लोग बाहर आ रहे थे। पुरुष खूब हँस रहा था। स्त्री गम्भीर थी।

"क्यों, सोचा नहीं था न," पुरुष ने हँसकर कहा, "भीतर दरजी की दुकान देखने को मिलेगी?"

"हूँ!" स्त्री ने गम्भीर स्वर में कहा, "इसके लिए कुछ करना होगा। इन मूर्तियों को इस हालत में यहाँ नहीं छोड़ा जा सकता।"

फिर वे दोनों देर तक मन्दिरों के बारे में बतियाते रहे, पर सोनम्मा ने ठीक से कुछ सुना-समझा नहीं। उसके कानों में वही वाक्य रह-रहकर बजता रहा।

"अभी कितनी बची है तुम्हारी थीसिस?" या ऐसा कुछ, आदमी ने पूछा था और उसने कहा था—"थोड़ा काम बाकी है, अभी पटडकल भी जाना है, वही तो चालुक्यों की राजधानी थी।" पुरुष ने उबासी ली तो वह बोली, "थक गए, पर सोचो तो सही, यह कितना पुराना है, कितना सुन्दर! अरे, यह तो मन्दिरों का जन्मस्थान है।"

"और मेरा भी।" सोनम्मा ने अनायास सोचा।

तभी आदमी ने होंठ सिकोड़कर कहा, "और अब देखो, क्या हाल बना हुआ है। उफ, किस कदर गन्दगी है यहाँ!"

"गरीब लोग हैं। इन बेचारों को कला का क्या ज्ञान! मुझे तो सच, बड़ा दु:ख होता है इनके लिए।" स्त्री ने सहानुभूति से लरजते स्वर में कहा, पर सोनम्मा को लगा, उसने उसके गाल पर कसकर तमाचा मारा है।

"हाँ, वह तो है।" पुरुष ने लापरवाही से कहा, फिर पूछा, "चलें अब?"

"हाँ, चलो।" स्त्री ने कहा और चूड़ी भरा हाथ उठाकर धीरे-से अपने केश सँवार लिए।

सहसा सोनम्मा ने देखा, वह बिलकुल यक्षिणी के समान है। वही वक्ष भार से झुकी जा रही पतली कटि, वही नन्हे पक्षी समान होंठ, ऊँचे बँधे मणि जैसे केश, और ये ढेर सारे जेवर। यक्ष के बराबर में खड़ी हो तो उसकी प्रिया लगे बिलकुल। उसे लगा, पोंगल-पोली को देने के लिए उसके बापू न भी माने तो कोई लाभ नहीं होगा। पोंगल स्वयं उठकर अपनी नई प्रिया के पीछे-पीछे चला जाएगा।

वह धम्म से धरती पर बैठ गई और बिछोह के दुःख से आकुल, धाड़ मारकर रोने लगी।

# अवकाश

**उसने** सोच-विचार कर सुबह दस बजे का समय लिया है। दिन का प्रकाश स्थिरता प्रदान करता है, बात सन्तुलन के साथ समझाई जा सकेगी। पिछली बार भावना की रौ में बहकर बात शुरू की तो कहाँ पहुँची! ठीक है। जो कुछ कहना हो, आवेश के बिना कहना चाहिए, पूरी तरह खोलकर। महेश तर्क समझता है।

दो महीने से वह किचनर रोड, अपनी माँ के घर रहती आई है। महेश ने कहा था—"अलग रहकर सोच लो।" यह जानते हुए कि दो साल तक वह सोचने का ही काम करती रही है, या कहना चाहिए कि सोचने का निष्फल प्रयत्न करती रही है, उसने बात मान ली थी। सोच लिया था, दो वर्ष निकल गए तो दो महीने और सही।

पर दो महीने बीतने पर, निष्कर्ष वही का वही था। महेश से बात हो जाए तो निर्णय में बदल जाएगा। परसों उससे फोन पर कहा था।

"मैं रविवार दस बजे तुमसे मिलने आऊँगी, ठीक रहेगा?"

कहते हुए उसका स्वर जरा विचलित नहीं हुआ था।

"हाँ हाँ, जरूर!" महेश ने उत्सुक तत्परता से कहा था।

"सब बातें तय करनी हैं।" उसने कहना शुरू किया था पर महेश ने बाधा दे दी थी।

"मैं तुम्हारा इन्तजार करूँगा।" कहकर फोन जल्दी से काट दिया था।

क्या वह पूरी बात सुनने से डर रहा था? उससे मिले दो महीने हो गए। जिस रात पहले-पहल बात छेड़ी थी, तभी से नहीं मिली।

उस रात उसने तय किया था, बात और नहीं टाली जा सकती। आज कह देनी होगी। खूब समझा-बुझाकर, मय प्रस्तावना और उपसंहार के, जिससे शब्दों में खोकर चोट कम महसूस हो। बच्चों के सो जाने पर खाना खाकर बैठक में बैठे, तभी बात शुरू की। थका महेश अखबार लेकर सोफे पर बैठा था। कुछ देर वह चुपचाप उसका क्लान्त मुँह देखती रही। एक बार सोचा, अभी रहने दे, फिर कठोर बनकर बोली, "मुझे तुमसे कुछ कहना है।"

महेश ने सुना नहीं।

"महेश!" उसने आवाज ऊँची करके दोहराया—"मुझे तुमसे कुछ कहना है।"

"हूँ!" महेश ने कहा, पर आँखें अखबार से नहीं उठाईं।

वह चुप रही।

महेश पढ़ता रहा।

"सुन रहे हो?" कुछ रुककर उसने कहा।

"अ...हाँ..." इस बार महेश ने आँख उठाकर उसकी तरफ एक दफा ताका।

"मुझे तुमसे कुछ कहना है।" उसने जल्दी से कहा जिससे वह दोबारा अखबार में लीन न हो जाए।

"कहो!" उसने कहा पर साथ ही आँख दबाकर अखबार ऐसे पढ़ता रहा कि लगे, नहीं पढ़ रहा।

समझा-बुझाकर कही जाने वाली बात तब फट पड़ी—"महेश!" उसने कहा, "मैं समीर से प्यार करती हूँ, मुझे तलाक चाहिए।"

"स...मी...र?" क्षण भर को लगा, महेश अखबार से ध्यान नहीं बँटा पा रहा, फिर उसने जोर से कहा, "नॉनसेन्स!" और अखबार नीचे पटक दिया।

वह चुप रही।

"क्या कह रही हो तुम? यह क्या मजाक हुआ?"

"मजाक! यह तुम्हें मजाक लग रहा है? इतने दिनों तुमने कुछ महसूस नहीं किया?"

उसे लगा, उसका बहुत अपमान हो गया है।

"दो साल से मैं प्रेम और पश्चाताप में जल रही हूँ। कितनी बार प्रण कर चुकी हूँ, अब उससे नहीं मिलूँगी और हर बार तोड़ बैठी हूँ। तुम्हें कुछ पता नहीं चला?"

अब महेश ने अपनी निगाहें उसके मुँह पर टिका दीं और समझा कि वह मजाक नहीं है।

"यह नहीं हो सकता।" वह बुदबुदाया। हृदय में कहीं बहुत भीतर सोया दर्द उठा और बढ़ता गया।

"तुम मुझे और बच्चों को बिलकुल नहीं चाहतीं?" उसने कहा।

"यह मैंने नहीं कहा। बच्चे मेरे शरीर से जुड़े मेरे अंश हैं। तुमसे भी मैं बहुत स्नेह और प्यार करती हूँ। पर मैं मजबूर हूँ। मैंने अपने से कितनी लड़ाई की पर मैं...यह मेरे वश से बाहर की बात है। आई एम सॉरी!" अनेक दिनों में सोचकर कुछ ऐसे ही शब्द उसने तैयार किए थे। अब वे बिलकुल सपाट लगे। कमरे में उस भावातिरेक की कमी थी जिसमें वे जड़े जा सकते। उसने सोचा था, महेश न जाने कितना चंचल और सन्तप्त हो उठेगा, कहीं रो न दे। तब वह भी रुँधे गले से हाथों में मुख ढाँपकर कहेगी...महेश, मैंने तुम्हें प्यार किया है, अभी भी करती हूँ। इसीलिए दो वर्ष से अपने को रोकती रही हूँ, अपने से लड़ती रही हूँ, अविरल, निरन्तर, पर हर बार मेरी हार हुई है। जैसे मैं दो भागों में विभक्त हूँ; हारी हूँ अपने ही इस नूतन रूप से। मैं क्या करूँ, प्यार किया नहीं जाता, हो जाता है। वह मुझे खींचे लिए जा रहा है। मुझे माफ करो, मैं तुम्हें बहुत दु:ख दे रही हूँ, पर मुझे जाने दो। मुझे जाना ही है, ओह महेश, मैं कुछ नहीं कर सकती...।

"केवल शारीरिक आकर्षण के लिए बच्चों और घरबार को छोड़ने की जरूरत नहीं होती।" उसने सुना, महेश कह रहा था—"उस पर काबू पाने की कोशिश करनी चाहिए। तुम जानती हो, मैं तुम्हें प्यार करता हूँ।"

"जानती हूँ।" उसने अपने को कहते सुना।

पिछले दो वर्षों में अनेक क्षण आए हैं जब उसने यही सोचा है कि शारीरिक सुख के अलावा इसमें और कुछ नहीं है। पर वे क्षण भी वह भुला नहीं पाती जब समीर के साथ रहकर लगा, शरीर कुछ नहीं है, वे मन-मस्तिष्क से एक हैं। लगा, उसे स्पर्श किए बगैर, उसके साथ बातें करते या चुप रहकर, वह पूरा जीवन सुख से बिता सकती है। वह जानती है, दोनों सच हैं। शरीर कभी बहुत नगण्य हो उठता है, कभी बहुत प्रबल क्योंकि यह न वासना है न भक्ति और न दोस्ती। उसने हल्की मुस्कराहट के साथ सोचा, आजकल हम प्रेम के नाम से इतना कतराने क्यों लगे हैं। साफ बात यह है कि यह प्रेम है।

महेश उठकर उसके पास आ गया, उसके कन्धों पर दोनों हाथ रखकर बोला, "कुछ गलती हो गई हो तो कोई बात नहीं। हम उसे भी झेल लेंगे।"

गलती?

उसका मन हुआ, कहे, गलती? मैं समीर से प्यार करती हूँ, कर चुकी हूँ और फिर करना चाहती हूँ। इसमें गलती कहीं नहीं है, सुख अवश्य है। पर उसने कहा नहीं।

"उसके साथ विवाह होते ही सब रोमांस खत्म हो जाएगा। यह टिकाऊ चीज नहीं है।" महेश कहता जा रहा था।

"जानती हूँ!" उसने फिर कहा।

वह कौन-सा तर्क है कि जो टिकाऊ है, वही निष्पाप है, सुन्दर है, महत्त्वपूर्ण है? टिके चाहे नहीं, वह उसे पूरी तरह पाना चाहती है। वह पुलक, अकारण हँसी, गुब्बारे के समान फूलता फैलता हृदय, ज्वाला का प्रपात, नगाड़े की धमक, भाप-सा मुक्त अस्तित्व, मूक चिन्तन...

कुछ घंटों में लौटकर आने को मन नहीं चाहता। उसे चाहिए दो-एक वर्ष। फिर चाहे समाप्त ही क्यों न हो जाए। उसे अजीब-सा खयाल आया, सोचा, कहे, ठीक है, मैं दो वर्ष के लिए चली जाती हूँ, फिर लौट आऊँगी। पर वह जानती है, यह कहा नहीं जा सकता। तलाक माँगा जा सकता है, अवकाश नहीं। हमारे आपसी सम्बन्ध भावावेश सहन कर सकते हैं, युक्ति

नहीं। इतनी तर्कसंगत बात, महेश जैसे विवेकशील आदमी को भी तहस-नहस कर देगी।

"और कुछ मत कहो। तुम हमें छोड़कर कहीं नहीं जाओगी। चाहो तो दो-तीन महीने किचनर रोड रह आओ। अलग रहकर सोचोगी तो सब ठीक हो जाएगा। दोबारा मिलने पर हम सब कुछ भूल चुके होंगे।" महेश कह रहा था।

इतनी सहृदयता से कौन लड़ सकता है? वह बच्चों को लेकर और सोचने के लिए माँ के घर, किचनर रोड चली आई। इस बात को दो महीने बीत चुके। अनिश्चितता में रहते चले जाना अब सह्य नहीं लग रहा। लिहाजा, आज सुबह दस बजे शान्ति से बात निबटाने महेश से मिलने आई है।

बाहर से देखा, रातवाला कमीज-पाजामा पहने महेश मेज पर बैठा नाश्ता कर रहा है।

"आओ...आओ!" उसे देखते ही बोला, "आज नाश्ते में देर हो गई, रविवार जो ठहरा। आओ, बैठो।"

वह बैठ गई।

"एक कप काफी तो बनाना। बिहारी को बनानी आती ही नहीं। कब से ढंग की काफी नहीं मिली।" महेश ने सहजता की भूमिका अदा की।

उसने बिहारी को आवाज देकर ताजा गरम पानी मँगवाया और एक कप काफी फेंट कर तैयार कर दी।

"अरे, तुम भी लो न!" महेश ने कहा।

"नहीं, मैं लेकर आई हूँ।"

"तो क्या हुआ? साथ देने को लो, एक कप।"

उसने प्याले में काफी घोली और चुपचाप पीने लगी।

"मम्मी-डैडी कैसे हैं?" महेश ने पूछा।

"अच्छे हैं।"

"मिनी-कणु ने ज्यादा तंग तो नहीं किया?"

"नहीं।"

"बढ़िया बनी है काफी। एक कप और डालना।"

बिना सूत्र की परवाह किए महेश अपनी भूमिका निभाता जा रहा है।

कमरे में शान्ति है। काही रंग के परदे बाहर के तीव्र प्रकाश को अन्दर आने से रोक रहे हैं। पिछले वर्ष ही उसने लगाए थे, हैण्डलूम हाउस से खरीदकर। यहाँ बैठकर काफी पीना भला लग रहा है।

काफी समाप्त करके महेश ने कहा, "चलो, बाहर बाग में बैठें।"

"नहीं, नहीं," उसने एकदम कहा, "ड्राइंगरूम में चलो, बाहर धूप बहुत तेज है।"

वह बाग में नहीं जाना चाहती। बहुत तबीयत से लगवाया था उसने। बहुत मेहनत की थी। उसे बागबानी का शौक है। महेश को भी। इस वक्त वह वहाँ नहीं बैठना चाहती।

"जैसा तुम चाहो," महेश ने कहा और ड्राइंगरूम की तरफ मुड़ गया। वहाँ पहुँचकर, उसने सिगरेट जला ली और सोफे पर बैठ गया।

वह कुछ दूर कुर्सी पर बैठ गई और कहने लगी—"महेश, मेरा निर्णय बदला नहीं है। मैं चाहती हूँ, हम मिलकर बच्चों के बारे में तय कर लें।"

महेश निश्चल बैठा रहा। उसने देखा, वह सिगरेट पी नहीं रहा, हाथ में पकड़े बैठा है और वह धीरे-धीरे जलती जा रही है। सायास उसकी तरफ से नजर हटाकर वह बोली, "बच्चे अभी छोटे हैं, उन्हें मेरी देखभाल की जरूरत है। अगर तुम ठीक समझो तो अभी कुछ वर्ष मेरे पास रहने दो, फिर जैसा तुम चाहो। मैं उन्हें चाहती जरूर हूँ पर तुम्हें दु:ख नहीं देना चाहती।"

"दु:ख!" महेश ने कहा और हल्के से हँस दिया।

उसकी हँसी ने उसे भीतर तक झकझोर दिया।

"मैं जानती हूँ, मैं तुम्हें दु:ख ही दे रही हूँ पर...मैं मजबूर हूँ।" उसने कहा तो उसका स्वर विचलित हो उठा।

कुछ देर चुप्पी रही।

उसने देखा, उसकी कुर्सी के पास नीचे तिपाई पर वही फूलदान रखा है जिसमें जाने से कुछ दिन पहले उसने सरपत की फलियाँ और पत्तियाँ सुखाकर

सजा दी थीं। फलियाँ अधिक पकी मालूम पड़ रही हैं। अब तक उन्हें बदल डालना चाहिए था।

"तुमने मुझे कभी प्यार नहीं किया?" उसने सुना, महेश कह रहा है।

"क्यों नहीं किया?" चौंककर उसने कहा।

उसका हाथ सरपत की फली पर लग गया और वह फट गई। भीतर से रूई की तरह सफेद रोयें निकलकर हवा में तैरने लगे।

"जरूर किया है। अब भी करती हूँ," उसने कहा, "पर...यह कुछ और है। मेरे जीवन में ऐसा पहले कभी नहीं हुआ। मैं जानती ही नहीं थी, प्यार किसे कहते हैं। महेश, तुम नहीं समझ सकते। मैं मर चुकी हूँ और दोबारा जन्म लिया है। तुम मेरी मौत का दु:ख करो, पुनर्जन्म भगवान के हाथ है," कहते-कहते उसका मुख प्रदीप्त हो उठा, होंठ फड़फड़ाने लगे। उसे लगा, आसपास उड़ रहे रूई के रोयों की तरह वह भी आजाद है।

महेश की आँखें उसके फड़फड़ाते होंठों पर टिक गईं।

"हम भी कभी साथ जनमे और मरे थे, शुरू-शुरू में, नहीं?" उसने इतने धीरे से कहा कि लगा, महेश ने नहीं कहा, उसने स्वयं सोचा है।

"सब कुछ था, महेश!" उसने कहा, "तुम सब कुछ थे। पर यह कुछ और है। मैं नहीं जानती, क्या करूँ। यह कामना जरूर कर सकती हूँ कि भगवान तुम्हें भी यह वरदान दें।"

महेश ने हार मान ली। वह सोफे पर ढह गया।

वह उठकर उसके पास आ गई, बोली, "ज्यादा दु:ख मत करना।"

महेश फिर हल्के से हँस दिया।

वह तड़प उठी।

उसके दोनों हाथ थाम रुँधे कंठ से बोली, "महेश, मैं नहीं जानती यह कैसे हो गया। मैंने नहीं चाहा था, मैंने सब प्यार तुम्हें दिया था पर..."

महेश ने लम्बी साँस खींचकर कहा, "मैं जीवन में सर्वथा असफल रहा। बेकार!"

"नहीं, ऐसा मत सोचो। इसमें तुम्हारी कोई गलती नहीं है। तुम सब कुछ थे। हो। मैंने तुमसे पाया ही पाया है। यह तो भाग्य है या फिर मेरी कृतघ्नता।"

महेश चुप रहा।

"मैं तुम्हें इस तरह दुखी नहीं देख सकती।" करुणा से पिघलकर उसने कहा। सोफे पर बैठ, उसका सिर अपनी छाती पर खींच, वह धीरे-धीरे उसकी पीठ सहलाने लगी।

"मुझे माफ करो।" उसने फिर कहा और अपने होंठ उसके होंठों पर रख दिए। उसका हृदय समुद्र के समान हो रहा है, विशाल, अथाह और शान्त। बहुत स्नेह है वहाँ, बहुत दया। वह उसे दुलारती गई, प्यार करती गई। उसके शरीर का एक-एक अंग उसका जाना-पहचाना है। लज्जा या दिखावा बाकी नहीं है और न है आखेट की गन्ध।

कुछ देर महेश का शरीर कठोर बना रहा, फिर पिघलने लगा। वे एक झिलमिलाते पर्दे के पीछे सच्चाई से छिप गए। अहम को खोकर आदि पुरुष और आदि नारी में बदल गए। उसके पास देने को जो है, वह उसे दे देना चाहती है, जो स्नेह बाकी है, जितनी करुणा सँजो सकती है। जब वे एक शरीर हुए तब भी वह यही सोचती रही, महेश, दु:ख मत करना...मेरा बेचारा प्यारा महेश...तुम भी सुखी हो सको, मेरी तरह सुखी...

वह फौरन उठकर बाथरूम में चली गई। लगा, धो देने से ही सब कुछ धुल जाएगा। पानी डालते-डालते उसने सोचा, यह तो सर्दी से ठिठुरते भिखारी पर दुशाला डाल देने जैसी बात हुई। जाना तो मुझे है ही।

# वितृष्णा

**डेढ़** बजनेवाला है। दिन का डेढ़। सूरज सिर पर है। धूप ने सड़क को नंगा कर रखा है। पास कहीं कोई पेड़ भी नहीं कि झीनी चादर की ओट दे दे।

मोटरसाइकिल के हत्थे को हाथ से थामे दिनेश बेमतलब सड़क के किनारे खड़ा है। हेलमेट के नीचे भट्ठी सुलग उठी थी। उतारकर सीट पर रख लिया है। अब आसमान नंगे सिर पर कोड़े बरसा रहा है। सिर, माथे और चेहरे से बहकर पसीना कमीज के कॉलर के नीचे जमा हो रहा है। गीली कमीज पीठ पर चिपक रही है। हाथ-पाँव चिपचिपा रहे हैं। सूरज की तीखी चौंध बेसहारा आँखों के आगे लाल नारंगी गोले नचा रही है।

ऐसे में किसी को भी घर की याद आ सकती है। धूप और बारिश से बचने के लिए ही आदमी घर बनाता है।

यहीं सामने उसका घर है। सड़क के उस पार। मोटरसाइकिल को घसीटकर चार कदम ले जाना होगा। आँगन पार करके बीसेक सीढ़ियाँ चढ़ेगा तो दरवाजा खोलने की देर होगी। वह घर के अन्दर होगा। कुल मिलाकर दो मिनट भी नहीं लगेंगे।

उसने एक बार फिर कलाई पर बँधी घड़ी देखी। हाँ, डेढ़ बजा चाहता है। यही ठीक वक्त है। शालिनी खाना खा रही होगी। और देर की तो वह अपने कमरे में जाकर सो रहेगी। घंटी बजेगी तो आकर दरवाजा खोलेगी जरूर, पर उस वक्त उसका चेहरा...दिनेश के लिए बर्दाश्त करना मुश्किल हो जाता है।

वह आएगी, आहिस्ता-आहिस्ता, पैरों की आहट से वह पहचान लेगा—उसकी चाल हमेशा यकसाँ रहती है—वह आएगी, दरवाजे की चटखनी नीचे गिराएगी और वापस लौट जाएगी। ठेलकर दरवाजा दिनेश को ही खोलना पड़ेगा। अन्दर घुसने पर वापस जाती उसकी पीठ की एक झलक देख पाएगा, उसका चेहरा नहीं। फिर खटाक, उसके कमरे का दरवाजा बन्द हो जाएगा। वह बाहरवाले कमरे में रह जाएगा, जिसे वे बैठक और खाने के कमरे की तरह इस्तेमाल करते हैं। खाने की मेज पर करीने से खाना लगा होगा। एक थाली, न ज्यादा बड़ी, न छोटी। उसमें दो कटोरियाँ, एक चम्मच, पास रखा एक गिलास, ट्रे में लगे सब्जियों के दो डोंगे, परोसने को दो बड़े चम्मच, कपड़े से ढकी चार रोटियाँ। दिनेश आराम से हाथ-मुँह धोये, पीछे वॉशबेसिन पर साफ तौलिया टँगा होगा। फ्रिज से ठंडे पानी की बोतल और दही निकाले और खाना खा ले। इच्छा हो तो रसोईघर में जाकर खाना गरम भी कर सकता है। गैस के चूल्हे के पास दियासलाई रखी होगी और धुली-मँजी कड़ाही भी। शिकायत की गुंजाइश नहीं है।

खाना खाकर वह अपने कमरे में आराम कर सकता है। बिस्तर के पास मेज पर छोटी-सी डिबिया में सौंफ-इलायची रखी रहती है। खा ले और सो जाए। न चाहे तो न सोए।

उस पर किसी किस्म का दबाव नहीं है। पाँच बजे शालिनी उठती है तो चाय बनाकर मेज पर रख देती है। अपना प्याला लेकर वह अकसर खिड़की पर चली जाती है और बाहर देखती रहती है। दिनेश जानता है, अगर वह भी अपना प्याला लेकर खिड़की पर गया तो शालिनी बैठक में लौट आएगी और कोई पत्रिका खोलकर बैठ जाएगी।

अपने ही घर में समय काटना कितना मुश्किल होता है। चार बजे से वह बाहर निकलने की योजना बनाने लगता है। पर पाँच बजे से पहले निकलने

पर दरवाजा बन्द कर लेने के लिए शालिनी को पुकारना होगा। फिर वह चाहे कितनी देर इन्तजार क्यों न करे, दरवाजे में चटखनी लगाने वह तभी आएगी जब वह घर से निकल चुका होगा, पहले नहीं। इससे तो...करवट बदलते पाँच बज जाएँ...

डेढ़ बज गया। अब घर पहुँच जाना चाहिए। वह जानता है, शालिनी को दोपहर में खाना खाकर सोने की आदत है। नींद में विघ्न पड़ने से उसके सिर में दर्द हो जाता है। कभी-कभी वह दर्द तीन दिन तक ठीक नहीं होता। वह नहीं चाहता, उसके देर से घर पहुँचने की वजह से उसके सिर में दर्द हो।

अभी घर पहुँच गया तो हो सकता है, शालिनी खाने की मेज पर बैठी मिल जाए। तब घंटी बजाने की जरूरत नहीं होगी। दरवाजा खाने की मेज के ठीक सामने है और खाते वक्त वह चटखनी नहीं लगाती, ढुकाकर छोड़ देती है। ठेलकर भीतर आया जा सकता है। शालिनी सामने बैठी मिलेगी। उसके सामने मेज पर दिनेश के खाने का इन्तजाम होगा। यही एक थाली, एक गिलास, एक चम्मच, दो कटोरियाँ, सब्जी के डोंगे, कपड़े से ढकी रोटियाँ...सलीके से अदा किया गया डंडा फर्ज।

दिनेश भीतर घुसता है तो शालिनी मुँह ऊपर उठाकर नहीं देखती। चुपचाप खाती रहती है। वह कैसे समझ जाती है, आनेवाला और कोई नहीं, बस दिनेश है? रोज वह नए तरीके से दरवाजा खोलता है। शायद वह चौंककर सिर ऊपर उठाए और एक भरपूर नजर उसे देखने पर मजबूर हो जाए। फिर... क्या ऐसा नहीं हो सकता कि बरसों बाद उसे देखकर, वह नए सिरे से उसे पहचान उठे?

'शालिनी!' वह कहना चाहता है—'शालिनी, मैं रिटायर हो चुका। अब मेरे पास कोई काम नहीं है। तुम्हें याद है, तुम कहती थीं मेरे पास कुछ कहने-सुनने का वक्त नहीं है। दफ्तर से घर लौटता हूँ तो फाइलें साथ लेकर। हर वक्त काम में डूबा रहता हूँ। अब मेरे पास फुर्सत ही फुर्सत है। हम घंटों बैठकर बातें कर सकते हैं। यह तो मैं यूँ ही, आदत से लाचार सुबह घर से निकल जाता हूँ। तुम

कहो तो बिलकुल न जाऊँ।' और भी बहुत कुछ वह कहना चाहता है और उसके लिए सही वक्त की तलाश करता रहता है।

हाथ-मुँह धोकर वह शालिनी के सामने कुर्सी पर बैठ जाता है। खाना परोसता है तो उसकी तरफ देखता रहता है...वह मुँह ऊपर उठाए तो अपनी बात कह डाले। पर उसकी नजरें थाली पर गड़ी रहती हैं और खाना खत्म करते ही वह चुपचाप अपने बर्तन समेटकर उठ जाती है। कभी ऐसा नहीं होता कि कोई जूठा बर्तन मेज पर छूट जाए। ऐसा भी नहीं होता कि वह आँख उठाकर देख ले कि दिनेश खा चुका या अभी खा रहा है, मेज पर से उठ चुका या वहीं बैठा है। दिनेश सामने रहता है तो शालिनी का चेहरा, चेहरा नहीं रहता, सपाट पीठ बन जाता है। अपनी तरफ पीठ किए आदमी से बात करना बहुत हिम्मत का काम है। दिनेश में उतनी हिम्मत नहीं है।

फिर भी एक दिन, खाते-खाते वह पुकार उठा था—"शालिनी!"

शालिनी के जिस्म में हरकत नहीं हुई। कौर तोड़ती उसकी अँगुलियाँ चौंककर काँपीं तक नहीं।

"शालिनी!" उसने और ऊँची आवाज में पुकारा।

शालिनी खाना खाती रही।

"मुझे तुमसे कुछ कहना है।" हिम्मत करके वह एक खाई फलाँग गया।

शालिनी ने मुँह ऊपर नहीं उठाया, न उसका हाथ रुका।

दिनेश ने चुप्पी को सुनने की कोशिश की। शायद वह उसे सुन चुकी हो, और बिना कहे कह रही हो—'हाँ, कहिए, मैं सुन रही हूँ।' पर नहीं, उस चुप्पी में कोई शब्द नहीं था। बिलकुल बेजान थी वह।

"तुम कुछ बोलती क्यों नहीं?" आखिर वह चीख पड़ा था।

"कहना आपको है, मुझे नहीं," शालिनी ने धीमे से कहा, फिर चुप्पी छा गई थी। गुबार की तरह शब्द उठे थे और चारों तरफ छाये सन्नाटे में बिना कोई लहर पैदा किए सो गए थे। शालिनी का चेहरा पहले की तरह भावहीन था, सिर के साथ आँखें भी झुकी हुई थीं। उसके कसे होंठ इतनी कम देर के लिए खुले थे कि दिनेश सोचता रह गया कि वाकई उसने कुछ कहा था या महज उसका

वहम था। दिनेश की हिम्मत पस्त हो गई थी। अभी बहुत सारी खाइयाँ सामने थीं और फलाँगने के लिए दूसरी तरफ तनिक सम्बल न था। वरना कहने को उसके पास बहुत कुछ था।

'शालिनी!' वह पूछना चाहता था—'बीस साल पहले तुम्हें इतना कुछ कहना था, उसका क्या हुआ? कहाँ खो गए वे शब्द? बिना कहे तुम्हारा मन कैसे भर गया? तब मैं कितना व्यस्त था। तुमने मुझसे पूछा था, आपके पास घंटे-भर की फुर्सत नहीं है कि बैठकर बात कर सकें तो मैंने कहा था, बात करने की फुर्सत उन्हें होती है जिनके पास काम नहीं होता। अगर तुम घर को पूरे सलीके से चलाओ तो तुम्हारे पास भी चखचख करने को वक्त न बचे... तुम समझती क्यों नहीं शालिनी, तब मेरे पास वक्त नहीं था। अब है। हालात बदलते रहते हैं। हालात के साथ हमें बदलना पड़ता है। देखो, घर में हम दो ही प्राणी हैं। एक बेटा है सो अमेरिका जा बसा। लौटकर क्या आएगा। अब जो कुछ कहना है हमें एक-दूसरे से कहना है। इस तरह चुप्पी साधे रहने से जिन्दगी कैसे चलेगी?'

एक बार फिर कोशिश करूँ अपनी बात कहने की, उसने सोचा था। रोज सोचता है। रोज अपने को समझाता है कि एक बार सन्नाटा टूट जाएगा तो सब ठीक हो जाएगा। आपस में बात करने का उनका अभ्यास जाता रहा है, बस। और कोई बात नहीं है। पर...शालिनी...

कल दोपहर घर लौटा तो दरवाजे के बाहर से अन्दर से आ रही हँसी की आवाज सुन ली। वह ठिठक गया। किसी और के घर के आगे तो नहीं जा खड़ा हुआ? दरवाजे के ऊपर लगी अपने नाम की तख्ती कई बार पढ़ डाली। घर तो उसी का है। तब कौन है अन्दर? हँसी एक नहीं दो नारी कण्ठों से फूट रही है। कौन है? एक तो शालिनी है, दूसरी? दूसरी कोई हो, शालिनी जरूर है। बेसब्री से उसने दरवाजे को धक्का दिया और अन्दर जा पहुँचा। सामने सोफे पर मंगला बैठी थी, शालिनी की छोटी बहन। बराबर में शालिनी। दोनों ठहाके मारकर हँस रही थीं। इससे पहले कि हँसी सहसा थम जाने के बाद की

चुप्पी कानों को खटकती, दिनेश बोल पड़ा—"अरे मंगला, तुम! कैसी हो? बड़े दिनों बाद आईं। बैठो, बैठो। और सब कैसा चल रहा है? सुरेश कैसे हैं? और बच्चे? माधवी के डॉक्टर बनने में कितने साल बाकी हैं? हाँ...और कोई नई फिल्म देखी?"

वह एक के बाद एक सवाल पूछता चला गया। मंगला बीच-बीच में जवाब देती रही। शालिनी चुपचाप पास बैठी रही, फिर उठकर खड़ी हो गई। मंगला ने उसे देखा, क्षण-भर को झिझकी, फिर वह भी खड़ी हो गई।

"अरे, कहाँ चल दीं?" दिनेश ने कहा, "बैठो-बैठो, खाना खाकर जाना। एकदम तैयार है।"

"हमने तो, जीजा जी, खा लिया।" मंगला ने सकुचाकर कहा।

"खा लिया! ओह...! अच्छा किया, अच्छा किया!" उसने कहा, "मुझे देर भी तो कितनी हो गई। पर आओ, मेज पर बैठो मेरे साथ। चाय-कॉफी ले लो। क्या लोगी?"

"नहीं, काफी भी हम लोग..."

"चलो मंगला, हम उस कमरे में चलें।" शालिनी ने कहा और अपने सोने के कमरे की तरफ बढ़ गई। पीछे-पीछे मंगला।

दिनेश वहीं छूट गया, आरामदेह, सुसज्जित बैठक में, जहाँ मेज पर करीने से उसका खाना लगा था, सन्तुलित, पौष्टिक और स्वादिष्ट।

उसका मन हुआ, सब्जी के डोंगे उठाकर दीवार पर दे मारे; दाल कालीन पर बिखरा दे और चिल्लाकर कहे, सब्जी में बाल है! दाल में कंकड़! शालिनी की इस सुचारु, सुव्यवस्थित, सपाट गृहस्थी का भ्रम टूटना चाहिए। शोर सुनकर वह अपने कमरे से बाहर आएगी तो वह उछलकर उसके सामने आ खड़ा होगा और उसके कन्धे दबोच लेगा (जिस्मानी ताकत उसमें उससे कहीं ज्यादा है) और तब तक उसके बदन को झटके देता रहेगा जब तक वह चीख न पड़े।

"बोलो," वह कहेगा—"कुछ भी बोलो! चुप रहोगी तो मैं तुम्हें मार डालूँगा!" तब जरूर बोलेगी वह।

उसने हाथों में एक-एक सब्जी का डोंगा उठा लिया और...मेज पर पटक दिया। जिन्दगी में कभी कोई वहशियाना हरकत की नहीं थी। अब भी न कर सका। बस लगा-लगाया खाना मेज पर सूखता छोड़, घर से बाहर निकल गया।

कमीज की बाँह से बार-बार माथे का पसीना पोंछते हुए वह सोच रहा था, अगर कल वह सचमुच कुछ कर गुजरता तो क्या होता? क्या शालिनी...? उसकी आँखों की वितृष्णा झेल पाता वह? बलगम की तरह उसके पूरे अस्तित्व पर लिसड़ न जाती।

एक दिन उसका ध्यान आकृष्ट करने के लिए खाते-खाते वह कह उठा था—"दाल में कंकड़ हैं।" शालिनी चुपचाप उठी थी, दाल का डोंगा और थाली में परोसी दाल की कटोरी उठाकर कूड़ेदान में उलट आई थी। "फेंक क्यों दी, खाई जाती।" वह बरबस कह उठा था। शालिनी ने जवाब नहीं दिया था पर उसके पूरे हाव-भाव से जाहिर था कि दाल में कंकड़ होने का सवाल ही पैदा नहीं होता। कहा उसने कुछ नहीं था, एक बार उसकी तरफ देखा भर था, पर वह देखना ऐसा था कि आदमी सब कहना-सुनना भूल जाए।

कब तक इस चिलचिलाती धूप में खड़ा रहूँ? उसने फिर कमीज की बाँह से माथे का पसीना पोंछा और हसरत के साथ अपने घर की तरफ देखा। कल दोपहर बाद घर नहीं लौटा। आधी रात क्लब में और आधी पार्क में बैठकर बिता दी। अब जाना चाहिए। इस बार देखा तो लगा उसके घर की खिड़की का पर्दा हिल रहा है। डोरी पर आधी दूर सरकाया गया है, फिर रोक दिया गया है। एक हाथ अब भी वहाँ टिका हुआ है। शालिनी है पर्दे के पीछे। खिड़की से बाहर देख रही है। जरूर। अगर वह दबे पाँव भीतर घुसे और पीछे से जाकर उसके कन्धे दबोच ले? उसे जबरदस्ती अपने से सटा ले? आज उसकी पीठ से ही बात करे? हाँ, शायद यही गलती वह करता रहा है। उसकी आँखों में देखकर अपनी बात कहने की कोशिश की है। उनमें अपनापन ढूँढ़ता रहा है और उसकी जगह फैली वितृष्णा से चोट खाकर मूक रह गया है। आज पहले अपनी बात कहेगा, तब उसका चेहरा अपनी तरफ घुमाकर देखेगा। शायद उसकी बात सुन लेने पर शालिनी...उसका हृदय एक दबी उत्तेजना से धड़क उठा और वह मुस्तैदी से मोटरसाइकिल आगे घसीटने लगा।

खाना खाकर शालिनी खिड़की पर आ गई। पर्दा एक तरफ खिसक गया है। उसे खींचकर पूरी खिड़की ढक दे तो दरवाजे में चटखनी लगाकर अपने कमरे में जाकर सो रहे। बाहर तो देखा नहीं जाता। उफ, किस कदर धूप है। कितने बरस हो गए, वह धूप में बाहर नहीं निकली। जरूरत ही नहीं पड़ती। कोई उससे पूछे, धूप का क्या मतलब होता है तो वह कहेगी—सिरदर्द! पता नहीं, लोग कैसे घूम लेते हैं धूप में बेमतलब।

अब वहाँ, उसके घर के ठीक सामने, तपते सूरज के नीचे एक आदमी हाथ से मोटरसाइकिल थामे खड़ा है, निरुपाय-सा। मोटरसाइकिल बिगड़ गई है शायद। बेचारा! ज्यादा देर इसी तरह धूप में खड़ा रहा तो चक्कर खाकर गिर पड़ेगा। लगता है, पसीना खूब आ रहा है। जेब से रूमाल निकालने का भी धैर्य नहीं है। बार-बार कमीज की बाँह से माथे का पसीना पोंछे जा रहा है।

इस तरह वहाँ खड़े रहने से क्या होगा? मोटरसाइकिल घसीटकर ले जानी ही पड़ेगी। तब जाए, गैरेज बहुत पास नहीं तो खास दूर भी नहीं है। ऐसे धूप के नीचे खड़े रहने से तो लू लगने का पूरा अन्देशा रहता है। कॉलेज में पढ़ती थी तो देखा था, सूरज के नीचे चक्कर खाकर एक मजदूर को गिरते हुए। जमीन पर गिरकर कैसे छटपटाया था और पाँच मिनट में खत्म हो गया था। बाद में लोगों ने कहा था, समय पर पानी मिल जाता तो बच जाता। उस वक्त किसी की समझ में नहीं आया था कि हो क्या रहा है। यहाँ भी पास में कहीं पानी नहीं है। क्या पता, प्यास की वजह से ही यह मोटरसाइकिल आगे न बढ़ा पा रहा हो। न हो तो वही एक गिलास पानी उसे दे आए। हर्ज क्या है? उसने फ्रिज खोलकर ठंडे पानी की बोतल निकाली और गिलास भर लिया। वापस खिड़की पर आकर एक बार फिर झाँका। वह आदमी उसी तरह वहीं खड़ा है। बार-बार उसी के घर की तरफ ताक रहा है। क्यों? कोई जान-पहचान का आदमी तो नहीं है? कौन है?...कौन होगा!

उसने देखा, मोटरसाइकिल घसीटता हुआ वह आदमी धीरे-धीरे उसके घर के आँगन में बढ़ा आ रहा है। अब उसका चेहरा साफ दिखाई दे रहा है। अरे यह तो...! उसकी आँखों के किवाड़ बन्द हो गए। शरीर में शिथिलता आ गई। उदास

भाव से उसने खिड़की का पर्दा खींच दिया और दरवाजे की चटखनी बिना लगाए अपने कमरे की तरफ चल दी। जाते-जाते उसने मेज पर पड़ी ठंडे पानी की बोतल उठाई और वापस फ्रिज में रख दी। जरूरत होगी तो निकाल लेगा खुद।

बेसब्री से दरवाजा ठेलकर दिनेश घर में घुसा। सामने शालिनी की पीठ दिखी। वह अपने कमरे में जा रही थी। फिर खटाक! दरवाजा उसकी पीठ पीछे बन्द हो गया। दिनेश करीने से सजे कमरे में अकेला रह गया।

## विनाशदूत

"**मैं** तुम्हारा सन्देश तुम्हारी प्रेयसी तक नहीं ले जाऊँगा, हरगिज नहीं ले जाऊँगा।" मेघ ने साफ इनकार कर दिया।

कवि हतप्रभ रह गया। यह कैसे हो सकता है! युगों से चली आ रही परिपाटी एक झटके में तोड़ी जा सकती है? कालजयी कवि कालिदास ने वर्षा के प्रथम मेघ को ही चुना था न, अपने नायक का सन्देश प्रेयसी तक पहुँचाने के लिए। बेचारा प्रेम करने के अपराध में इन्द्रलोक से निकाल बाहर कर दिया गया था और प्रेयसी को बाहर कदम रखने की अनुमति नहीं मिली थी। अपनी-अपनी कैद दोनों ने भुगती। अलग। निपट अकेले। एक घर के बाहर जंगल में और दूसरा घर के भीतर जंगल-से निर्जन में। प्रेम उनका अपराध था और उनका त्रास। कालिदास का भी। राजाओं के प्रिय कवि जो ठहरे। तो वियोग की व्यथा और सम्भोग के आनन्द का मोहक गायन जाल बुना कवि ने और नन्हा मेघ फँस गया। नायक का प्रेमोन्मत्त सन्देश ले जाने को तैयार ही नहीं, व्याकुल हो उठा। कविता के प्रभुत्व के अनुरूप ही था कवि का गायन और मेघ का उत्सुक सन्देशवाहन। ऊँचाई पर विचरण करनेवाले ठहरे कालिदास। भोपाल के शामला हिल्स-सी ऊँचाई? नहीं, कालिदास ने नाम दिया था कैलास। हिमालय के शीर्ष पर बसा

देवताओं का निवासस्थान, जहाँ एम.आई.सी. या फॉसजीन पहुँच नहीं सकती थी। पहुँची तो खैर, शामला हिल्स भी नहीं। वह भी देवताओं का निवासस्थल है।

जरा सोचिए, ऐतिहासिक मेघ ने सन्देश ले जाने से इनकार कर दिया होता तो? कालिदास का मेघदूत अलिखित रह जाता। उस दुनिया में, जो तब तीसरी दुनिया भी नहीं थी पर अब पहली क्या, अकेली दुनिया बन बैठी है, भारत का नामलेवा कौन होता? कौन जानता आज के हिन्दुस्तान को, अगर भारत न होता?

पर छोड़िए, बात आज की हो रही है। और आज, यहाँ, इस नाचीज वर्षा के पहले बादल ने कवि का हुक्म मानने से इनकार कर दिया है। कवि, जो कालिदास का हजारवाँ अवतार है। पैदा हुआ है, एक बार फिर कालिदास के अपने प्रदेश में।

कवि ठहरा ब्राह्मण, उसका पारा चढ़ गया। तनकर खड़ा हो गया मेघ को शाप देने के लिए। पर उसके भीतर के कवि ने उसे रोक लिया। मेघ और उसके वंशजों को शाप देने का अर्थ था, सूखी पड़ती जा रही धरती से उसका रहा-सहा सम्बल भी छीन लेना।

अपने पर काबू रखकर उसने शान्त पर सख्त आवाज में मेघ को फटकारा—मेरा सन्देश ले जाने से इनकार नहीं कर सकते तुम। तुम्हें मालूम होना चाहिए, ऐसा करके तुम कविता के उद्‌गम पर चोट कर रहे हो। कविता क्या है, प्रेम का त्रास और आनन्द ही तो। उसकी अभिव्यक्ति में अवरोध डालोगे तो भावावेग का गला घुट जाएगा, भावना का गला घुट जाएगा, पराबौद्धिक रचना का रास्ता रुक जाएगा। फिर बचा क्या रहेगा धरती पर? केवल जन्म और मृत्यु? न...न, रचना का प्रस्फुटन कैसे होगा, कहाँ से आएगी उसकी लय-ताल, उसका भाव संवेग, उसका चरम आह्लाद?

मेघ हा-हा कर हँस दिया। चरम आह्लाद! रचना का प्रस्फुटन! और कहते हो अपने को कवि। बाहरी आँखें जो दिखलाती हैं, उतना भर देख पाते हो, उससे परे कुछ नहीं? जानते नहीं, यहाँ से अस्सी किलोमीटर की दूरी पर शहर भोपाल है।

कहकर मेघ चुप हो रहा। कवि इन्तजार करता रहा उसकी बात का, पर मेघ यों चुप्पी साधे था जैसे आगे कहने को कुछ हो नहीं, जैसे अन्तिम सत्य उद्घाटित हो चुका हो, जैसे सब कुछ शेष हो चुका हो। श्मशान की प्रत्येक चिता जलकर बुझ चुकी हो। आग की लपटें सर्वस्व स्वाहा कर महाकाल-सी मूक हो गई हों।

कवि हैरान था और नाराज। बात समझ में नहीं आ रही थी। हैरान होने की उसे आदत नहीं थी। युगों से अपने को त्रिकालदर्शी मानता आया था, वह जो सब कुछ समझ सकता था, कवि होने के नाते। काल तीन, लोक तीन और कवि सबका ज्ञाता। पर संसार तब था एक लोक, तीन हिस्सों में बँटा नहीं था। पहली दुनिया को समझनेवाला कवि तीसरी दुनिया को भी समझ सके, यह जरूरी नहीं पर यह आज की बात है, तब की नहीं, जब कालिदास ने मेघ को दूत बनाकर भेजा था।

जो हो, कवि अपने को त्रिकालदर्शी ही मानता था। बाल मेघ से स्पष्टीकरण माँगना उसके अहम को ठेस पहुँचाता था। पर था तो कवि। जिज्ञासा अहम से प्रबल थी। तो अहंकार भूल समाधान माँग लिया।

मेघ फिर हा-हा कर हँस दिया—देखने के साथ सुनने-सूँघने की शक्ति भी गँवा बैठे कवि? कीड़े पड़े कड़वे बादामों की गन्ध सूँघ नहीं पा रहे? एकाएक छा गए सन्नाटे से तुम्हारे कान फटे नहीं जा रहे? चीखोपुकार बरदाश्त हो भी जाए, ऐसा बेजान बेआवाज सन्नाटा कैसे बरदाश्त कर पा रहे हो तुम? या अपनी मायावी दुनिया में इस तरह डूबे हुए हो कि प्रलय या नरसंहार, सपनों में खोई आँखों को दिखलाई नहीं देता। यह शिव का ताण्डव नहीं जो प्रलय में सृष्टि का बीज लिये हो। यह अन्त है, आवृत्तिहीन अन्त। यह नाच मनुष्य के निर्देश पर नाचा जा रहा है, दिव्य-शक्ति के निर्देश पर नहीं। उस अपूर्ण मनुष्य के निर्देश पर जो अपने को अपूर्ण जानते हुए भी पूर्ण मानने लगा है। अर्धसत्य पर विश्वास और अर्धज्ञान में दम्भ जिसकी प्रकृति बन चुकी है। तभी न प्रकृति के विरुद्ध युद्ध छेड़ बैठा है। प्रकृति ने नहीं चुना उसे, वह खुद उसका संरक्षक बन गया है, प्रकृति रक्षिता हो उसकी जैसे। अपने निरंकुश अहंकार से उन्मत्त वह भूल गया है कि प्रकृति तभी देती है जब

नतमस्तक होकर उससे माँगा जाए, नहीं तो प्रहार कर उठती है। प्रकृति से युद्ध किया ही नहीं जा सकता क्योंकि जो प्रकृति के विरुद्ध है, अन्ततः समझ लो, वह नहीं है। खिलवाड़ भी नहीं किया जा सकता उससे, खेल के मैदान की कृत्रिम सीमाएँ प्रकृति नहीं मानती। प्रहार करने पर बाध्य हो तो कहीं भी कर सकती है, तीसरी दुनिया में भी। पर प्रहार करती तभी है जब और रास्ता बचे नहीं। और रास्ता बन्द करने का काम केवल मनुष्य करता है, अहंकारी, अल्पज्ञ और लोभी मनुष्य।

तीसरी दुनिया पर प्रहार करने को उद्धत प्रकृति ने चुना शहर भोपाल को। चुनना पड़ा। सम्पन्न देशों ने अपनी वैज्ञानिक जिज्ञासा शान्त करने के लिए तीसरी दुनिया को प्रयोगशाला बना डाला। पर बनने दिया क्यों तीसरी दुनिया ने? क्यों भूल गए तीसरी दुनिया के शासक कि उनके देशों में मनुष्य रहते हैं, कीड़े-मकोड़े नहीं, जिन पर प्रयोग करके सम्पन्न देश अपने को विकसित बतला लें और विपन्न देश वैज्ञानिक दृष्टि से जागरूक। दरअसल, सम्पन्न देशों के लिए कीड़े-मकोड़ों और उस अपार जनसंख्या में अन्तर था भी नहीं, जो उनकी अपनी दुनिया की वासी नहीं थी, केवल उस हवा, पानी और मिट्टी पर दखलन्दाजी कर रही थी, जो उनके हिसाब से उनके ऐशोआराम के लिए बनी थी। जब जहर उन्होंने बनाया तो शायद इतना ही सोचकर कि वह उन कीट-पतंगों का सफाया करेगा जो मनुष्य के हिस्से का अन्न खा जाते हैं। बस, मनुष्यों से उनका सरोकार केवल अपनी दुनिया के मनुष्य से था। तीसरी दुनिया के निवासियों ने गलती की कि खुद को मनुष्यों की गिनती में मान लिया। फिर क्या था! जहर फैलता चला गया। इस कदर फैला कि कीट-पतंगों को पार करके दो पैरों पर सीधा चलने वालों पर आक्रमण कर बैठा। और अब यहाँ से कुल आठ किलोमीटर की दूरी पर शहर भोपाल है। नहीं, मैं गलती नहीं कर रहा। पहले अस्सी था, अब सिर्फ आठ रह गया है। दुनिया के हर शहर से भोपाल शहर केवल आठ किलोमीटर दूर रह गया है। और यह फासला हर पल घटता जा रहा है, हर पल...

लो देखो, सुनो, सूँघो, त्रिकालदर्शी, तुम्हारे बिलकुल करीब आ पहुँचा भोपाल शहर। क्यों अब भी महसूस नहीं कर पा रहे उस अथाह शून्य को, जो तुम्हारे चारों तरफ फैल रहा है? कितना भयानक है यह शून्य चीखोपुकार नहीं, शोर-गुल नहीं, बस बेआवाज़ खाँसी के दौरों का भूकम्प और लाशें। ऐसी लाशें जो सड़तीं तक नहीं, बस, बढ़ती जाती हैं गिनती में। सड़ती नहीं क्योंकि सड़ने के लिए भी जीव चाहिए, नन्हे कीटाणु। जहर के प्रकोप से बच नहीं पाया कोई जीवाणु। सोचो कवि, आवाज नहीं, गन्ध नहीं, आकार नहीं, केवल शून्य और शून्य में जमा होती लाशें। बढ़ रही हैं अब भी, मेरे बोलते-बोलते, हजारों की तादाद में।

इतनी लम्बी साँस कवि? भगवान का नाम ले रहे हो या प्रेयसी का? पर उनके पास तो आखिरी साँस भरने की ताकत भी शेष नहीं कि किसी का नाम लें। हे राम! नहीं, वह भी नहीं। मृत्यु का वह वाहक पिस्तौल की गोली-सा क्षिप्र नहीं पर अन्तिम सन्देश देने की वाक्शक्ति नहीं बख्शता। शब्द नहीं, आँसू नहीं, केवल घुटन, देता है सिर्फ घुटन, गरिमाविहीन घुटन, अनन्त में रेंग-घिसटकर मिलती अन्तहीन घुटन।

आह मेरी प्रियतमा!...उसका क्या हुआ? अस्फुट स्वर में कवि के मुँह से निकला तो बादल गुस्से से फट पड़ा—अब भी प्रेयसी का ही समाचार चाहिए! जो सैकड़ों-हजारों प्रेमी-युगल और उनके परिजन दम तोड़ रहे हैं उनका खयाल...

बीच उठान वाक्य टूटा और बदहवास मेघ चुप हो रहा।

पूरे माहौल पर स्याह अँधेरा छा गया।

क्या हुआ, मेघ ने अपनी ताड़ना क्यों रोक दी, चकित कवि ने सोचा, और यह भरी दोपहरी में सहसा अन्धकार कैसे घिर आया? उसने उठकर कमरे की खिड़की खोल दी। गूँगा बना मुखर बादल भागकर भीतर घुस गया। कवि ने उसकी चुप्पी का कारण पूछने को मुँह खोला कि एक भीषण आग भड़क उठी। नहीं, बाहर नहीं, बाहर तो अँधेरा इतना स्याह था कि पेड़-पौधों का अहसास तक मिट चुका था। आग की लपट विध्वंस करे, तब भी उसमें रोशनी होती है।

यह आग कवि के जिस्म के भीतर सुलग रही थी। खुले होंठों से एक शब्द भी नहीं निकला। फेफड़ों में जो बासी हवा शेष थी, उसी को सोखकर शरीर का हर रोमछिद्र होमकुण्ड बन धधक उठा और एक-एक अवयव उसकी लपट में आहुति बन झुलसने लगा। बाहर की साँस भीतर खींच पाने की ताकत सहसा वह खो बैठा था। अथक कोशिश के बाद भी साँस नहीं आई। काश, वह साँस ले पाता! बस, एक बार ले पाता, चाहे कितनी जहरीली क्यों न होती बाहर की हवा। साँस ले पाता तो कविता की उस अन्तिम पंक्ति को, जो अन्त समय जान, उसके जलते कवि हृदय में स्वत: फूट पड़ी थी, शब्दों में अभिव्यक्त कर सकता। नन्हा मेघ उन्हें अनागत के लिए सुरक्षित सँजो रखता—क्षमता नहीं, हे विराट, प्रायश्चित्त का अवसर दो...पर स्वर की एक मात्रा भी उसके पास शेष नहीं थी। उसने चाहा, और कुछ नहीं तो अपने आँसुओं से उसे लिख डाले। बाल-मेघ अपनी सहज करुण बुद्धि से उसे जरूर पढ़ पाएगा। पर आँख का सब पानी शरीर की आग सोख चुकी थी, असह्य जलन के सिवा कुछ शेष नहीं था।

फटी-सूखी आँखों से उसने देखा, स्याह बादल का एक गुब्बारा दैत्य की तरह पल-पल आकार बढ़ाता उसकी तरफ चला आ रहा है। ठीक उसके सिर के ऊपर। वह जानता है, कवि है न, वर्षा के बादल इतने गरिमाहीन नहीं होते। आसमान से इतना नीचे मनुष्य के समकक्ष नहीं मँडराते। और यह मँडरा नहीं रहा, गोल-गोल बढ़ा आ रहा है। उसके आगमन में नमी नहीं है, शीतलता नहीं है, झकोरा नहीं है। समानांर गति से वह किसी मशीन की मानिन्द बढ़ रहा है।

झपटकर उसने खिड़की बन्द कर देनी चाही। अपने कमरे के कोने में सिमटे बाल-मेघ की वह इस दैत्य से रक्षा करना चाहता था, पर हाथ-पैरों ने हिलने-डुलने से इनकार कर दिया। सजायाफ्ता कैदी की तरह वह देखता रह गया और स्याह बादल का गुब्बारा, बिना गड़गड़ाहट, बिना चमक, प्रेतात्मा की तरह उसके कमरे में घुस आया। बेआहट उसके चारों तरफ फैलकर उसकी नाकेबन्दी कर दी।

खड़े-खड़े ही अन्धे-गूँगे कवि ने प्राण त्याग दिए। नीचे गिर धरती माँ का स्पर्श पाने का निस्तार भी उसे नहीं मिला। पर अन्तिम क्षण, उसके प्यासे चेहरे पर शीतल जल के कुछ छींटे पड़े। चरम हताशा के बीच आशा की एक क्षीण किरण उद्भासित हो ही गई। वह समझ गया, उसका वह नन्हा विद्रोही मेघ, स्याह गुब्बारे का ग्रास बनने से पहले, प्रकृति के अपरिहार्य प्रतिशोध की क्रूरता पर रो दिया है, ठीक उसके चेहरे से सटकर।

# वह मैं ही थी

**जब** भी उमा को वह औरत याद आती, एक खौफ उसके वजूद पर तारी हो जाता। वह औरत, जो कमरे में उसी पलंग पर बच्चा पैदा करते मर गई थी, जिस पर आजकल उसे लेटना पड़ता था। कई बार सोचती थी अपना बिस्तर उठाकर दूसरे कमरे में ले जाए और फर्श पर बिछाकर सो रहे। पर अपने खौफ को दूसरों पर जाहिर करना इतना आसान नहीं था। मनीष पर तो बिलकुल नहीं। उससे कहा तो वह अबूझ आँखों से उसे देखता रहेगा और अपनी बात समझा न पाने का डर उसकी दहशत को और गाढ़ा कर देगा। माँ जी से कहा तो वे वही किस्सा बयान करना शुरू कर देंगी, जिससे उसे खौफ आता था।

जब वह इस घर में आई, तुम्हारी तरह गर्भवती थी। यहाँ कारखाने की नई शाखा शुरू हुई तो उसके पति का तबादला अचानक बड़े शहर से इस कस्बे में हो गया। आखिरी महीना बहुत बुरा बीता उसका। रात को बिस्तर पर लेटती तो घंटे-आधे घंटे में उठ बैठती। छाती मसलकर कहती, साँस नहीं आ रही। बार-बार यही कहती, साँस नहीं आती। लोग सुनते और कहते, सब्र करो, आदत पड़ जाएगी। यह जो कारखाने में सीमेंट उड़ता है, वही हवा को भारी बना देता है, उसी से साँस नहीं आती। किसी को नहीं आती, शुरू-शुरू में, फिर आदत

पड़ जाती है। सबको पड़ गई तो उसे क्यों नहीं पड़ेगी। वह पूरी-पूरी रात बैठकर गुजार देती। कोशिश करती ज्यादा चले-फिरे नहीं, पति को नींद पूरी करनी थी न! कारखाने में नया-नया तबादला, काम का बोझ इतना कि बिस्तर पर लेटते ही नाक बजाने लगता।

फिर भी, दिन में जब-तब वह उससे कह उठती। वह जानती है, वह बच्चे को जन्म देने में बचेगी नहीं। शुरू-शुरू में पति सुनता और सुस्त हो जाता। कैसे बुरे वक्त, इस कस्बे में पटका गया। न अस्पताल, न डॉक्टर, पर करता क्या बेचारा! न खुद की माँ जिन्दा, न पत्नी की, छोड़ता भी तो कहाँ छोड़ता उसे? उसके सामने वह यही दिखलाता कि घबराने की कोई बात नहीं थी। उसकी बात हँसी में टालते-टालते आदत पड़ गई और धीरे-धीरे उसने ध्यान देना बन्द कर दिया। रोज-रोज एक ही बात, कोई कब तक सुने।

उमा सुनती और सोचती, पर यह तो मेरी कहानी है। बिलकुल मेरी कहानी। पर कहती नहीं। कैसे कहती? मनीष की माँ जिन्दा थी और उसकी खुद की भी।

फिर उस औरत पर सफाई का फितूर सवार हो गया। रात-रात-भर न सोये, न साँस ले, बस घर को सजाती घूमे। कलात्मक रुचि की थी, चित्र बनाया करती थी। अब क्या हुआ कि दिन-रात कैनवास पर रंग उँडेलने में अपने को खपा दिया। घर की तमाम दीवारें अपने बनाए चित्रों से पाट दीं। फर्श की वो धुलाई-रगड़ाई की कि पूछो मत। कम्पनी की मेज-कुर्सियाँ उठाकर स्टोर में बन्द कर दीं। यह पलंग उसने खुद खड़े होकर बढ़ई से बनवाया था। पलंग क्या तख्त समझो। हाँ, लकड़ी बढ़िया लगवाई और बनवाया खूब लम्बा-चौड़ा। पर नीचा तो देखो कितना है, फर्श से कुल छह इंच ऊपर। गद्दा भी पतला-सा। पता है क्यों? दिमाग में यह खयाल चढ़ गया कि सारा सामान कमरे से बाहर निकालकर नीचा तख्त डालेगी तो कमरा बड़ा और खाली लगेगा। खाली जगह में हवा काबू आ जाएगी और वह साँस ले पाएगी। साँस आने पर, कौन जाने, एक रात नींद भी आ जाए। पर उम्मीद कहाँ रंग लाई। सीमेंट के कण उसी तरह हवा को बोझिल बनाए रहे। उसके फेफड़ों को चुनौती देते रहे और वह छाती मसलती रात-भर इधर-उधर डोलती रही। उसे लगता उसका

अजन्मा बच्चा आकर छाती में अटक गया है। कभी-कभी महसूस होता, वह जिन्दा नहीं, मर चुका है। अन्दर पड़ा-पड़ा फोड़े की तरह सड़ रहा है। इसलिए साँस नहीं आती, नींद गायब हो गई है, खुली आँख बुरे-बुरे सपने आते हैं। पर पक्का पता करने का कोई तरीका नहीं था। कस्बे में न अस्पताल था, न एक्स-रे मशीन और न डॉक्टर। इन्तजार के सिवा चारा न था। उस क्षण का जब पेट में दर्द की ऐंठन शुरू हो और बच्चा खुद-ब-खुद जन्म ले ले। दाई का काम तो नाल काटना और बच्चे को नहलाना भर था। प्रकृति साथ न दे तो मौत से कौन लड़ सकता है। दाई जो कर सकती थी, किया। उस औरत की किस्मत खराब थी। बच्चे का सिर माँ के जिस्म में अटका रह गया। बाहर आ ही नहीं पाया। बाद में सुना, बड़े शहर में उसके परिचित कह रहे थे, फॉरसेप लगा बच्चे को बाहर खींच लेते तो दोनों की जान बच जाती। पर यहाँ कौन लगाता फॉरसेप? मर गई बच्चे समेत इसी कमरे में, इसी बड़े तख्त पर, जिस पर तुम लेटी हुई हो। बदकिस्मत थी बेचारी।

बदकिस्मत या महज औरत, उमा सोचती। यह उसकी कहानी है या मेरी या हर उस औरत की, जो अपने वर्ग और स्थान से तोड़कर दूसरी जगह फेंक दी जाती है? जब वह शादी से पहले कॉलेज में अर्थशास्त्र पढ़ाया करती थी तो उसकी हेड ने एक बार कहा था, विवाह करते हुए जिस बात का खयाल रखना चाहिए, वह है स्थानमूलक तुष्टिगुण, यानी प्लेस यूटिलिटी। उमा समेत सब हँस दिए थे। विवाह के अर्थशास्त्रीय विवेचन पर हँसने के सिवा कर भी क्या सकते थे! आज समझ में आता है, उनकी बात में दम था। भारत जैसे भीषण असमानताओं वाले देश में वर्ग और स्थान की भूमिका एक जैसी है। सिर्फ औरत ऐसी चीज है जिसे कहीं से उखाड़कर कहीं फेंका जा सकता है, इस धारणा के साथ कि वह जड़ें जमा ही लेगी। ऐसे तो कोई कीकर-बबूल से भी पेश नहीं आता। पर कुसूर किसका है? खुद औरत का न। परजीवी की तरह इन्तजार क्यों करती है कि कोई सुदृढ़ जड़ोंवाला वृक्ष मिले तो उसके कन्धों पर चढ़कर जीना शुरू कर दे। जड़विहीन क्यों बनाए रखती है खुद को।

नहीं, उमा ये सब माँ जी से नहीं कहती। उनका एक ही जवाब होता, तुम्हारे माँ-बाप को शादी से पहले सोचना चाहिए था। माँ-बाप को, उमा को

नहीं। मनीष से कहने का सवाल ही पैदा नहीं होता था। अबूझ, अकबकाए भाव से उसे देखते रहने पर, जो समझ उसकी आँखों में उपजती, वह सिर्फ यह कहती कि उसकी बातों का बुरा क्या मानना, गर्भवती स्त्रियाँ ऊलजलूल सोचा ही करती हैं। कहती क्या, वह सिलसिलेवार सोचती भी नहीं थी। यों ही टुकड़ा-टुकड़ा तर्क दिमाग में उठता और किरच-किरच दहशत मन में रड़कती रहती। फिर रात के अँधेरे में एक क्षण ऐसा आता, जब निस्सीम आतंक उसके पूरे अस्तित्व पर हावी हो जाता।

न चाहकर भी उसे वही कहानी बार-बार सुननी पड़ती थी। माँ जी न सुनाएँ तो कोई और औरत सुना जाती थी। उन्होंने भी तो उन्हीं सबसे सुन-सुनकर रटी थी। मनीष का नया-नया तबादला उस कस्बे में हुआ था, इसलिए कारखाने में काम करनेवाले सभी अफसरों और बाबुओं की बीवियाँ, एक-एक करके उससे मिलने आ चुकी थीं। सबकी जबान पर छह महीने पहले मरी औरत की कहानी थी, जिसे अपनी-अपनी शैली में वे उसे सुना जाती थीं।

औरत मर गई तो पति का दिल टूट गया। इस घर में रह नहीं पाया। अगले दिन पड़ोसी के घर जा टिका और मैनेजर को दरख्वास्त दे दी कि उसका घर बदल दिया जाए। इस घर के पीछे, जरा दाएँ को जो घर है, वह अलॉट हुआ है उसे। आजकल यहाँ है नहीं। शादी करने दिल्ली गया हुआ है। आदमी अकेला कब तक रहे। छह महीने बीत चले। अच्छा हुआ बच्चा माँ के साथ निबट लिया, वरना कौन पालता बेचारे को। आदमी का तो दिल ऐसा टूटा कि घर छोड़कर जाते वक्त यह पलंग यहीं छोड़ गया। कहने लगा, मुझसे देखा नहीं जाएगा। उसकी हैबतनाक चीखों और बच्चे की बेआवाज मौत का साक्षी है यह। हर वक्त उसकी याद दिलाएगा। बड़ी साध से बनवाया था बदकिस्मत ने।

दाई के बाहर आकर कहने पर कि दोनों खत्म हो गए, वह रोता हुआ कमरे में दाखिल हुआ तो सबसे पहले खून से तर-बतर पलंग देखा। फिर पलंग पर पड़ी उसकी लाश। वह तो चीख मारकर बेहोश हो गया, बाकी

लोग भी डर से जकड़े खड़े रह गए। औरत की लाश की आँखें चौड़ी खुली हुई थीं। ऐसा खौफ और दर्द भरा था उनमें, कि किसी की हिम्मत पास जाने की नहीं हुई। सुना, मरघट के डोम ने ही आँखें बन्द कीं उसकी। बच्चा उसी के साथ जला। अटका जो पड़ा था बीच में। न पूरा बाहर, न पूरा अन्दर। कोई लेडी डॉक्टर होती तो बाहर खींचकर देख लेती, मरा है या जिन्दा। पर...देखकर होता क्या? जिन्दा होता भी तो पालता कौन? तुमने देखे नहीं, बच्चों के कितने सुन्दर-सुन्दर चित्र बनाए थे उसने। उस घर में लगे हैं, देख आना किसी दिन। सारे-के-सारे सहेजकर ले गया उसका पति। बस, एक यह पलंग छोड़ गया। यों पोंछ-पाँछकर साफ कर दिया था एक पड़ोसी ने, पटना शहर से डिब्बा लाकर पॉलिश भी मार दी थी, बिस्तर फिंक ही चुका था, पर वह ले जाने को तैयार नहीं हुआ। मैनेजर कहने लगा, कारखाने के स्टोर में पलंग वैसे भी कम हैं, कुछ टूट-फूट गए, कुछ अफसरों की बहाली बढ़ गई। जो अगला अफसर इस मकान में आएगा, इस्तेमाल कर लेगा। पलंग है बढ़िया, नहीं?

कहानी सुनते-सुनते उमा का चेहरा पीला पड़ जाता, साँस घुटने लगती, पेट में हौल का गोला उठ आता, सिर में चक्रवात भर जाता और उबकाई लेती वह उसी तख्त पर निढाल पड़ जाती। आने वाली अफसर की बीवी होती, तो कान के पास आकर फुसफुसाती—"बच्चा यहाँ मत होने दो। यहाँ की दाई दस बच्चे करवाती है तो सात माँए मर जाती हैं। मेरे दोनों बच्चे शहर में हुए, माँ के घर। तुम अपनी माँ के पास दिल्ली क्यों नहीं चली जातीं?" क्लर्क की बीवी होती तो त्रस्त आँखों से कहती—"आपने यह घर कैसे ले लिया, छह महीने से खाली पड़ा था, कोई यहाँ आने को तैयार नहीं था। उस औरत का भूत... आप तो गर्भवती भी हैं। बच्चा जनने अपनी माँ के पास क्यों नहीं चली जातीं? आपकी सास नहीं मानेगी क्या?" कोई-कोई औरत माँ जी से कह भी देती। तब वे लम्बी आह भरकर कहतीं—"इसके माँ-बाप! उन्हें अपने सैर-सपाटे से फुर्सत मिले तब न!"

वह बात नहीं है। उसके माँ-बाप और छोटी बहनें संवेदनहीन नहीं हैं। वह तो उनकी महानगरीय दृष्टि है, जो उन्हें बिहार के इस धुर कस्बे की

वास्तविकता देखने नहीं देती। वे जानते ही नहीं कि उनके देश में ऐसे गाँव-कस्बे भी हैं, जहाँ डॉक्टर नहीं हैं, चिकित्सा की सुविधाएँ नहीं हैं, जहाँ हर बीमारी का इलाज एस्पिरीन की गोली या तुलसी का काढ़ा है। दिल्ली शहर में भी लाखों लोग हैं, जो इसी कस्बाई तरीके से जीते-मरते हैं, उनके बारे में भी वे क्या जानते हैं? उनके लिए बच्चे के जन्म में औरत का मरना बाजारू फिल्म का लटका है या सस्ते उपन्यास की गप। वे जानते ही नहीं, कस्बा होता क्या है। उनके लिए छोटे से छोटा शहर है, जयपुर या कानपुर, जहाँ अस्पताल कम-ज्यादा आधुनिक होते हैं, डॉक्टर कम-ज्यादा काबिल, पर होते जरूर हैं। घर के बिस्तर पर, दाई की मदद से एक भगोना उबले पानी के भरोसे, बच्चे नानी-दादी ने पैदा किए थे, जिन्हें उसकी आधुनिक बहनें मनुष्य का दर्जा देने को भी तैयार नहीं थीं। वे संवेदनहीन नहीं, संवेदनशील थीं अपने वातावरण के प्रति। वही अर्थशास्त्र का स्थानमूलक तुष्टिगुण! वर्ग और स्थान का न पट सकनेवाला अन्तर उन्हें बिहार के इस औद्योगिक कस्बे की सच्चाई जानने नहीं दे सकता था।

जब उसके गर्भवती होने के बाद, मनीष का तबादला अचानक यहाँ होने के आदेश आए, तो उसने सुझाव दिया भी था कि उमा माँ-बाप के पास जाकर बच्चे को जन्म दे। सुनकर वे भौचक रह गए थे। दोनों छोटी बहनों को लगा था शहर में दंगा हो गया। उनकी व्यस्त सामाजिक जिन्दगी की रफ्तार में अड़चन तभी आती थी, जब शहर में फसाद हो जाए। कॉलेज के बाद पिक्चर, पार्टी, नाटक, सैर-सपाटा उनकी दिनचर्या के अभिन्न अंग थे। अस्पताल की भागमभाग और बच्चे की चिल्लपों की उसमें गुंजाइश नहीं थी। ऐसा नहीं था कि उसके बच्चा पैदा करने या पालने में उन्हें हाथ बँटाना पड़ता, बच्चा अस्पताल में डॉक्टर-नर्स के भरोसे होता, पर बेफिक्री और तफरीह में कुछ मनोवैज्ञानिक फर्क पड़ ही जाता। माहौल भी कोई चीज होती है। रात को बच्चा 'टाऊँ टाऊँ' करके नींद खराब करता और दिन में मौज-मस्ती करते यह अहसास मन को सालता रहता कि उमा अकेली है। पेट बढ़ी औरत को साथ लेकर बाहर जाना बहनों की सोफिस्टिकेटेड प्रकृति को रास नहीं आता और उसका अकेले घर पर पड़े रहना न्यायपूर्ण नहीं

लगता। बेकार के धर्मसंकट में कोई पड़े क्यों, जब उनके महानगरीय धर्म के अनुसार, बच्चे का जन्म उसकी और उसके पति की अन्तरंग समस्या थी, जिससे उनका कोई सम्बन्ध नहीं था। माँ-बाप की सहानुभूति भी अपने माहौल के प्रति थी। उमा उन्हें क्या दोष देती! शादी से पहले वही कहाँ जानती थी कि हिन्दुस्तान में ऐसे गाँव-कस्बे भी हैं, जहाँ डॉक्टर, अस्पताल, चिकित्सा-यन्त्र, ऑक्सीजन तो दूर, मामूली दवाइयाँ और इंजेक्शन भी नहीं होते। होता है एक प्राथमिक चिकित्सा-केन्द्र, कम्पाउण्डर, दाई, एस्पिरीन की गोली और उबला गरम पानी। जानती तो अनजान अन्धे की तरह, गर्भ धर, इस कस्बे में न चली आती। पर...जाती कहाँ?

शुरू-शुरू में उसने मिलने आने वाली औरतों से पूछा भी था—"यह कैसी जगह है कि यहाँ कारखाना है, घर हैं, फर्नीचर हैं पर अस्पताल या डॉक्टर नहीं हैं?"

जवाब मिला—"हैं क्यों नहीं। आम बीमारियों के लिए प्राथमिक दवाखाना है। एक प्राइवेट जनरल फिजीशियन भी है। गम्भीर बीमारी हो तो कम्पनी अपने मातहतों को इलाज के लिए पटना भेज देती है। बस लेडी डॉक्टर नहीं है। तो भई, देहात में तो बच्चे दाई ही जनवाती हैं। हाँ, जच्चा-बच्चा की मृत्यु-दर काफी ज्यादा है। पर क्या किया जाए, गँवई गाँव का यही हाल है अपने देश में! जिनका मन यहाँ नहीं टिकता, मायके या ससुराल चली जाती हैं। तुम जानो, हमारे यहाँ लड़कियाँ मैके जाना ही पसन्द करती हैं। एकाध कोई ससुराल जा टिकती है। इसीलिए लेडी डॉक्टर की जरूरत कभी महसूस नहीं हुई। पर अब कम्पनी के मालिक बूढ़े हो चले। नई हवा के उनके लड़के-बहू चाहते हैं, यहाँ अस्पताल खुले, इलाज का वाजिब इन्तजाम हो, लेडी डॉक्टर तक बहाल की जाए। योजना बन गई है, दो-तीन साल तक अस्पताल हो जाएगा यहाँ।"

पर उमा का बच्चा तो अगले महीने पैदा होना था। उसे रोककर नहीं रखा जा सकता था। दो-तीन साल क्या, प्रकृति एक बार निर्णय ले ले तो घंटा, आधा घंटा भी रोका नहीं जा सकेगा। तभी न, इतना आसान है बच्चे का जन्म और इतना दुष्कर! अपने हाथ में कुछ है ही नहीं—उसका जी करता

था पटना चली जाए, दस-पन्द्रह दिन किसी होटल में रहे और दर्द शुरू होने पर अस्पताल में भर्ती हो जाए। वहाँ वह अकेली हो सकेगी। वह औरत नहीं जाएगी उसके साथ। पर कैसे? पैसा कहाँ था उसके पास? जो कमाया, साथ-साथ खर्च करती रही, तब आर्थिक स्वतन्त्रता विलास की वस्तु थी। जो बचाया, अपनी शादी में लगा दिया, थोड़ा-बहुत फिर भी जो बचा रहा, शादी के बाद मौज-मजे में होम कर दिया। अब वह पूरी तरह मनीष पर निर्भर थी। मनीष के पास इतना पैसा नहीं था कि उसे हफ्ते-दो हफ्ते सस्ते से सस्ते होटल में भी ठहरवा सके। फिर जरूरत क्या थी? बच्चा किसके नहीं होता! गाँव-कस्बों में, शहरों से ज्यादा होते हैं। सबकी सब औरतें बच्चे जनने में मर जातीं तो देहात में बढ़ती आबादी यों अजाब न बनी होती। रहने दो। मैं जच्चा-बच्चा का मृत्यु-दर नहीं जानना चाहता। मैंने तुम्हारी तरह अर्थशास्त्र नहीं पढ़ा। आँकड़ों पर मेरी आस्था नहीं है, अपनी आँखों पर है। कोई एक औरत बच्चा जनते इस घर में मर गई तो इसका यह मतलब नहीं कि सब मरेंगी। औरतों को तो बात में से बात निकालने का चस्का होता है। मेरे पास इतना वक्त कहाँ है? अभी तबादला हुआ है। नया काम समझने-निबटाने के बाद बिस्तर पर लेटता हूँ, तो बदन चस-चस कर रहा होता है। मुझे तो साँस लेने में कोई तकलीफ नहीं होती, न किसी औरत का भूत मुझे सताता है। बढ़िया, चौड़ा, आरामदेह पलंग है। टीसते बदन को सुख मिलता है। गहरे सोऊँ नहीं तो अगले दिन काम कैसे करूँ?

हर आदमी अपने-अपने वर्ग-स्थान के प्रति संवेदनशील था। बच्चा उमा को पैदा करना था। इस कस्बे के इस घर के उस पलंग पर, जिस पर वह औरत मरी थी, मनीष को नहीं। न उमा के माँ-बाप या बहनों को। वे सब अपने दायरों में सुरक्षित थे। वह औरत तो सिर्फ उमा के साथ रहती थी।

उसे हल्का-हल्का बुखार रहता था। जब-तब पेट और कमर में दर्द की मरोड़ उठा करती थी। दिन फिर भी गुजर जाता, पर रात होने पर बिस्तर पर लेटती तो घंटे भर बाद उठ बैठती। नाक-मुँह दोनों से साँस लेने की कोशिश करती, पर

साँस आती नहीं। कभी-कभी इतना घबरा जाती कि मनीष को झकझोरकर जगा देती। कहती—"दम घुट रहा है मेरा, साँस नहीं आ रही।"

"बेवकूफी की बात मत करो," वह कहता—"हवा में सीमेंट के कण हैं, इसीलिए साँस लेने में तकलीफ होती है। शुरू-शुरू में सभी को होती है, फिर आदत पड़ जाती है। सबको पड़ गई, तुम्हें क्यों नहीं पड़ेगी? दम घुटकर कोई नहीं मरा आज तक। कोशिश करो, नींद आ जाएगी। आदमी चाहे तो बैठे-बैठे भी सो सकता है। और चारा भी क्या है, तुम्हीं बतलाओ, मैंने तो कहा था कि दिल्ली चली जाओ पर तुम..."

उमा निरुत्तर हो जाती और करवट बदलकर पलंग के दूसरे कोने पर सरक जाती। खूब चौड़ा पलंग था, चार ताबूतों के बराबर। मनीष और उसके बीच वह औरत आराम से आ लेटती थी। उसी का था न पलंग, साध से बनवाया हुआ। होनी को टालकर साँस लेने की जिद्दी आस में वह उमा के बराबर में लेटी रहती। साँस न उसे आती, न उमा को। उमा आँखें पूरी खोल, नीचे चेहरे पर जड़ी, भय से फटी उन आँखों में देखती, जिनसे मौत ने रोशनी तो छीनी, त्रास नहीं छीन पाई। खौफ और दर्द का कैसा आलम था, जिसने मरकर भी उसकी आँखों को बन्द नहीं होने दिया। उमा और गहरे उनमें झाँकती। वह औरत मन्द-मन्द मुस्कराने लगती पर आँखों का आतंक बना रहता। उमा को लगता वह उसका अजन्मा बच्चा ही था, जो अब उसकी कोख से जन्म लेनेवाला था। उसके घर में उसी पलंग पर। उसका मन पसीज उठता। वह उसे भरोसा देने लगती कि इस बार उसका बच्चा जिन्दा जन्म लेगा, वह उसे सहेजकर रखेगी, उसकी अमानत की तरह। औरत मुस्कराना बन्द कर देती। उसकी पुतलियाँ और फैलतीं, त्रास और गहराता और उसके साथ उमा को भी वह हैबतनाक मंजर दीख जाता, जिसने कभी न खत्म होनेवाला खौफ उसकी रूह में भर दिया था। हौल का बवण्डर उठता और उसके पूरे वजूद पर तारी हो जाता।

पता नहीं कितनी रातें उसने उस औरत के साथ बिस्तर पर गुजारीं। फिर सहना नामुमकिन हो गया। वह उसे मनीष के पास छोड़, भटकी रूह की तरह घर में डोलने लगी। मनीष उस औरत की बगल में आराम से सोया रहता। उमा

इस कमरे से उस कमरे में भागती, वक्त काटने के लिए कोने-कोने की सफाई करने लगती।

एक वक्त आया कि सफाई सजावट का फितूर उसके सिर पर सवार हो गया। छोटे कस्बे में और जो न हो, प्राकृतिक सम्पदा काफी थी। उसने सारा दिन आसपास के मैदानों-जंगलों में गुजारना शुरू कर दिया। तरह-तरह की आकर्षक आकार वाली डालियाँ, फलियाँ, लतरें, बाँस, जड़ें और जंगली फूल-पत्तियाँ ढूँढ़-ढूँढ़कर जमा करती और घर ले जाती। फिर उनमें से कुछ फूलदानों में सजाती, कुछ के कोलाज बना डालती। फर्श और दीवारों पर सीमेंट की परत बार-बार साफ करती, उन्हें झाड़ती, पोंछती, चमकाती और अपनी बनाई कलाकृतियाँ उन पर सजा देती। फर्श पर छोटी मचियों पर रखे फूलदान, दीवार पर रंग-बिरंगे, जीवन की हँसी-खुशी को मूर्त करते कोलाज। अपने सबसे प्रिय कोलाज से उसने शयनकक्ष की दीवार ढक दी। पत्रिकाओं में से हँसते-खिलखिलाते बच्चों के चित्र काटकर उनके बीच उगते सूरज और अनगिनत झिलमिलाते सूरजमुखी के फूलों के बिम्ब रँगकर, कोलाज तैयार किया था। उसकी कोशिश थी कि घर को इतनी सुन्दरता और जीवन्त हँसी से भर दे कि मौत अपना देखा हुआ रास्ता भूल जाए।

इस कोशिश में किसी-किसी रात बदन की हरारत जोर पकड़ लेती। जूड़ी से थरथर काँपता शरीर तेज ज्वर के कब्जे में आ जाता। वह तय नहीं कर पाती, एस्पिरीन की गोली खाए या नहीं। कभी मेहनत से क्लान्त देह-ताप के सामने समर्पण कर देती और वह वहीं कमरे के धुले-पुँछे फर्श पर ढह जाती। नीम बेहोशी नींद का काम देती। माँ जी का ध्यान उस पर चला जाता तो उठाकर फर्श पर बिछे अपने बिस्तर पर लिटा देतीं। उमा को कुछ राहत मिलती। जबसे उसने देखा है, माँ जी फर्श पर ही अपना बिस्तर बिछाती हैं। मनीष को जमीन पर पसरने से खास चिढ़ है, वह जानती है। पर माँ जी से उसने समझौता कर रखा है। एक बार बतलाया था उन्होंने, कैसे पति के मरने पर जब उन्हें धरती पर उतारा गया तो वे भी उतर आई थीं। दोबारा पलंग पर नहीं चढ़ी थीं। मनीष की कहा-सुनी के बावजूद जमीन पर सोने का नियम बना लिया था।

उमा को वहाँ लिटाकर वे उसके सिर में तेल की मालिश करते हुए उसे ढाढ़स बँधातीं—"ऐसे घबराया नहीं करते, भगवान पर भरोसा रखो। मैंने दस बच्चों को जन्म दिया, जिन्दा रहे कुल चार। तीन लड़कियाँ और यह एक लड़का, मनीष। भगवान की मर्जी। हिम्मत रखो। भगवान जो करेगा अच्छा ही करेगा।"

उमा की हिम्मत जवाब दे जाती। वह यह पूछने लायक भी नहीं रहती कि दस बच्चों में से कुल चार को जीवित रखकर भगवान ने अच्छा क्या किया? वह औरत आकर उसके पैताने खड़ी हो जाती और अपनी दहशत भरी आँखों से उसे ताकती रहती। वह काँप-काँप जाती। माँ जी और मनीष उसे आम बीमारियों का इलाज करनेवाले प्राइवेट फिजीशियन को दिखलाने के बारे में इस-उस से सलाह करते, गर्भावस्था में दिखलाना ठीक रहेगा या नहीं? निर्णय लिए जाने से पहले बुखार उतर जाता और इन्तजार का पुराना सिलसिला शुरू हो जाता। उस दिन का, जब समय पूरा होने पर, प्रकृति उसे उस गुरुभार से मुक्त कर देगी।

एक महीने तक उसने इसी तरह घर को सजाया, सँवारा, सुन्दर-स्वास्थ्यकर बनाया। फिर बरसात के मौसम के शुरुआती हफ्ते में, रात के तीसरे पहर, जब वह घर के अन्दर घुस आए चींटियों-मकोड़ों को बुहार कर बाहर फेंकने की नाकाम कोशिश कर रही थी, उसको लगा उसके भीतर कुछ फट गया। ढेर सारा पानी टाँगों के बीच से निकलकर फर्श पर बहने लगा। कोई जोर से चीख पड़ा। शायद वह औरत थी।

माँ जी दौड़ी आईं और गुहार मचाने लगीं कि बरसाती रात के उस अँधियारे पहर में मनीष भागकर जाए और दाई को बुला लाए। उमा को ले जाकर पलंग पर लिटाने लगीं तो उसने कहर बरपा कर दिया—"दूसरा पलंग लाओ। कहीं से भी लाओ, दूसरा लाओ। यह नहीं। इस पर नहीं।"

वह साफ देख रही थी उस पलंग पर वह औरत लेटी हुई थी।

"पागल हुई हो," मनीष ने कहा, "इस वक्त दूसरा पलंग कहाँ से आएगा?"

माँ जी इस कदर घबरा गईं कि जिन्दगी में पहली बार, इकलौते बेटे को गाली दे डाली—"नामुराद, बच्चा जनती औरत की बात सुना करते हैं। कहीं से भी एक खाट लेकर आ, माँगकर, चुराकर, कैसे भी ला।"

क्या उन्होंने भी उस औरत को देख लिया था।

मनीष को याद आया, घर के सामने जो आम का बगीचा था, उसके बाहर एक तख्त पड़ा रहता था। चौकीदार और उसके साथी उसपर बैठकर खैनी फाँकते और ताश पीटा करते थे। इस बरसात में वह खाली होगा। वह जाकर वही उठा लाया।

तख्त बारिश के पानी से भीगा हुआ था। आम से झड़ा बौर सड़कर उस पर चिपक गया था। उमा उस पर लेटी तो एक बार लिसलिसाहट जरूर महसूस की, फिर बदन से बेतरह झर रहे पसीने ने उसे एकाकार कर लिया। बच रहीं दर्द की उठती-गिरती लहरें और हर ज्वार के बाद शरीर पर रेंगने, काटने का अहसास। जब तक दर्द की लहर उतरकर दोबारा चढ़ने में पन्द्रह मिनट का वक्फा देती रही, देह पर कीड़े रेंगने का अहसास तीव्रता से महसूस होता रहा। उसे लगा वह औरत, दूसरे कमरे में खिसकाए गए पलंग से उठकर, उसके बराबर में आ लेटी थी। यह उसकी ठंडी नीली अँगुलियों का स्पर्श था, जो सहलाने-गुदगुदाने के बजाय बदन पर रेंग-रेंग कर डंक मार रहा था। डरकर वह चीख उठी। दर्द ने चीख को समेट लिया और उस लिजलिजे चुँटते अहसास से छुटकारा दिलाने के लिए पाँच-पाँच मिनट पर उठने लगा। पर छुटकारा मिला नहीं। ज्यों-ज्यों दर्द बढ़ा, वह अहसास भी बढ़ता गया। जब तक दाई वहाँ पहुँची, दर्द से निजात का वक्त बेमानी रह गया था, फिर भी उमा ने उसके दोनों हाथ पकड़कर कहा, "मेरे बदन पर कुछ रेंग रहा है, काटे जा रहा है।"

दाई हँस पड़ी। बोली, "यह बोसीदा तख्त कहाँ से उठा लाए, चींटियाँ ही चींटियाँ भरी पड़ी हैं सड़ी लकड़ी में। वह बढ़िया पलंग कहाँ गया, जिस पर मैंने पहली वाली की जचगी करवाई थी?"

"नहीं, वह नहीं," उमा चीख पड़ी—"उस पर मैं उसका बच्चा जिन्दा नहीं जन पाऊँगी।"

दाई ने कन्धे झटक दिए और अपने काम से लगी। उसके दोनों हाथ अपने बलिष्ठ हाथों में जकड़कर, बच्चा जनने के लिए, सामर्थ्य से बाहर का जोर लगाने के लिए उसे उकसाने लगी। दर्द पूरे उठान पर था। उमा उस औरत से

मिन्नत कर रही थी कि वह उसके बराबर से उठ जाए, जिससे वह उस सँकरे तख़्त पर पूरा फैलकर लेट सके और उसके बच्चे को जिन्दा जन्म दे सके। होंठों ही होंठों में वह कहे जा रही थी—"इस बार तुम्हारा बच्चा जरूर जिन्दा रहेगा, तुम देख लेना, जरूर रहेगा। इस खौफ को अपनी आँखों से निकाल दो, मेरे बोसीदे पलंग से उठ जाओ। मुझे अकेला छोड़ दो। मैं वादा करती हूँ, कितनी भी ताकत लगे, मैं तुम्हारे बच्चे को जिन्दा जन्म दूँगी।"

उमा ने आँखें बन्द कीं, दाँत कसे, दाई के हाथों पर नाखून गड़ाए और शरीर के निचले भाग को शक्ति का केन्द्र बना लिया। पल-भर के लिए उस औरत ने भी अपनी आँखें बन्द कर लीं। उतनी विमुक्ति काफी थी। खौफ से आजाद होते ही, उसकी देह में एक नई इच्छाशक्ति ने जन्म लिया। शरीर की ताकत से परे की चीज थी वह इच्छाशक्ति, जिसके बल पर बदन से निकला खून का फव्वारा शिशु को भी बाहर खींच लाया।

"लड़की है!" दाई ने कहा।

गर्व से उमा का चेहरा दीप्तिमान हो गया। डर, दर्द, बदन पर रेंगती चींटियाँ सब भूलकर वह बुदबुदा उठी—"मैं जीत गई। अपनी बच्ची को रोते सुना मैंने।" उसने आँखें खोलीं और बच्ची के बजाय औरत को देखा। उसकी आँखें भी खुली थीं और उनका खौफ बरकरार था। उमा ने अपनी गलती महसूस की। हार-जीत का सवाल कहाँ था? वह जन्म उन दोनों का साझा था। "मेरी नहीं तुम्हारी बच्ची!" उसने प्रार्थना के स्वर में कहा, "एक बार देखो तो उसे, कितनी स्वस्थ है। सुनो उसका जीवन-क्रन्दन और भय को अपनी आँखों से मिटा दो। प्यार करो उसे और विदा लो।"

खौफजदा चेहरे और फटी आँखों के साथ वह औरत हँस दी। अगर फव्वारे की तरह उमा का खून बाहर न बह रहा होता तो उस हैबतनाक हँसी को देख जम जाता। कँपकँपी तो छूट ही गई। फिर थर-थर, थर-थर, उसका बदन थरथराता ही चला गया।

"मेरा काम खत्म हुआ। मुझे इनाम दो, मैं जाऊँ!" दाई ने कहा, "अब किसी डॉक्टर को बुलाओ। खून गिरना बन्द नहीं हो रहा, ताप चढ़ रहा है। यह काम मेरा नहीं, डॉक्टर का है।"

माँ जी फिर गुहार मचा उठीं—"लेडी डॉक्टर को मार गोली। जा मनीष, किसी मर्द डॉक्टर को ही बुला ला। कुछ तो करेगा। ऐसे मर जाएगी बहू।"

एक बार फिर बरसाती रात के अँधेरे और पानी को कोसता, मनीष घर से बाहर निकला।

"कुछ नहीं बदला," थरथराते बदन, किटकिटाते दाँत और बहते खून को नजरअन्दाज करके उमा ने कहा, "यह तुम्हारी ही बच्ची है, जिसने मेरी कोख से जन्म लिया है। यह जिन्दा रहेगी। जरूर रहेगी। तुम देखो तो सही एक बार।"

मनीष जवान नौसिखिया डॉक्टर को लिये कमरे में दाखिल हुआ। डॉक्टर ने देखा और सिर हिला दिया—"बहुत देर कर दी। गुर्दे नाकाम हो गए हैं। रक्त-स्राव रोकने का मेरे पास उपाय नहीं है। यह केस अस्पताल का था।"

उमा ने सुना और नहीं भी सुना। उसका पूरा ध्यान उस औरत पर केन्द्रित था। "बच्ची?" उसने आर्तनाद करके कहा।

आखिर वह औरत अपना खौफजदा चेहरा लिये बच्ची के ऊपर झुक ही गई। उमा उन्हें एकटक निहारती रही। उस औरत की आँखों का फैलाव कम हुआ, पलकें झपकीं, पुतलियाँ सिकुड़ीं और उनमें आँसू उमड़ आए। फिर दुनियाभर की ममता और करुणा उनमें भर गई। अब जब उसने उमा को देखा तो उसकी आँखों में दशहत के बजाय करुणा का दर्द लहरा रहा था। उमा का डर जाता रहा। उसने अपनी बाँहें फैला दीं। वह पास चली गई। उसे अपनी बाँहों में थाम उसके बराबर में लेट गई।

उमा ने उसके सीने पर सिर रखकर कहा, "मैं मरना नहीं, जीना चाहती हूँ।"

"मैं भी जीना चाहती थी। बहुत कोशिश की थी मैंने।"

"जानती हूँ तुम्हारी कहानी। बहुत बार सुन चुकी हूँ।"

"भूल जाओ उसे, अब यह तुम्हारी कहानी है। खत्म होकर फिर शुरू होने वाली। वह देखो।" उसने उसका चेहरा बच्ची की तरफ घुमा दिया। "हाँ, एक

औरत अभी जिन्दा है, वह जो अभी पैदा हुई है।" आखिरी हिचकी के साथ उमा ने कहा। बच्ची पर टिकी उसकी आँखें खुली की खुली रह गईं।

"इसके प्राण भी आँखों से निकले।" माँ जी ने काँपकर कहा।

सनाका खिंच गया। कोई आगे बढ़कर उन खुली आँखों में छाया खौफ और दर्द देखने की हिम्मत नहीं जुटा पाया। तभी बच्ची धीमे सुर में रो पड़ी। एक और औरत दुनिया में आ गई थी। माँ जी का मन ममता से भर गया। वे बच्ची को उठाने आगे बढ़ीं। हिम्मत करके उमा की पलकें मूँदने को हाथ बढ़ाया। देखा चींटियों ने उसके पूरे बदन को ढँक लिया था पर उसकी आँखों में खौफ नहीं, अपार करुणा भरी हुई थी। उन्होंने मर चुकी औरत की आँखें बन्द कर दीं और अभी पैदा हुई औरत को चींटियों के बीच से उठा, उस कमरे में दौड़ गईं, जहाँ साध से बना पुराना पलंग रखा था।

## शहर के नाम

**यह** मेरा आखिरी खत है और मैं तय नहीं कर पा रही हूँ कि इसे किसके नाम लिखूँ। ऐसा पहले कभी नहीं हुआ। मुझे खत लिखने का शौक रहा है। दिमाग पर दस्तक होती नहीं कि खत लिखने बैठ जाती। जिस किसी का खयाल पहले जेहन में उतर आता, उसी के नाम। माँ के, बप्पा के, तुरन्त बने दोस्तों के, बरसों से छूटी सहेलियों के, किसी के भी नाम। जवाब मिले न मिले, परवाह नहीं।

जवाब कम ही मिलता था। हर किसी को खत लिखने का शौक नहीं होता न। बाद में मिलना होता, हफ्तों-महीनों बाद, तो लोग सकुचाकर कहते, माफ करना, सोचा बहुत पर तुम्हारे खत का जवाब नहीं दे पाए। क्या करें यह शहर ही ऐसा है, इतना मसरूफ रखता है कि वक्त नहीं मिलता। मैं हँस पड़ती। लो, शहर को क्यों बदनाम कर रहे हो। जवाब न दिया, न सही। मुझे चाहिए भी नहीं। खत तो प्यार की तरह होता है, जवाब नहीं माँगता।

क्यों इतनी खिसियानी हँसी हँस देते हैं ये लोग? प्यार और जवाब न चाहे, कौन-सी सदी की बात कर रही हो? वे कहते नहीं हमेशा, पर कहा-अनकहा मुझ तक पहुँच जाता। कौन से प्यार की बात कर रहे हैं ये लोग, मैं सोचती रह

जाती। शायद औरत-आदमी के बीच के प्यार की बात। पर मेरा मतलब उससे नहीं होता था। मेरे लिए प्यार का मतलब था देना। खुद को देना। नहीं...नहीं, जिस्म नहीं।

वे यही मतलब लगाते थे, मैं अब समझ गई हूँ, पर यह गलत है। मैं क्या सिर्फ जिस्म हूँ? जिस्म तो घर है मेरा। मैं उसके अन्दर रहती हूँ। हर घर की एक आत्मा होती है। मेरे घर की भी है। मैं उसी आत्मा को लोगों में बाँटना चाहती थी। घर ही उनके हवाले कर देती तो आत्मा कहाँ रहती?

मैं लोगों से कहना चाहती थी, तुम अच्छे हो, मुझे अच्छे लगते हो। तुम्हारी जिज्ञासा, तुम्हारी दृष्टि, तुम्हारी त्वरा, तुम्हारी स्थिरता, तुम्हारी हँसी, तुम्हारी चुप्पी। कुछ भी। हर आदमी के पास कुछ जरूर होता है जो दूसरों को अच्छा लगता है। वही मैं उससे बाँट लेना चाहती थी। हर किसी में कुछ था जो मुझे पसन्द था। तुम मुझे पसन्द हो, मैं कहना चाहती थी, तुम, तुम, तुम भी।

किसी एक को जीवन-साथी बनाने का सवाल दूसरा था। बिलकुल अलग। क्या बतलाऊँ तुम्हें, मुझे बच्चे कितने प्यारे लगते थे। कोई मोटा, कोई गंजा, कोई मिचमिची आँखोंवाला तो कोई गला फाड़कर रोनेवाला। मैं अपने बच्चे भी चाहती थी। कम-से-कम चार। मुझे मतलब नहीं था परिवार नियोजन से। बच्चे पाने के लिए किसी एक को जीवन-साथी चुनना जरूरी था। तो चुन लेती। जल्दी नहीं थी। वक्त बहुत था मेरे पास। हाँ, एक बात में फेरबदल करने को तैयार नहीं थी। बच्चे चाहिए थे कम-से-कम चार। ज्यादा हों तो ठीक। बप्पा की तरह नहीं कि एक पैदा किया और कर दी छुट्टी। क्या कहते थे मेरे बप्पा, सरकार दो कहे तो हमें एक पैदा करना चाहिए। सरकारी अफसरों को मिसाल रखनी चाहिए औरों के सामने, कितने फख्र के साथ खुद कहा था, बप्पा ने मुझसे एक दिन।

हाय, मैंने सब कुछ लिख ही तो डाला था। सीधा बप्पा के नाम खत में। पढ़कर कितना नाराज हुए थे। उन पर छींटाकशी की, उससे उतना नहीं जितना इस बात से कि मैं ढेरों बच्चे चाहती थी।

चार-चार बच्चे। इस युग में। देश की दिन पर दिन बदतर हो रही हालत को नजरअन्दाज करके। लानत है। इसीलिए पढ़ाया-लिखाया तुम्हें। इसीलिए

अमेरिका भेजा। (लो, अमेरिका आने का मतलब यह कैसे हो गया कि आदमी बच्चे पैदा करना नहीं चाह सकता!)

उफ, कितनी गुस्सैल पर मजेदार चिट्ठी लिख भेजी थी बप्पा ने जवाब में। खूब हँसी थी पढ़कर मैं, खूब हँसी थी। दोस्तों को भी पढ़कर सुनाई थी। पर वे लोग हँसे नहीं थे, बल्कि कुछ ज्यादा ही संजीदा हो गए थे। बगलें झाँकते-से, जैसे लोग किसी की गरीबी की बात सुनकर हो जाया करते हैं। इतना गुस्सा आया था कि क्या बतलाऊँ। मन हुआ था सबको पकड़कर झकझोर दूँ।

तभी हैरी बोल पड़ा था। था जो बड़बोला। किताबें पढ़-पढ़कर फलसफा छाँटना सीख गया था। पर एक बात थी, उसकी बड़ी-बड़ी बातें सुनकर प्यार आ जाता था। मैं सोचती थी, काश, हैरी हवाई बातें करना कभी न छोड़े। धरती से जरा-सा ऊपर उचककर चलता रहा तो एक दिन जरूर लीक से हटकर कुछ कर दिखलाएगा। हिन्दुस्तान के बारे में इतनी किताबें पढ़ रखी थीं उसने कि हर मुद्दे पर मुझसे ज्यादा जानकारी हासिल कर ली थी। मुझे वह अच्छा लगता था, उसकी अन्तहीन जिज्ञासा और तेजी अच्छी लगती थी, इसलिए मैंने उसे नहीं बतलाया था कि जानकारी रखने और जानकार होने में बहुत फर्क है। सोचती थी, जब हिन्दुस्तान जाएगा तो खुद समझ जाएगा। जरूरत हुई तो मैं मदद कर दूँगी। तब तक वह अपनी खुशफहमी बनाए रख सकता था कि सबसे ज्यादा जानकारी उसी को है।

उस दिन बप्पा का खत सुना, तो ठीक बप्पा की तरह नाराज होकर बोल पड़ा था, बिलकुल ठीक कहते हैं तुम्हारे बप्पा। हिन्दुस्तान में रहकर चार-चार बच्चे पैदा करना सरासर बेवकूफी है। बच्चों का ऐसा शौक है तो अमेरिका में रहो। और शादी किससे करूँ, तुमसे, मैंने पूछा तो हैरी तमतमाकर उठ खड़ा हुआ। हाँ, मुझसे, गुस्से से उफनकर उसने कहा, बिलकुल ठीक आदमी हूँ तुम्हारे लिए, सोच लो।

मैंने सोच लिया —हैरी, हम लोग शादी कर लेते हैं, मैंने उसे खत में लिखा, पर रहेंगे हिन्दुस्तान में। अमेरिका में रहकर मैं बच्चे पैदा नहीं कर सकती। तुम चलो मेरे साथ हिन्दुस्तान। कितना पढ़ा है तुमने उसके बारे में। अब आँखों से देख लेना। यकीन करो, हम दोनों नौकरी करेंगे तो चार बच्चों के लायक जरूर

कमा लेंगे। और तुम न चाहो तो चारों अपने पैदा करने की जरूरत नहीं है, दो तो खैर मुझे चाहिए ही चाहिए, पर बाकी के दो या चार, हम अनाथालय से या परित्यक्त बच्चों की संस्था से गोद ले लेंगे। फिर तो देश की हालत हमारी वजह से बदतर नहीं होगी न? ठीक है, छह बच्चे पालूँगी मैं। मेरे नाना के भी छह थे। तो बस फटाफट प्रोग्राम बना लो। शादी करके हम दोनों जल्दी-से-जल्दी हिन्दुस्तान पहुँच जाएँ और अपना परिवार आरम्भ करें।

हैरी खुद आकर मेरा खत लौटा गया था। बहुत भोली हो तुम, उसने कहा था, इतनी खुली-खुली चिट्ठी भला कोई लड़की लिखती है। कोई देख लेता तो क्या सोचता। प्रपोज लड़के करते हैं, लड़कियाँ नहीं। वह मेरी तरफ से शर्मिन्दा नजर आ रहा था। निगाहें नीची रखकर भाषण दे रहा था। पर शादी की बात तो तुम्हीं ने कही थी, मैंने कहा तो घबरा गया। यहाँ रहकर शादी करने को कहा था मैंने, तुम तो...तुम तो...पता नहीं क्या समझ बैठीं।

मैं समझ गई, एक सम्पन्न देश के नागरिक को हिन्दुस्तान चलकर रहने का न्योता देकर मैं उसका अपमान कर बैठी थी। यह सोच लेना कि वह हिन्दुस्तान आ सकता है, आना चाह सकता है, गुस्ताखी थी मेरी। क्यों? वह हिन्दुस्तान नहीं आ सकता था पर मैं अमेरिका रह सकती थी। खुशी-खुशी रह सकती थी। मैं क्यों रहूँ अमेरिका में?

नहीं रहूँगी और वहाँ, मैंने तय कर लिया। सब दोस्तों से कह दिया, मैं वापस लौट रही हूँ अपने देश। बप्पा को भी लिख दिया, फौरन टिकट के पैसे भेज दो; मैं लौट रही हूँ अपने शहर, तुम्हारे पास।

बप्पा का जवाबी खत इतनी जल्दी आया कि मैं घबरा गई। दोनों देशों की डाक-व्यवस्था एकाएक इतनी सुधर कैसे गई, सवाल-जवाब के बीच थोड़ा-सा असमंजस भी बाकी नहीं रहा।

मेरी मुस्कराहट ज्यादा देर तक नहीं टिकी। बप्पा का खत पढ़कर मैं सन्न रह गई। कृतघ्न, बप्पा ने लिखा था, पढ़ाई बीच में छोड़कर चले आने की वजह? मेरी बेइज्जती का जरा खयाल नहीं है। लोग क्या कहेंगे, यही न, बड़ा समझते थे अपने को, लड़की से एम.एस. की पढ़ाई तक पूरी न हो सकी। जानती हो शहर में मेरा कितना नाम है, कितने ऊँचे पद पर हूँ आजकल। हर

आदमी मुझसे जलता है, मेरी किस्मत से रश्क करता है और तुम हो, सब कुछ धूल में मिला देने पर आमादा हो। इतना पैसा खर्च करके तुम्हें पढ़ाई पूरी करने अमेरिका भेजा, क्या इसीलिए कि तुम खतों में ऊलजलूल बातें लिखती रहो। कभी माँ से अचार-मुरब्बे बनाने की विधि मँगाती हो, कभी चार-चार बच्चे पैदा करने की घोषणा और अब यह वापस आने की धमकी। तुर्रा यह कि पैसे मैं भेजूँ, क्यों? किसलिए? कमा लो खुद। झाड़ू लगाओ, बर्तन रगड़ो, तुम्हारी जिन्दगी है, जियो। पर इतना याद रखो कि डिग्री लिये बगैर वापस लौटीं तो हमारा-तुम्हारा कोई रिश्ता नहीं रहेगा। फिलहाल मैंने तय किया है कि तुम्हारी फीस मैं सीधा तुम्हारे कॉलेज में जमा करवाऊँगा। उसके अलावा जेब-खर्च नहीं भेजूँगा। देखता हूँ, कमाने की कितनी ताकत है तुममें। या शायद कमाने की जरूरत ही न पड़े। बेशुमार दोस्त जो हैं तुम्हारी मदद करने को। माँग लेना उन्हीं से पैसे।

खत की आखिरी लाइन मुझे सबसे ज्यादा कचोट गई। कुछ दिन पहले माँ को जो खत लिखा था, उसी के जवाब में तमाचा मारा था बप्पा ने। माँ ने बप्पा को खत दिखलाया ही होगा, मैंने मना थोड़ा किया था। यहाँ मेरे बहुत सारे दोस्त हैं, मैंने लिखा था, मैं सबको प्यार करती हूँ, तुम्हें और बप्पा को भी। माँ, यहाँ रहती हूँ तो मन दुखता है, अपना देश, अपना शहर याद आता है, तुम और बप्पा बहुत। और लौटने की सोचती हूँ तो भी दिल दुखता है। यहाँ मेरे इतने सारे दोस्त हैं, प्यारे-प्यारे दोस्त। मगर माँ, एक बात समझ में नहीं आती। ये लोग प्यार का मतलब नहीं समझते या मेरी अंग्रेजी इतनी कमजोर है कि अपनी बात इन्हें समझा नहीं पाती। तुमने मुझे अमेरिका क्यों भेजा पढ़ने? इतने करोड़ों लोग अपने शहर में रहकर पढ़ते हैं, मैं उनमें से क्यों नहीं हूँ? मैं तो अपने शहर को उन सबसे ज्यादा प्यार करती हूँ। आजकल मैं हरदम यही सोचती रहती हूँ, अपने शहर लौट आने पर मुझे ठीक क्या काम करना चाहिए, जिसके जरिये मैं अपना प्यार जाहिर कर सकूँ। तुम बतलाओ न माँ, क्या करना ठीक होगा?

उस बात का जवाब भी माँ ने नहीं, बप्पा ने दिया था। उस बार भी खूब गुस्सा हुए थे। तुम अच्छी तरह जानती हो, तुम्हें इस शहर से हटाकर बाहर

क्यों भेज देना पड़ा। तुमने मेरी इज्जत, मेरी पद-प्रतिष्ठा का कभी खयाल नहीं रखा। शहर के सबसे बढ़िया कॉलेज में तुम्हें पढ़ने भेजा और तुम मन लगाकर पढ़ने के बजाय, कृतघ्नों की तरह, राजनीति के गन्दे दलदल में फँस गईं। क्यों? मुझे जलील करने के लिए ही न! पुलिस पकड़ ले जाती तुम्हें तो जानती हो क्या होता? मुझे नौकरी से इस्तीफा देना पड़ता। शहर भर में बेआबरू हो जाता मैं।

मैंने क्या राजनीति की? मजदूरों की झुग्गी-झोंपड़ी बस्तियों में, गली-गली जाकर, नाटक ही तो किया करते थे हम लोग। इसमें गलत क्या था? हम तो खुद सीखना चाहते थे, जानना चाहते थे, गहराई से महसूस करना चाहते थे, वह सब जो किताबों में पढ़ा करते थे। शोषण, भ्रष्टाचार, प्रदूषण, खोखले शब्द भर न रह जाते, अगर हम उन लोगों के बीच जाकर उन्हें महसूस न करते, जो इनके असली शिकार थे। नाटक में जो हम दिखाते थे, वह तो उन्हीं की दुनिया थी। उससे अनभिज्ञ थोड़े थे वे लोग। फिर भी अपना झेला मंच पर देखकर उनके भीतर उससे लड़ने की इच्छा जग जाती थी शायद। यही कुसूर बन गया था हमारा। काम भी कितना-सा आ पाए हम उन लोगों के। बस, उनकी तरफ से कुछ चिट्ठी-पत्री लिख दिया करते थे। ऐप्लीकेशन, दरख्वास्त, अपील जो तुम कहना चाहो। मुझे खत लिखने का कितना शौक था। कानूनी कार्रवाइयों के नुक्ते पढ़कर उन्हें समझाने में भी खूब मजा आता था मुझे।

बप्पा, तुम चाहते थे न, मैं मन लगाकर पढ़ूँ, क्लास में अव्वल आऊँ, तो बिना इन बारीकियों को समझे कैसे पढ़ाई पूरी हो सकती थी? अलग-थलग, सुरक्षित कोनों में बैठे रहकर। फिर यह जुर्म कैसे हो गया? पुलिस हमारे पीछे क्यों पड़ गई? तुम्हारा मान-सम्मान आड़े कैसे आ गया? अच्छा बप्पा, तुम तो प्रशासक हो, सरकारी अफसर। तुम्हें सरकार ने इतनी पद-प्रतिष्ठा देकर बहाल क्यों किया? इसीलिए न कि तुम अपने शहर के लोगों की देखभाल करो। न सही सेवा, सेवा नहीं कहूँगी, तुम्हारे काम को। शब्दों की तानाशाही से वाकिफ हूँ। तुम सेवक नहीं। प्रशासक हो, अफसर हो। सेवा न सही, देखभाल करने का तो काम है तुम्हारा। मैं तो तुम्हारा ही हाथ बँटा रही थी,

फिर मेरी वजह से तुम्हारा अहित-अपमान कैसे हो गया? क्या इतना बड़ा जुर्म था मेरा कि एकदम देशनिकाला दे देना पड़े?

मैंने खत लिख डाला था बप्पा को।

सोचकर देखती हूँ तो अब तक सबसे ज्यादा खत मैंने बप्पा को ही लिखे हैं। माँ को भी कम नहीं लिखे पर उन्हें एक ही बात समझाने के लिए बार-बार लिखने की जरूरत नहीं होती थी। वे मुझसे जिरह या बहस नहीं करती थीं। मेरी बात सुनकर हजम कर जाती थीं। और बप्पा थे कि उसे चुभलाते-जुगालते रहते थे। मैं जो भी लिखती, माँ का जवाब वही रहता था, तुम खुश रहो, मन लगाकर पढ़ो, खुराफातों में मत पड़ो, तुम्हारे बप्पा को तुमसे बहुत आशाएँ हैं। बेटा-बेटी सब तुम्हीं हो न। अकेली सन्तान। उनकी महत्त्वाकांक्षा तुम नहीं तो कौन पूरी करेगा। मैं यही चाहती हूँ तुम और तुम्हारे बप्पा, दोनों खुश रहें और मेरे पास रहें। तुम्हारी बहुत याद आती है। तुम्हारे बिना घर एकदम सूना लगता है। सब दोस्त-रिश्तेदार तुम्हें पूछते रहते हैं। तुम लौट आओगी तो सबसे मिलवाऊँगी। पढ़ाई पूरी करके, जल्द-से-जल्द लौटो, इसी इन्तजार में, तुम्हारी माँ।

उसे बेगाने शहर में कभी-कभी लगता, मैं माँ के खतों के इस आखिरी वाक्य के सहारे जी रही हूँ। मेरा शहर मेरा इन्तजार कर रहा है जल्द-से-जल्द मेरे लौट आने का। पर समझ नहीं पाती बप्पा की आशाएँ क्या हैं? उनकी महत्त्वाकांक्षा पूरी करने की जिम्मेदारी मेरी क्यों है? अगर बप्पा के एक बेटा भी होता, दो-चार और बेटे-बेटियाँ होते तब भी वे इसी तरह अपनी आशाएँ-महत्त्वाकांक्षाएँ उन सबसे पूरी करवाते? बाप रे, तब तो ढेरों महत्त्वाकांक्षाएँ ढोनी पड़तीं उनको। या एक ही महत्त्वाकांक्षा बँट-चुट जाती। एक जोड़ी कन्धों को पूरा बोझा नहीं उठाना पड़ता, सोचते-सोचते हँसी आ जाती थी मुझे।

अकेली जान मैं कब, कहाँ तक तुम्हारी महत्त्वाकांक्षाओं को ढोती फिरूँगी, बप्पा? मुझे खुद को बाँटने दो, देने दो। मैं प्यार बाँटना चाहती हूँ। सबके बीच, बहुत है मेरे पास, तुम्हें भी दूँगी, अथाह खजाना, कभी नहीं चुकेगा, सच। और लिख ही तो डाला मैंने खत में बप्पा को। बप्पा, यहाँ के

पादरी कहते हैं, मैं नन बन जाऊँ, तब मुझे प्यार बाँटने से कोई नहीं रोकेगा। मेरे प्यार के गलत अर्थ भी नहीं लगाए जाएँगे। अँग्रेजी कितनी भी खराब हो मेरी, जीसस क्राइस्ट से सम्बन्ध जोड़कर मैं सर्वथा मुक्त हो जाऊँगी। बन जाऊँ क्या?

पर कैसे बन सकती हूँ? मुझे बच्चे चाहिए। कम-से-कम चार। पालने को तो मिल जाएँगे पर अपने पैदा करने की उन लोगों को मनाही है। पर मुझे तो चाहिए। अपने भी। गोद लिये हुए भी। मैं शादी के बाद, बच्चे पैदा करके, बच्चे गोद लेकर, प्यार बाँटते रहना चाहती हूँ, बप्पा। समझ में नहीं आता क्या करूँ? तुम बतलाओ न बप्पा, मेरे प्यारे, अच्छे, विज्ञ बप्पा, मुझे बतलाओ, मैं तुम्हें बहुत प्यार करती हूँ फिर भी प्यार बाँटना चाहती हूँ सबके बीच। मुझे बतलाओ यह कैसे सम्भव होगा, मेरे बहुत-बहुत प्यारे बप्पा।

बप्पा का जवाब आया था...नहीं-नहीं, याद करती हूँ तो बर्दाश्त नहीं होता। उसके बाद आए इस खत को पढ़ने पर बिलकुल नहीं होता। तब मैंने सोचा था अगले खत में बप्पा को मना लूँगी और उनसे एक प्यार भरा खत वसूल कर ही लूँगी। कैसे भ्रष्ट लोगों की संगत में पड़ गईं तुम, बप्पा ने लिखा था, ऐसे ऊलजलूल सम्बोधन पिता के लिए प्रयोग नहीं किए जाते, इतना भी ज्ञान नहीं रहा। नन बनोगी तुम! भूल जाओ, शादी की बाबत बात समय आने पर होगी। अभी तुम सिर्फ पढ़ाई पूरी करने में दिल लगाओ। समझीं? मैंने अपने एक दोस्त को लिखा है, तुम पर नजर रखें। पादरियों से मिलने क्यों गईं तुम? आगे से ध्यान रखना, एक बार बचा लिया, इस बार गलत सोहबत में पड़ीं तो बचाना मेरे हाथ में नहीं होगा।

एक बार आए थे उनके दोस्त मुझसे मिलने, फिर नहीं। बेचारे मुझ पर क्या नजर रखते। वे तो खुद नजर बचाते फिर रहे थे। अपने कारनामों का कोई साक्ष्य नहीं चाहते होंगे। बड़ी उम्र में पहली बार अपना शहर छोड़ बाहर आए थे। पता नहीं कब-कब की कसर निकाल रहे थे। उनके शहर जाकर कोई कह देता तो? मैंने उन्हें बन्धनमुक्त कर दिया। कह दिया, आप जो करते हैं उसमें जरा दिलचस्पी नहीं है मेरी। कृतज्ञ हुए बेचारे। नजरें मुझसे मोड़ लीं। हाय बप्पा, कितना कम समझना चाहते रहे तुम।

इस बार अति कर गए तुम बप्पा। खत का जवाब मैंने नहीं दिया। बस, मन-ही-मन कहा, बप्पा, अब और यहाँ नहीं रहूँगी। तुमने जो कहा है वही करूँगी, झाड़ू लगाऊँगी, बर्तन रगड़ूँगी और टिकट के पैसे जमा होते ही अपने शहर लौट आऊँगी।

कैम्पस में मुझे लाइब्रेरी की नौकरी मिल रही थी, कैंटीन में कैश काउंटर पर भी, पर मैंने नहीं की। मैं अपने को उनके शहर में खुला छोड़ देना चाहती थी। विदेशी थी न, विद्यार्थी की हैसियत रखती थी। मुझे बाहर काम करके कमाने की इजाजत नहीं थी। पर इजाजत थी किस चीज की हम जैसे लोगों को। मैं उन्हीं लोगों से मिलना चाहती थी, जिन्हें समाज इज्जत नहीं देता और इजाजत नहीं देता इज्जत पाने की कोशिश करने की। उस शहर में ऐसे अनेक दूषित कोने थे जहाँ कानून की इजाजत पाकर काम करने के लिए किसी का पूर्वग्रह विशेष था नहीं। वहाँ बसे छोटे-छोटे ढाबों में समाज की जूठन जूठे बर्तन साफ किया करती थी। वहीं मैंने बप्पा का कहा पूरा करना शुरू किया। जूठन की जूठन साफ करने का काम आसानी से मुझे मिल गया।

कितनी भी बढ़िया प्लेट क्यों न धोऊँ, मेरा मालिक यही कहता था, प्लेट साफ करो। एक दिन मुझे गुस्सा आ गया। साफ तो है, मैंने कहा। साफ करो, उसने दोहराया। मैं गुस्से में कह उठी, जानते हैं मैं एम.एस. कर रही हूँ। तो? उसने कहा और खड़ा-खड़ा मुझे ताकता रहा...ताकता रहा। और कुछ नहीं बोला। वैसे भी वह कम बोलता था। वहाँ सभी कम बोलते थे। इतने दिनों में एक भी हैरी नहीं मिला मुझे। उसके उस एक शब्द के सवाल ने मुझे बेतरह हिला दिया। एक पल के भीतर बहुत सारी बातें मेरी समझ में आ गईं। प्लेट साफ करनी है तो प्लेट साफ करनी है। मैं क्या हूँ, कौन हूँ, क्या कर सकती हूँ, उससे मतलब नहीं है।

सच कहती हूँ माँ, मैंने माँ को खत लिखा, मेरे जैसा प्लेटें धोनेवाला तुम्हें पूरी दुनिया में ढूँढ़े नहीं मिलेगा। जब प्लेट धो रही होती हूँ तो लगता है, मैं, मैं नहीं प्लेट हूँ। अपने को साफ चमकीला बना डालने के अलावा जीवन में कोई ध्येय नहीं है मेरा। न किसी बाधा को मानने को तैयार हूँ मैं। माँ, दोषरहित काम करने के लिए एक जैसी एकाग्रता चाहिए, चाहे पहाड़ पर चढ़ना हो, चाहे प्लेटें

धोना हो। नाराज मत होना, मेरी प्यारी माँ, पर प्लेटें धोते-धोते मुझे लगता है मैं बप्पा से ज्यादा महत्त्वपूर्ण काम कर रही हूँ। मैं खुश हूँ माँ, आजकल बहुत खुश हूँ। एकदम नए तरह के संगी-साथी मिल रहे हैं और मैं सबको प्यार दे रही हूँ। इन्हें ज्यादा जरूरत है न, माँ।

माँ ने वह खत बप्पा को नहीं दिखलाया होगा क्योंकि उनकी कोई तीखी प्रतिक्रिया मुझे नहीं मिली। बल्कि कुछ दिनों की चुप्पी के बाद उन्होंने लिखा, पैसों की जरूरत हो तो लिख देना। लिखूँगी बप्पा, जरूर लिखूँगी। जरूरत हुई तो लिखूँगी नहीं? पर मुझे जरूरत है नहीं। इतना भरा-पूरा है सब कुछ। किसी चीज की कमी नहीं है तो जरूरत कैसे महसूस होगी। पर खत नहीं लिखा मैंने बप्पा को; उस दिन के लिए स्थगित रख दिया जब जरूरत महसूस करूँगी।

और नहीं, पर एक जरूरत मुझे है जरूर। वापस अपने शहर लौट जाने की। उसी के लिए कमाकर पैसा जमा कर रही हूँ। पर काम के बीच, इतने लोगों के बीच बँटकर पा रही हूँ कि जरूरत कचोटती नहीं, बल्कि दूर से दिखाई दे रहे मंजिल के दीये की तरह, टिमटिमाकर रोशनी देती है।

अच्छा है न माँ, इतने लोगों के बीच बँटकर रहना। माँ, मैंने लिखा—आज मैंने तुम्हारे सिखाए अलीगढ़ी आलू बनाकर खिलाए उन लोगों को। बहुत पसन्द आए सभी को। अरे, आलू के पीछे तो पागल हैं यहाँ के लोग, पर बनाने के नाम पर वही चिप्स या हद से हद बेक कर लिए मक्खन-चीज डालकर। हम लोगों की तरह हर शहर के नाम पर फर्क-फर्क तरह के आलू बनाना कहाँ जानते हैं? सच माँ, सोचती हूँ, मेरी-तुम्हारी तरह लोग आलू के नाम पर प्यार बाँटना शुरू कर दें तो दुनिया में जंग होनी बन्द हो जाए। ओ माँ, कितना मन है, उड़कर तुम्हारे पास पहुँच जाऊँ और ऊलजलूल बेवकूफी भरी बातें करूँ। तुम्हें बेवकूफी से परहेज नहीं है न, बप्पा को क्यों है? काश, लोग बेवकूफ होते और प्यार बाँटा करते। आलुओं की तरह। ओ माँ, इतने स्वाद बने अलीगढ़ी आलू, इतने स्वाद कि मजा आ गया। अब फटाफट दम आलू की विधि लिखकर भेज दो। कलकत्ते में खाए थे न लूची के साथ। खूब मसालेदार। कलकतिया आलू। न...न, दमआलू नाम बेहतर है। चलने दो वही। बनाकर खिलाऊँगी इन लोगों को। माँ, तुम सोच नहीं सकतीं, कितने

बेबस लाचार किस्म के लोग आते हैं यहाँ। दो दिन काम किया और गायब। कोई जेल से छूटकर आ रहा है तो कोई जेल जा रहा है, शराबी, आवारा, गँजेड़ी। ड्रग ऐडिक्ट्स कहते हैं ये लोग। फिर भी गोरी जूठन खुद को काली जूठन से बेहतर समझती है। हँसी आती है। नहीं, रोना आता है। और माँ, कभी-कभी उन लोगों से बातें करते-करते मुझे बप्पा का चेहरा याद आ जाता है और तब मन करता है, मैं भी शराब पिऊँ, ड्रग खाऊँ, आवारागर्दी करूँ और इन लोगों के दु:ख को भीतर से समझूँ।

न...न, घबराओ मत। पैसे ही नहीं हैं मेरे पास वह सब करने के लिए। जो कमाती हूँ, खर्च कर देती हूँ या बचाकर रखती हूँ एक खास काम के लिए। अभी नहीं बतलाऊँगी किस काम के लिए। एक दिन हैरत में डाल दूँगी तुम्हें, मेरी अच्छी प्यारी, कुछ-कुछ बेवकूफ माँ।

दमआलू की विधि भेजना मत भूलना। इन्हीं लोगों को खिलाने हैं। कुछ हैं इनमें जो पुरानी लतें छोड़कर दुबारा इन्सान बनने की कोशिश कर रहे हैं। भूख मिटाने को बेचारे कॉफी-डोनट का सहारा लेते हैं। उन्हीं को बनाकर खिला देती हूँ कभी-कभी। अपने ढाबे के पीछे गैरेज है, उसी में मिलते हैं हम लोग। हाय, मेरा मालिक ढाबा नाम सुनेगा तो बिगड़ उठेगा। ईटिंग जॉयण्ट है यह माँ, फास्ट फूड बोनान्जा। 'काके दा ढाबा' याद है तुम्हें और वह ईरानी होटल? कब देखूँगी मैं उन्हें?

लगता है अब माँ मेरे खत बप्पा को नहीं दिखलातीं। बप्पा मेरी फीस और उसके साथ कुछ जेब-खर्च सीधा कॉलेज भिजवा देते हैं। रसीद उन्हें मिल जाती है। मैं आजकल उन्हें खत नहीं लिखती। जब लौटकर जाऊँगी अपने शहर तो खूब समझाकर बात करूँगी उनसे, तुम्हारे पैसों से ही लौटकर आई हूँ, बप्पा, तुम्हारे कमाए पैसे या तुम्हारी राय से मेरे कमाए, कोई फर्क नहीं है न। मुझे लौटना था मैं लौट आई। अब से तुम्हारे जूते मैं पॉलिश किया करूँगी। शीशे-से चमका करेंगे। पता है मैं कौन हूँ, द ग्रेटेस्ट पॉलिशर ऑफ द वर्ल्ड, द चैम्प। प्लेटें चमका-चमकाकर एक्सपर्ट हो गई हूँ...इन्तजार करना है अभी। अभी तो जूठन साफ करनी है मुझे। प्लेटों की और समाज की। थोड़े से आलू और थोड़ा-सा प्यार बाँटकर।

माँ, अबकी बार, सरसों-प्याज वाले आलू-बैंगन की विधि भेज देना। तुम्हारे हिसाब से बनाती हूँ तो खाकर सब भौचक रह जाते हैं। गैरेज हमारा वह गुलजार होता है कि क्या बतलाऊँ। काके दे ढाबे की याद ताजा हो जाती है। एक आत्मा उगने लगती है उस निरानन्द शिविर के अन्दर। और तब मैं दुगुने आनन्द के साथ प्लेटें रगड़ती हूँ, रगड़-रगड़कर ऐसे चकाचक कर देती हूँ कि तुम्हारा प्यारा-प्यारा साँवला मुँह भी उसमें गोरा बनकर चमके। बप्पा से कहना वापस लौटूँगी तो...नहीं छोड़ो, बप्पा से अभी कुछ मत कहना। मैं ही कहूँगी एक दिन...अच्छा माँ, मेरा कोई पुराना साथी कभी मिला? कभी नहीं मिला? कोई भी? मिला तो होगा। बप्पा ने भगा दिया होगा। माँ, कोई मिले तो कहना...नहीं, रहने दो वह भी। मैं ही कहूँगी एक दिन...

माँ आजकल अपने खतों में नसीहतें नहीं देतीं, बप्पा की आशाओं, महत्त्वाकांक्षाओं की बात भी नहीं करतीं। जो विधि मँगाती हूँ, भेज देती हैं और लिख देती हैं—खुश रहो।

तो क्या माँ मुझे समझ गईं? काश बप्पा...

समझेंगे एक दिन...

मैं लौटूँगी अपने शहर...

यह क्या हो गया माँ, मैंने मदद करनी चाही थी, निर्मल मन से। क्यों हुआ ऐसा? मैं बप्पा के आगे हार गई। वह दुःखी था। अब भी कहती हूँ दुःखी था। पीड़ित व्यथित, बच्चे की तरह। दिशा ढूँढ़ रहा था वह, दिशाहारा नहीं था। जीवन से हताश नहीं हुआ था। लौट आना चाहता था, मेरी तरह। लौटना चाहो और कोई बाँह न पकड़े...माँ, मैंने सोचा, मैं उसे लौटा तो नहीं सकती पर लौटने में थोड़ी-बहुत मदद कर सकती हूँ। वह भूखा था, मैं उसे खाना खिला सकती थी। कमजोर-बीमार था। सोने के लिए सिर पर छत और बिस्तर दे सकती थी। सोचा था, एक-दो दिन आराम करेगा, भरपेट खाएगा तो निराशा पर विजय पा लेगा। जाएगा तो जिन्दगी जीने की भरपूर लालसा लेकर। पर...वह ड्रग खाता जरूर था, कुछ समय पहले, हाँ ड्रग एडिक्ट था वह। इसीलिए माँ-बाप ने घर से निकाल दिया था। कहा था हमारी अपनी भी जिन्दगी है। तुम्हारी मजबूरी पर पूरा

परिवार कुर्बान नहीं हो सकता। उसने आत्महत्या नहीं की, हथियार नहीं डाले, जूझा अपने से, ड्रग छोड़ने की कोशिश की, और आखिर सफल भी हो गया। अब तो बस भूखा था, नौकरी की खोज में निकला बेकार था और भविष्य से डरा हुआ था। मैंने सोचा, मैं उसकी मदद कर सकती हूँ, करनी चाहिए मुझे। वह लौटना जो चाहता था...

मैं उसे कॉलेज के अपने कमरे में ले आई। तुम्हारे सिखाए कढ़ी-चावल बनाकर खाने को दिए। उसने खाए माँ, भरपेट खाए, शौक से, खुश होकर। खाकर सोने की तैयारी करने लगा। फिर...माँ, कैसे वहशी हैं यहाँ के लोग। नहीं, बीमार, मन से, आत्मा से बीमार। उसने कहा, फिर लाई किसलिए थीं तुम मुझे अपने कमरे में। माँ, अब और यहाँ नहीं रह सकती मैं। अपने शहर लौट रही हूँ, जब सामने हूँगी, समझ लेना मैं आ गई।

माँ ने अपने जवाबी खत में क्या लिखा, मैं नहीं जानती। वह खत मैंने उन्हें भेजा ही नहीं। लौटकर अपने कमरे में भी नहीं गई। कोई खत आया भी होगा तो पड़ा होगा। बप्पा का भेजा जेब-खर्च मेरे खाते में जमा होता रहा था। निकाल लिया। अपना पैसा भी कुछ जमा हो चला था, वह भी। मैंने अपने शहर लौटने के लिए टिकट खरीद लिया। अब जो होगा वहीं पहुँचकर।

मैं शाम के वक्त अपने शहर में उतरी। जानबूझकर मैंने उस फ्लाइट का टिकट लिया था जो शाम को मुझे अपने शहर पहुँचाती थी।

हर शहर की एक आत्मा होती है, जो शाम के गहराते झुटपुटे में ही इनसान की पकड़ में आ सकती है। दिन का उजाला बड़ा बेदर्द होता है। हर नक्श को इस सफाई से उभार देता है कि हम उसके बारीक कटाव-छँटाव को ही देखते रह जाते हैं। शहर की तब अपनी अलग कोई पहचान नहीं होती। वह दुनिया का एक बेनाम हिस्सा भर होता है, ईंट-गारे से चिना, गली-कूचों में बँटा, शोर-शराबे से घिरा, भीड़ भरा हिस्सा। शाम के बाद जब धीरे-धीरे रात उतरती है तो थकान से चूर जिस्म चुप हो जाते हैं। तब गहराते अँधेरे और सन्नाटे में शहर की आत्मा की महीन आवाज कानों तक पहुँच सकती है। पर उससे भी पहले, एक छोटा-सा वक्त का टुकड़ा वह होता है, जब शाम का झुटपुटा शहर के तीखे कोनों पर कूँची फेर देता है। धुँधले होकर वे एक-दूसरे

में बिला जाते हैं। कुछ देर को शहर की अखंडित तसवीर हमारी आँखों के सामने झिलमिलाती है। वही वक्त होता है उसे पहचानने का, उसकी आत्मा की एक झलक पाने का। फिर रात घिर आती है और शहर की आवाज इतनी धीमी और महीन हो जाती है कि चाहने पर भी उसे पकड़ने की कोशिश, बहुत मुमकिन है, नाकाम हो जाए।

अब जाकर मेरी समझ में आया था अपने शहर से इतने दिनों तक दूर रहकर कि बचपन में मुझे धुन्ध भरे दिन अच्छे क्यों लगते थे। तब मैं सोचती थी शायद इसलिए कि जब दूर तक कुछ साफ दिखलाई नहीं देता तो यह सोच लेना आसान होता है कि वहाँ दूरी पर कुछ बहुत खूबसूरत छिपा हुआ है। हालाँकि इस डर से भी मैं आजाद नहीं हो पाती थी कि सूरज की रोशनी में वह खूबसूरती, बदसूरती बनकर उजागर होगी। पर वह बचपन की सोच थी। बातें इतनी सीधी साफ कहाँ होती हैं। सवाल खूबसूरती-बदसूरती का है ही नहीं। सत्य कटु हो सकता है, असुन्दर नहीं। पर सत्य ठोस सच की परत के नीचे छिपा रहता है। सूरज की रोशनी में ऊपर का सच इतना धारदार मालूम पड़ता है कि सत्य के दर्शन नहीं हो पाते। शाम का धुँधलका जिस्म के उन कटावों को ढँक देता है जो आँखों को भरमाकर आत्मा तक पहुँचने नहीं देते। शायद इसीलिए गुजरे जमाने में औरतें परदा किया करती थीं।

उतरी तो मैं शाम ही के वक्त अपने शहर में पर...यह क्या हो गया मेरे शहर को! नहीं, यह मेरा शहर नहीं है। या फिर यह शाम का वक्त नहीं। मैं जहाँ से चली थी, परसों सुबह या कल रात, वहीं हूँ अब भी, कहीं और पहुँची नहीं। कुछ घंटों का समय खो जाता है न वहाँ से यहाँ के सफर में। दिन बनी रात को वहाँ से चली थी और दिन बनी रात को यहाँ हूँ। सुबह उगी ही नहीं बीच में। न शाम का धुँधलका गहराया कहीं। मशीनी उजाले का सन्नाटा छाया था वहाँ और...यहाँ भी? हर एक फुट के फासले पर खड़े बिजली के बल्ब तीखी-पीली रोशनी फेंक रहे हैं। ऊँची-ऊँची इमारतें, ठेलमठेल, मोटरगाड़ियाँ, हड़बड़ाए लोग, निस्संग, असम्पृक्त। सचमुच क्या मैं अपने शहर में हूँ। झींगुर-सी महीन आवाज में भी तो नहीं पुकार रही इस शहर की आत्मा मुझे।

नहीं, यह मेरा शहर नहीं। यह मेरी आत्मा का संगी नहीं, मेरी याददाश्त का सहारा नहीं। रात से रात तक का सफर करके मैंने सुबह खो दी और शाम को दोपहर में तब्दील कर लिया। यह क्या हो गया मेरे शहर को?

बदहवास मैं हवाई अड्डे से बाहर आई और टैक्सी में बैठ गई। बूढ़े ड्राइवर से कहा, शहर से दूर जाने वाली किसी भी सड़क पर गाड़ी मोड़ ले। उसने सवाल नहीं किए। गाड़ी अँधेरी सड़क पर बढ़ा दी। अमेरिका से लौट रहे ग्राहकों से होशियार व्यापारी सवाल नहीं किया करते।

पता नहीं कितनी देर मैंने सफर किया। रात मुझ पर हावी होने लगी। न जाने कब मेरी आँख लग गई। और तभी नीम बेहोशी में मैंने महसूस किया कोई धीमे से मुझे आवाज दे रहा है। झींगुर-सी महीन आवाज में। बिना चौंके मैं जग गई। समझ गई कि शाम के धुँधलके में उस शहर की आत्मा जिस्म के खोल से बाहर निकल आई है और मुझसे कुछ कहना चाह रही है।

सड़क के बिनारे एक विशाल पर एकाकी इमारत दिखी। चारों तरफ नुचा हुआ बाग, बंजर जमीन, ठूँठ हुए पेड़। लुटा-पिटा एक अभिशप्त बगीचा। न खुले जंगल-सा भव्य, न निजी बाग-सा सजा-सँवरा। मुझे लगा वह चिरौरी करती आवाज उसी इमारत के इर्द-गिर्द मँडरा रही है।

मैंने गाड़ी रुकवा ली। खुद उतरी और सामान भी उतरवा लिया। इमारत का नाम पूछा तो शहर का भी पता चल गया। रात के पहरेदार ने बतलाया कि इमारत में कभी भूतपूर्व युवराज का महल था, अब होटल है नाम का। रहने नहीं आते यहाँ लोग। इक्का-दुक्का यात्री वह भी कभी-कभी। जैसे आज मैं। "और भूतपूर्व युवराज?" पूछने की देर थी कि याददाश्त बाँध तोड़ हरहरा उठी। बीते दिनों के कोलाहल ने महीन आवाज को दबा दिया।

जानतीं नहीं आप। सन् 1975 में सरकार ने उन्हें बन्दी बनाने के लिए महल का घेरा डाला था। समर्पण करने से इनकार जो कर दिया था हमारे युवराज ने। शहर का कोई अफसर उनकी गिरफ्तारी लेने को तैयार नहीं था। राजधानी से आई थी पुलिस और घेर लिया था महल को।

सन् 1975 में? हाँ, कुछ तारीखें ऐसी होती हैं कि बिना कहे सब कुछ समझा देती हैं। शहरों **की** तरह तारीखों की भी आत्मा होती है। वही साल

तो था जब बप्पा ने मुझे देशनिकाला दिलवाया था। इस शहर का भूतपूर्व युवराज और राजधानी की सरकार, एक ही देश के नागरिकों के प्रतिनिधि थे। पर कौन नागरिक हैं, कौन नहीं, तय करने का अधिकार मेरे बप्पा जैसे लोगों के हाथों में था उन दिनों। तभी न मुझे निकाल बाहर किया गया था। आपातकाल था वह मेरे लिए, और भूतपूर्व युवराज के लिए जो तब सांसद था विपक्ष का।

उसे घेरकर अपने ही महल में कैदी बना डाला गया था। पर वह कैद में रहा कहाँ? बन्द कमरे के भीतर पिस्तौल कनपटी पर रख मुक्त हो गया। क्या उसकी आत्मा शहर की आत्मा में मिल गई या इस अभिशप्त महल के अन्दर सिर धुनती भटक रही है? बूढ़े पहरेदार के लिए युवराज ही शहर था पर मैं जानती हूँ ऐसा नहीं है। फिर भी सन् 1975 में शहीद हुए लोगों की आत्मा की आवाज सुनने से मैं इनकार नहीं कर सकती थी। जिस्म के कठघरे में कैद मैं कहाँ-कहाँ तो भटकी हूँ, उसी साल की वेदी पर अपनी आत्मा का बलिदान देने से इनकार करके। आत्मा क्या मैं यहीं छोड़ गई थी? नहीं, मेरे जिस्म में और मेरे शहर में, दोनों जगह में बँट-बँटकर भटकती रही थी मेरी आत्मा। सुनूँ तब, एक बार कान लगाकर सुनूँ। भूतपूर्व युवराज और उस समय के सांसद की आत्मा की आवाज क्या कहना चाह रही है।

बूढ़े पहरेदार की कहानी के खत्म होते ही मैं उस कमरे के पास जा पहुँची, जहाँ उसने कैद और मुक्ति दोनों प्राप्त की थीं। दरवाजे पर ताला लगा हुआ था पर शीशे से भीतर झाँककर देखा जा सकता था। उस अभिशप्त महल में अब भी कोई रोज आकर कमरा सँवार जाता था। साफ, तरतीब भरा रख-रखाव था, बिस्तर पर बिखरे ताजे फूल, दीवार पर युवराज की आदमकद तसवीर। सब कुछ था पर युवराज की आत्मा वहाँ नहीं थी। शाम के धुँधलके में भी उसने मुझे नहीं पुकारा। पर मुक्त भी नहीं किया पूरी तरह। दूर कहीं से, हल्के सुर में कोई मुझे पुकारकर हिस्सेदारी की माँग करता रहा।

मैं आँखें बन्द करके महल के सूखी घास भरे अहाते में बैठ गई। अँधेरा और सन्नाटा गहराता गया और उसी के साथ मुझे पूरी कहानी याद आ गई। जैसी उन दिनों सुनी थी। बाहर भेजे जाने से पहले, पूरी-की-पूरी।

उसे घोड़े पालने का खब्त था। रेस के घोड़े। महल के पीछे स्टड फार्म हुआ करता था, जहाँ वह घुड़दौड़ के विजेता तैयार करते थे। पुलिस के घेरा डालने पर उसके वे नायाब घोड़े बिला दाना-पानी दम तोड़ने लगे थे। वही तुरुप चाल थी राजधानी की। घोड़ों की जिन्दगी समर्पण न करने की शर्त बन गई थी। तभी उसने कनपटी से पिस्तौल सटा दी थी। उसके मरते ही घेरा हटा लिया गया था। पानी की सप्लाई खोल दी गई थी। रसद अन्दर जाने लगी थी। घोड़े बच गए थे। अपनी नालों समेत।

हाँ, ध्यान से सुना मैंने। उन्हीं घोड़ों के नाल जड़े पैरों की आवाज थी वह। वहीं अस्तबल के आसपास भटक रही होगी उसकी आत्मा। अँधेरे में बिना राह टटोले, उसी के सहारे मैं बढ़ती चली गई। मुश्किल नहीं था उस सुनसान सन्नाटे में आवाज को सुन पाना। पैरों की थपक धीमी जरूर थी पर रात के सन्नाटे में अकेले होने के कारण, चोट जोरदार करती थी। कानों पर, दिमाग पर और दिल पर।

सुनो, आओ, इधर मेरे करीब आओ। मेरी कहानी सुनो। अनकही कहानी समझने की ताब है तो आओ। इसी ध्वनि के सहारे चली आओ। रास्ता पैरों के नीचे की जमीन भर नहीं, पहचान माँगता है। तुम्हारे रास्ते की पहचान यह ध्वनि है मेरे पदचाप की।

सुनो...थप-थप, टप-टप, ठप-ठप, ठक-ठक, कहाँ-से-कहाँ पहुँचा दी तुम लोगों ने ध्वनि मेरे पदचाप की। तुम समझ पाओ शायद...शायद नहीं...शायद...

ठक-ठक, ठप-ठप, टप-टप, थप-थप...थपक खो क्यों गई ठक-ठक में? पदचाप बँध क्यों गई नालों में?

मैं घोड़ों तक पहुँचने से पहले ही बहुत कुछ समझ चुकी थी। शाम का धुँधलका अब पूरी तरह रात के एकछत्र अँधेरे में बदल चुका था। वहाँ तक पहुँचने से पहले, मैं उस ध्वनि को पहचान गई थी। सीखचों से घिरे, बाड़ों में बन्द धावक घोड़ों के पैर पटकने की आवाज ही नहीं, उसमें छुपी कसक को भी।

दौड़ने की क्षमता अथक थी। पर दौड़ लगाने के लिए खुला जंगल नहीं था, मैदान नहीं था। बँधा-बँधाया ट्रैक था और थी मालिक की चुमकार, दाँव

लगाने वालों की आशा-निराशा और जुआरियों का जुआ ढोनेवाले, नाल जड़े पैर। खड़े-खड़े एक जगह दौड़ लगाने का मायाजाल पैदा करके अपनी तृष्णा शान्त कर रहे थे।

पहले बाड़े के सामने मैं ठिठककर खड़ी हो गई। आवाज के साथ ऊँचे सफेद अरबी घोड़े की दृष्टि ने मुझे बाँध लिया। दौड़ लगाते वक्त आँखों पर परदे डले रहते हैं, इस वक्त देखने के लिए मुक्त थीं। जंगल और मैदान के आखिरी छोर पर नजरें गड़ाकर मनचाही दौड़ लगाने के लिए फिर भी नहीं, मेरी तरह। प्यार बाँटनेवाले हाथों से मैंने उसका चेहरा दोनों तरफ से थाम लिया। सिर पर हाथ फेर पाने लायक ऊँचाई मुझे खुद में मिली नहीं, आँखों से आँखें मिला पाई, यही बहुत था।

तुम गलत थे, बीते हुए कल के युवराज। खुदकुशी करके तुमने अपने अहम को बचाया, घोड़ों को नहीं। तुम्हें अपने घोड़ों से प्यार नहीं, उनका मालिक होने पर नाज था। इसीलिए तुम्हारी आत्मा की आवाज इनके पैरों की ठक-ठक के बीच खो गई है। बेहतर होता अगर तुम इनके बाड़ों के सीखचे तुड़वा देते, इनके पैरों से नालें उखड़वा लेते, इन्हें आजाद छोड़ देते, अपना-अपना जंगल और मैदान ढूँढ़ने, तय कर पाने के लिए।

उस अरबी घोड़े का चेहरा हाथों में पकड़ उसकी आँखों में आँखें गड़ाकर मैंने अपने पैरों को झाड़ा, ठीक किसी रेस के घोड़े की तरह। हल्के से चौंककर घोड़े ने मेरी तरफ देखा। मेरे आँसुओं की झिलमिलाहट उसकी आँखों की कोरों में उतर आई।

नहीं, उसने मुझसे कहा, तुम्हारे पैरों में नाल नहीं ठुकी, तुम अब भी आजाद हो। रेस में मत दौड़ो, भाग जाओ। रेस शुरू हो उससे पहले भाग जाओ। भाग जाओ, एक और आवाज उसकी आवाज से आ मिली। नाल ठुके पैरों के आघात से रौंदी धरती से उठकर चारों तरफ फैल गई। समय रहते भाग जाओ, रेस से बाहर हो जाओ वरना मेरी तरह झूठी आजादी के मोहपाश में बँधकर, कनपटी पर पिस्तौल रख गोली चला लेनी पड़ेगी। या प्रगति की भूलभुलैया के बीच खड़ी, किसी गगनचुम्बी इमारत की सबसे ऊपरी मंजिल से कूदकर, शरीर का मलबा बना डालना होगा।

नहीं, उसी क्षण मैंने निर्णय ले लिया, यह नहीं होगा। तुमने मुझे चेताया, तुम्हारी शुक्रगुजार हूँ। सिर्फ तुम्हारी नहीं, उनकी भी जिन्हें मैं अपना अपराधी मानती रही हूँ। सब मुझे चेता रहे थे, अपने शहर वापस जाने को उकसा रहे थे। उस शहर को नहीं जहाँ से मैं पहले-पहल चली थी। पर उस शहर को, जो मेरे शहर की भटकती आत्मा सँजोए बैठा था। मैं उस शहर में पहुँच गई। अब मैं हारूँगी नहीं और न भागूँगी निरर्थक रेस में।

एक बार घोड़े के माथे पर अपना सिर सहलाकर मैं वापस मुड़ गई।

और जो हो, मैं याद रखूँगी मेरे पैरों में नाल नहीं ठुकी, मैं खुले मैदान में दौड़ सकती हूँ। अपना रास्ता चुन सकती हूँ। रेस के ट्रैक पर दौड़ना लाजिमी नहीं बना सकता कोई मेरे लिए। मैं आजाद रखूँगी खुद को उन लोगों के साथ रहने के लिए, जो रेस में शरीक होने लायक नहीं हैं।

बप्पा, तुम फिक्र मत करना, कोई नहीं जान पाएगा मैं तुम्हारी बेटी हूँ। अपनी जवाबदेही से मैंने तुम्हें मुक्त किया। और खुद को तुम्हारा स्वीकार पाने की लालसा से। माँ, तुम्हें प्रणाम! पर यह खत तुम्हें नहीं भेजूँगी। तुम न जानो तो अच्छा है कि मैं अपने शहर लौट आई हूँ। और खत भी नहीं लिखूँगी। खत लिखने की मेरी जरूरत आज खत्म हो गई। यह मेरा आखिरी खत है। इसे फाड़ूँगी नहीं। आखिरी वक्त आने पर अपने शहर के नाम छोड़ जाऊँगी। उस शहर के नाम, जो मेरा अपना नहीं था पर जिसमें मेरे शहर की आत्मा जरूर थी।

# मीरा नाची

**धारोंधार** बारिश के बाद धूप निकली थी। चटकीली-चमकीली। हवा भी चल रही थी। बरस लेने के बाद की। साफ़। तेज-तेज। वैसी नहीं जैसे झड़ी लगने से पहले चली थी। उठती-गिरती साँस की तरह। चलने भर की खातिर। उमस जस की तस। दो-चार लम्बी साँस भरो तो भर लो, रह-रहकर, जब-जब दुपट्टे का छोर हिले।

अब हवा रो लेने के बाद की तरह धुली और स्वच्छन्द थी। पेड़ों की फुनगियाँ यूँ नाच रही थीं कि जड़ें जमीन में गहरे धँसी न रहतीं तो आसमान में उड़ जातीं।

मैं अपनी छत पर गीले कपड़े फैला रही थी। धूप निकल आने का मेरे लिए यही मतलब था। कपड़े धो लिए, छत पर फैला दो। बारिश में कपड़े भीग गए, अन्दर कर लो। सूरज निकल आया, दोबारा बाहर डाल दो। कपड़े सूख गए, उठा लो। चलो, इस बहाने रोज दो बार छत पर जाने को मिलता था। औचक फुहार पड़ जाए तो एक-दो बार और।

कपड़े डालते-उठाते मैं ठिठककर इधर-उधर देख लिया करती थी। सामनेवाले मकान की बरसाती ठीक नजर की सीध में थी। उसकी खिड़की से एक मेज-कुर्सी दीखती थी। वहाँ एक लड़का बैठा हमेशा पढ़ता रहता था। सुबह हो, शाम हो। कभी मैं

देर से ऊपर जाती, देर क्या, कभी बादलों की वजह से अँधेरा जल्दी गहरा जाता तो मेज पर लैम्प जला रहता। तब वह मुँह पर पड़ रही सीधी चमकीली रोशनी में पढ़ता दीखता। अरे, यह क्या हर वक्त पढ़ता ही रहता है? कुछ और नहीं है करने को इसके पास?

आज मैं कपड़े डाल लेने पर नीचे नहीं उतरी। छत पर पड़ी खाट पर पसर गई। माँ मन्दिर गई हुई थीं न। ढेर सारे काम बतलाकर। बर्तन रगड़कर माँजना, कड़ाही में कलौंछ छोड़ी तो देखना, दाल पका लेना, चावल चुगकर भिगो देना, सब्जी काटकर रखना, मैं आकर देखूँगी, अभी चढ़ानी है कि शाम को। कपड़े धोकर धूप में डाल देना पहले, पता नहीं कब तक रहे। और अचार को धूप दिखा देना, समझी। आज स्कूल में छुट्टी है। कल सालाना जलसा था, उसकी खुशी में। स्कूल की लड़कियाँ बाहर घूमने जाने की तैयारी में होंगी। मुझे तो माँ ने जलसे में भी नहीं जाने दिया था।

सारा काम वैसे ही पड़ा था, बस कपड़े धुले थे। कर लूँगी, पाँच मिनट आकाश देख लूँ। कैसा खुला नीला आसमान है, उस पर बतखों से तैरते हल्के-हल्के सफेद बादल। बरसनेवाले नहीं, बरस लेने के बादवाले। दो-चार बूँद बचा पानी भीतर समेटे, हवा के साथ उछल-कूद मचाते बारिश के बाद भागते हुए आते हैं; शैतान बच्चों की तरह, जो हमेशा देरी से स्कूल पहुँचते हैं। भागते-दौड़ते आने पर भी, प्रार्थना की पंक्तियों तक समय रहते नहीं पहुँचते और रोज सजा पाते हैं। पर जाने किस मिट्टी के बने होते हैं कि मस्त रहते हैं। अगले दिन फिर उसी तरह, रास्ते में पड़े कंकड़ से खेलते आगे बढ़ते हैं, और स्कूल देरी से पहुँचते हैं। सब कहते हैं कुछ नहीं बनेगा तुम्हारा, बड़े होकर आवारागर्दी करोगे। आवारागर्दी में क्या मौज है, मैं क्या जानूँ। वे जानते होंगे, तभी न करते हैं।

लड़कियों से नहीं कहता कोई। कहते हैं, पढ़-लिख लो वरना कोई ढंग का लड़का नहीं मिलेगा। सारी उम्र हमारी छाती पर मूँग दलोगी। पढ़-पढ़कर थक जाओ और सुस्ताने को जरा बिस्तर पर अधलेटे हो जाओ तो कहेंगे, अहदन हो जाओगी तो कौन पूछेगा ससुराल में। आजकल के लड़के पतली-छरहरी लड़की चाहते हैं, मुटा गई तो ढंग का लड़का...

ढंग का लड़का। जैसे सामनेवाला? हर वक्त पढ़ता रहता है भोंदू। आवारा बादलों से नजरें हटाकर मैंने सामने खिड़की पर डालीं। बैठे पढ़ रहे होंगे बेचारे किताबी कीड़े, हमेशा की तरह।

यह क्या। वह तो छत की मुँड़ेर के पास खड़ा नाच रहा था। बारिश में मोर नाचते हैं, नई धुली धूप में पागल। हाय बेचारा। पढ़-पढ़कर पगला गया। कहीं कूदकर मेरी तरफ न आ जाए। मैं झपटकर उठ बैठी। खयाल आया, ऐसे उसे दिखाई दे जाऊँगी। फिर चित हो गई। नहीं, कूदकर यहाँ कैसे आएगा, दोनों छतों के बीच पूरी गली का फासला है। लेटे-लेटे फैला आसमान दीखता तो बाकी दूरियाँ दिखनी बन्द हो जाती थीं।

मैं उठकर बैठ गई। हाय, क्या नाच था उसका। पेड़ों की डालियाँ जैसे एक तरफ झुकतीं, वह भी झुकता। फुनगियाँ सिर झटककर सीधी होतीं, वह भी होता। हाथ गोल-गोल घुमाता जैसे बलैयाँ ले रहा हो। फिर आगे फेंक देता, फेंकता ही जाता। पैरों में थिरकन आ जाती।

तत ताताथेई तथेई तथेई। थेई ताताथेई तथेई तथेई।

थेई तातातत ततत ततत। थेई तातातत ततत ततत।

तत ताताथेई तथेई तथेई। थेई ताताथेई तथेई तथेई।

तथेई तथेई थेई तथेई। तथेई थेई तथेई तथेई।

फिर गोल-गोल चक्कर।

तिगधाऽऽ तिग। धाऽऽऽ थेई तिगधाऽऽ।

तिगधा ऽऽऽ... थेई तत तत। धाऽ तिर किट...कत।

मुझे चक्कर-टुकड़ों का क्या पता। मैंने कौन कथक सीखा है। स्कूल में क्लास लगती थी, पढ़ाई खत्म होने पर। मेरे साथ की लड़कियाँ सीखती थीं। मेरा कितना मन करता है नाचने को। पूछने पर माँ ने चोटी खींचकर उखाड़ ही दी थी समझो। नाच सीख कोठे पर बैठेगी करमजली। बाकी लड़कियाँ सीखती थीं तो पाँच-दस मिनट रुककर देख लेती थी। सुनकर कुछ बोल रट गए थे। ये सब झट याद हो जाता है मुझे, पढ़ाई के नाम पर गोल। कल के जलसे में प्रोग्राम था उनका, रोज घर पर रियाज करती थीं। बस एक दिन देखा था मैंने। माँ को मेरा इसके-उसके घर जाना पसन्द नहीं था। कल जलसे में भी...

बादलों में कुलबुलाती छोटी बुन्दकियाँ बाहर छिटक आईं। बालों पर गिरीं तो गिरीं, आँखों के कोरों पर भी टिक रहीं। जाने दो।

देखो तो कैसी मस्ती में नाच रहा है सामनेवाला पढ़ाकू। एक बात मैं जानती हूँ, यह जो कर रहा है, कथक नहीं है। यह तो अपनी मौज में, जैसे मन आए, नाच रहा है।

मैं भी नाचूँ? यहाँ कौन देखेगा? मैं हौले से छत पर उतरी। नहीं, पैरों की धमक कहीं माँ ने सुन ली; अपनी धुन में उनके लौटने का पता भी नहीं चलेगा, सिर कलम कर देंगी। छत पर किसे रिझाने को नाच रही थी राँड!

यह किसे रिझाने को नाच रहा है? मैं ठिठकी खड़ी रह गई। कहीं इसने मुझे देख तो नहीं लिया! मिश्रा बहन जी कहती थीं, रिमझिम होने पर मोर भी मोरनी को रिझाने को ही नाचता है। माँ के सामने मुँह से निकल गया था तो एक करारा झापड़ रसीद किया था मुँह पर। यही सब पढ़ने जाती हो स्कूल।

गाँव में थे तो ठीक था। शहर से पिता जी पैसे भेज देते थे। मैं गाँव की पाठशाला में पढ़ती थी तो औरों से अव्वल रहती थी, यहाँ की तरह फिसड्डी नहीं। फिर पता नहीं क्या हुआ, पैसे आने बन्द हो गए थे। माँ रोई-कलपी थीं, इससे-उससे पिता जी का हाल-पता किया था। और एक दिन पता दिए बिना, मुझे लेकर शहर चली आई थीं। दोनों के बीच जो महाभारत हुआ, क्या बतलाऊँ। पिता जी ने माँ को घर से बाहर धकेल दिया। साथ मुझे भी। घर में ताला डालकर चले गए। माँ मुझे लेकर बरामदे में डटी रहीं, भूखी-प्यासी। मेरे तो प्राण ही निकल गए थे भूख के मारे। पड़ोस में मिश्रा टीचर रहती थीं, मुझे रोते सुना तो अपने घर ले जाकर खिलाया-पिलाया। माँ ने नहीं खाया। अनशन किए बैठी रहीं। तीन दिन बाद पिता जी आए तो पड़ोसी थू-थू करते मिले। माँ भूख से अधमरी और मैं डर के मारे। सिर पीट उन्होंने दरवाजा खोल दिया और हमें अन्दर कर लिया। कुछ दिन ऐसे ही चला, रोते-झींकते, गाली-गलौज सहते। फिर ठीक हो गया। या हमें आदत पड़ गई। मिश्रा टीचर ने मुझे स्कूल में भरती करवा दिया। पिता जी को छोड़ माँ मेरी चौकीदारी में लग गईं। उनका बस चले तो घर से बाहर कदम न रखने दें। स्कूल तक भी न जाने दें। पर तब ढंग का लड़का नहीं मिलेगा न।

ओ राम, मरेगा क्या। यह तो नाचते-नाचते पानी की टंकी पर जा चढ़ा। अब और मुस्तैदी से हाथ चला रहा है। सिर उठाकर आसमान में क्या ताक रहा है? अरे नीचे देख नीचे। बित्ते भर की टंकी है, बेखयाली में पाँव फिसल गया तो सिर के टुकड़े हो जाएँगे। तीन मंजिल ऊपर है पागल! हाय, कैसे सधे पाँव रख रहा है, मरा, मुँड़ेर तक आता है और पलट लेता है, नाचते-नाचते। मेरा दिल मुँह को आ जाता है। इसे तो घना अभ्यास है रे नाचने का, हर वक्त किताब में सिर घुसेड़े रहता था, रियाज कब किया? मैंने तो पहले कभी देखा नहीं इसे नाचते। छह महीने से देख रही हूँ बराबर, बरसाती में घुसा पढ़ता रहता है। उससे पहले उसमें एक अधेड़ पति-पत्नी रहते थे। औरत छत पर बैठी कुछ-न-कुछ चुगती-बीनती रहती थी। पता नहीं कपड़े कब धोकर डाल देती थी, छत पर बँधी डोर पर लटके फरफराया करते थे, हवा भरे गुब्बारों से। माँ मेरा कान पकड़कर दिखला जाती थीं, देख, कमजात, ऐसे फैलाए जाते हैं कपड़े, दोनों सिरों पर चुटकी लगाकर। मैं फैलाती तो कभी डोर कम पड़ जाती कभी चुटकियाँ। उसके हवा भरे कपड़े मुझे बड़े प्यारे लगते थे, फूँक मारो तो आसमान में उड़ जाएँ। तेज-तेज।

जैसे इसका नाच तेज होता जा रहा है हर पल। कूद-कूदकर हाथों को फिरकी जैसे घुमाए चला जा रहा है। ऐसे तो गाँव में लड़के पतंग उड़ाया करते थे। लो, मैं भी एक बुद्धू हूँ। पतंग ही तो उड़ा रहा है। माँझा-पतंग दिख नहीं रहे इसी से लगा, हवा में नाच रहा है।

है कहाँ पतंग? उधर होगी, पश्चिम में। वह उधर ही ताके जा रहा है। पर कहाँ? किधर? मैंने गर्दन उठाकर ऊपर आसमान में ताका, देर तक, उधर, जिधर वह देख रहा था। कुछ नहीं मिला। मैं आगे बढ़ी। अपनी छत की मुँड़ेर पर आकर नीचे झुकी, पंजों पर खड़े होकर झाँका। सूरज की चौंध से बचाव करने को हाथ की आड़ देकर घूरा, कहीं कुछ नहीं दिखा।

कहाँ है पतंग? कैसी है? किन-किन रंगों की? हाय, पतंग उड़ाने में कितना मजा है। हरिया के बापू कहते थे, झींसी में पतंग न उड़ाई तो जन्म अकारथ। पर लड़कियों को कहाँ मिलती थी उतनी छूट। खुले मैदान में खड़े होकर, उतने ही खुले आकाश में पतंग के साथ ऊपर उठते जाने की। बहुत हुआ

तो छींट-छींट पड़ती बुन्दकियों के नीचे, बँधी-बँधाई पेंग भरकर झूल लो बस। माँ मुझे घसीटकर भीतर कर लेती थीं, पर मैं मौका देख भाग जाती थी। पड़ोस के हरिया के साथ, चुपचाप खेतों के पार जाकर पतंग उड़ाती थी। माँ को पता ही नहीं चलता था। चल भी जाता तो झिड़क-भर देती थीं। तब ऐसे मारा नहीं करती थीं, वहाँ गाँव में, न कोस-कोस कर ताने देती थीं, जैसे यहाँ देती हैं। रंडी बनेगी तू भी उसकी तरह, गैर-मर्दों को रिझाएगी। किसकी तरह, पूछा था सिर्फ एक बार। माँ ने वह धुनाई की थी कि पड़ोस की मिश्रा टीचर को आकर बचाना पड़ा था।

कसम धरा ली थी माँ से कि अपनी खीज मुझ पर नहीं उतारेंगी। वैसी भयानक पिटाई फिर उन्होंने नहीं की। पर कभी-कभी लगता है, जबान की मार से हाथ की मार भली। उस पर हर वक्त की चौकीदारी। छत पर अकेले इसलिए जाने देती हैं क्योंकि उनके पैर गठिया के दर्द से लाचार हैं। पर जरा ठहरकर सुस्ताई नहीं कि नीचे से उनकी चीख-चिल्लाहट आने लगती है, अरे पापिन कहाँ मर गई। चुड़ैल खा गई या जिन्न ले गए।

शुरू-शुरू में लँगड़ाती हुई माँ ऊपर पहुँच जाती थीं। जब दूर-दूर तक कोई जवान आदमजात न दिखा तो ढीली पड़ गईं। इसे नाचता देख लेतीं तो...हे राम! मैं काँप गई। आ तो नहीं गईं। बाहर ताला मारकर चाबी साथ ले गई हैं। आएँगी तो दरवाजा भी नहीं खटखटाएँगी, भूतनी की तरह बेआवाज भीतर पहुँच जाएँगी। देख आऊँ नीचे जाकर...

अरे, रुक-रुक, क्या कर रहा है। टंकी के किनारे क्यों आ लगा। ओह... पलट लिया। वह रही चरखी उसके हाथ में। हाथ आगे फेंक बराबर खोले ही चला जा रहा है। सिर को भी और ऊपर उठा दूर आसमान में ताक रहा है। यानी पतंग और दूर, और ऊपर पहुँच चुकी है। उसे दीख रही है तो मैं क्यों नहीं देख पा रही। एक बार फिर मैंने गर्दन और पंजों की कसरत करके उस छोर देखने की कोशिश की। कुछ नहीं मिला। बीच में पेड़ आ रहा था शायद। नीम का। इतना जट्ट लम्बा घना क्यों होता है भला। आरपार कुछ दिखाई ही नहीं देता।

नीचे जाकर देखूँ। गली में दिख जाए शायद। मैं भागती हुई नीचे उतर गई। दुपट्टे को कसकर लपेट, दरवाजे पर हाथ मारा तो याद आया बाहर ताला लगा है। उसी तरह दौड़ती हुई वापस ऊपर जा पहुँची।

वह वैसे ही नाच रहा था। उसे क्या पता, मैं छत पर थी या नहीं। भोंदू। एक बार नजर पतंग से हटा भी सकता है आदमी। पर नहीं...यही तो बात थी। मेरे गाँव के लड़कों जैसा नहीं था इसका पतंग उड़ाना। एक ताल थी उसके पैरों की थिरकन में, एक लय पर झूम रहा था उसका बदन, गीत फूट रहा था उसके हाव-भाव से। मेरा मन हो रहा था, मैं भी गाते-गाते नाच उठूँ : पग घुँघरू बाँध मीरा नाची! जन्माष्टमी की शाम मन्दिर में पुजारी जी नाच उठे थे जैसे गाते-गाते। भजन गाती औरतें भी आत्मविभोर हो ऐसे हिल रही थीं जैसे बैठे-बैठे नाच रही हों। माँ की आँखों से आँसू बह रहे थे। कितना अचरज हुआ था मुझे। बिना कोसने दिए उन्हें रोते कभी नहीं देखा था। अपना, मेरा, किसी का ध्यान नहीं था उन्हें। तभी न मैं दीदे फाड़ सब तरफ ताक रही थी और कोई टोका-टाकी नहीं। अनचाहे अनजाने, मेरे मन में उनके लिए दया और प्यार उमड़ आया था। अपने में डूबी, आत्मविभोर माँ अच्छी लगी थीं मुझे।

आत्मविभोर! हाँ, असली बात वही थी, लय-ताल नहीं। छत की टंकी और मुँड़ेर पर उसका नाच, खेत में पतंग उड़ाते मेरे संगी-साथियों जैसा ही होता, अगर उसके-मेरे पाँव बराबर-बराबर जमीन पर पड़ रहे होते। और बीच-बीच में हम गपशप करते या हो-हल्ला मचा रहे होते।

पर वह तो पतंग ऐसे उड़ा रहा था जैसे पतंग उड़ाने के सिवा कुछ जानता ही न हो। उसकी नजर सिर्फ उसे देख रही थी। मैं कहीं नहीं थी उसकी आँख के दायरे में, न कुछ और। डोर को ढीला छोड़ते या वापस खींचते उसके हाथ चरखी का हिस्सा बने हुए थे। तभी न इतनी देर तक मुझे चरखी दिखी ही नहीं थी। पाँव भी उसके बस उतनी दूर पड़ते थे, जितना हाथों के संचालन के लिए जरूरी था।

मेरी साँस अटक ही तो गई। तब तो उसे मुँड़ेर भी नहीं दिख रही होगी। जरा खटका हुआ, ध्यान तनिक बँटा तो सीधा नीचे आ गिरेगा। मैंने हिलना-डुलना बन्द कर दिया और साँस रोके उसे देखती रही।

मेरी समझ में आ रहा था, वह ठीक वैसे पतंग उड़ा रहा था जैसे रोज दत्तचित्त पढ़ाई करता था। मुझे स्कूल में पढ़ी अर्जुन की कहानी याद आ गई। द्रोणाचार्य ने चिड़िया पर निशाना लगवाने से पहले शिष्यों से पूछा, तुम्हें क्या दिखलाई दे रहा है? किसी ने कुछ कहा, किसी ने कुछ। अर्जुन ने कहा, उसे केवल चिड़िया की आँख दिख रही थी। अब जाकर कहानी मेरी समझ में आई। एक मैं हूँ। सारी दुनिया दिखलाई देती है, बस चिड़िया की आँख नहीं दीखती। कितनी नाकारा हूँ। माँ इतना डाँटती है, पढ़ाई में मन नहीं लगा पाती। उनकी छोड़ो, वे कुछ नहीं जानतीं। पर मिश्रा टीचर तो ढंग के लड़के का रोना नहीं रोतीं। वे कहती हैं न, पढ़ाई में ध्यान लगाओ, मन को शान्ति मिलेगी, मस्तिष्क के द्वार खुलेंगे, जो चाहोगी कर सकोगी। पर मेरे पास ध्यान है ही नहीं, एक मन है जो जाने कहाँ-कहाँ भटकता रहता है। माँ पर हरदम गुस्सा आता रहता है। पिता जी...कभी आँख उठाकर नहीं देखते मेरी तरफ। हम गाँव छोड़कर क्यों आए। वहाँ पाठशाला में पढ़ रही थी न, ऐसे डरकर नहीं रहना पड़ता था। लगता है इस घर से निकलूँगी तभी मुक्ति मिलेगी। फिर सोचती हूँ, पिता जी जैसा लड़का मिल गया तो? मैं भी माँ की तरह...नहीं, वैसी दु:खी, निर्दयी, झगड़ालू, बदसलीका औरत नहीं बनना चाहती मैं। पर मेरे चाहने से क्या होता है!

अभी मैं पतंग उड़ाना चाहती हूँ, उड़ा सकती हूँ क्या? उसका क्या है, लड़का है, चाहे कुर्सी पर बैठकर पढ़े, चाहे छत पर नाचकर पतंग लहराए। अपनी मर्जी का मालिक है। न डाँट-फटकार, न ताने-कोसने, न अच्छे लड़के की प्रतीक्षा में जेल की कैद। उससे कोई नहीं कहता होगा, पैदा होते ही क्यों न मर गई, डायन। लड़का हुआ, मर गया और यह चुड़ैल जीती रही।

उस जैसा ही रहा होगा मेरा भाई, जो मर गया। जिन्दा रहता तो हम मिलकर पतंग उड़ाते। पर...क्या पता, वह उड़ाता और मैं इसी तरह...

हाय, देखो तो कितनी बड़ी पतंग! काली-नीली, सर्र-सर्र बढ़ी आ रही है हवा पर तीर-सी हमारी तरफ। पर यह तो उल्टी दिशा से आ रही है, पूरब से। पढ़ाकू तो ठीक पश्चिम में देखे जा रहा है। मर गए। यह तो किसी और की है। पीछेवाले मकानों से आई होगी। उसे तो पता तक नहीं। अरे मुड़कर देख भोंदू,

काट देगी तेरी पतंग को, क्या आसमान में ठूँठ उठाए बढ़ाए लिए जा रहा है ऊपर।

देख...देख, मैं चिल्लाने को हुई, फिर आवाज घोंट जड़ रह गई। मैं चीखी, उसका ध्यान बँटा तो कटी पतंग-सा आ गिरेगा गली में। हड्डी-पसली बराबर हो जाएगी। मर करमजले, ऐसा भी क्या ध्यान कि दुश्मन तक न दिखे। फर्राये चली आ रही है, काटकर छोड़ेगी हमारी पतंग को। किस रंग की है? कहाँ है? मरी दीखे भी कहीं। देख न, घूमकर देख तो सही। कटने मत दीजियो अपनी पतंग को। देख-देख। मैंने अपना पूरा ध्यान उसकी आँखों में समो दिया।

उसकी गर्दन जरा घूमी। चरखी पर हाथ और मुस्तैदी से चलने लगे। माँझे को खींच सीधा किया, तनिक मुड़ा, ढील देने को हाथ ऊपर उठे, माँझा छोड़ा, फिर खींचना शुरू। देख ली। देख ली। काली पतंग पीछे हटी। उसके हाथ छाती पर वापस लौट-लौट आ रहे हैं। अहा-हा, काली पतंग और पीछे खिसकी। पर हमारी क्यों नहीं दिखलाई दे रही? मैं मुंड़ेर से सटकर आगे को लटक आई। फर्र-फर्र उड़ती आती अपनी पतंग देखूँगी। देखकर रहूँगी।

वो काटा! मैं चीख पड़ी। हमारी पतंग कितनी सुन्दर थी। चटख लाल और हरी। फरफराती हुई आई और पंजा मार काली पतंग की गर्दन उड़ा दी।

फिर लहराती हुई सामने छत की तरफ बढ़ने लगी। दत्तचित्त वह माँझा समेट रहा था। उसके पैरों की ताल में फर्क नहीं आया था। न गर्दन की लगन में। बस आसमान में टँगी दृष्टि हटकर सामने चिपक गई थी। पतंग जो वहाँ थी। मेरी नजर भी तो वहीं जमी थी। हाय, कैसी नई-नकोर चमकीली पतंग थी। वह माँझा खींचता गया। अब पतंग उसकी छत के ऊपर थी, अब उसकी आँख की सीध में, अब उसके हाथ में। अभी वह कटी पतंग लेने दौड़ेगा। गिर रही थी धीरे-धीरे। सीधे नहीं। हवा तेज थी न, बहाए ले जा रही थी थपेड़े देकर, इधर-उधर। कौन जाने गली में गिरे या अधबीच पेड़ पर अटककर रह जाए। भगवान करे, नीचे गिरे। वह भागता हुआ जाएगा और पतंग लूट लाएगा।

वह बड़ी एहतियात के साथ टंकी से अपनी छत पर उतर गया। मैं ताली बजा उठी। अभी लेकर आया कटी पतंग।

वह नीचे उतरा ही नहीं। अपनी पतंग-चरखी लिये बरसाती में घुस गया।

भोंदू! पागल! तू नहीं लूटता तो मैं लूट लेती हूँ। जीती पतंग कोई छोड़ता है भला। नीचे ताला पड़ा है, गली में निकलूँगी कैसे? यहीं लूटनी होगी। झटक-मटक थपेड़े खाती काली-नीली पतंग मेरी छत के करीब आ पहुँची थी। मैंने चील की तरह झपट्टा मारा पर वह हाथ छूकर निकल गई। मैं नीचे को लटकी हाथ मारती रही पर उसे लपक नहीं पाई। कुछ देर इतरा-इतराकर यहाँ-वहाँ डोली, फिर नीम की डाली में फँसकर बैठ गई। वहाँ पहुँच पाना मेरे लिए नामुमकिन था। मुझे रोना आने लगा। मन हुआ, चिल्लाकर कहूँ, ओ बावले, इधर आकर अपनी पतंग उतार। ऐसा कौन बड़ा लाटसाब है तू कि जीती चीज भी छोड़ सकता है।

मैंने देखा वह कुर्सी पर बैठा पढ़ रहा था।

मेरा रोना निकल गया। खाट पर बैठ सुबकने लगी।

माँ के आने का तब पता चला जब उनका घूँसा पीठ पर पड़ा।

"यहाँ बैठी तिरिया चरित्तर कर रही है कमजात, नीचे सारा काम औंधा पड़ा है।"

मैं चीखकर रो दी—"हाय, पैर में मोच आ गई। चल नहीं पाती। हाय-हाय।"

माँ ने एक घूँसा और जमाया—"मर करमजली। देखकर नहीं चला जाता। अब उठ, नीचे चल। देखूँ, मल-मला दूँ।" उन्होंने पैर पर हाथ लगाया तो मैं चिल्ला उठी।

अब मुझे क्या पता, मोच आने पर कैसे चला जाता है। कितना लँगड़ाऊँ, कितना नहीं। जमीन पर पाँव रखा तो वो फौरन समझ जाएँगी, कोई मोच-वोच नहीं आई।

"चुपकर, चिल्ला मत। सारा मोहल्ला जमा करना है क्या?" माँ ने कहा, फिर अनिश्चित-सी खड़ी रह गई।

मैंने सामने झाँका। सुन लिया क्या मोहल्ले ने? कहाँ! बेवकूफ तो वैसा-का-वैसा बैठा पढ़ रहा था।

"एक बार उठकर तो देख।" माँ ने मेरी बाँह खींचकर कहा।

मैं इतनी जोर से चीखी कि उनकी पकड़ छूट गई।

"हड्डी तुड़ा बैठी क्या। हे परमात्मा, नासपीटी मरती भी नहीं। अच्छा बैठ, मिश्रा बहन जी को बुलाकर लाती हूँ। मेरे तो गोड़े वैसे बेकार पड़े हैं, अब तुझे ढोऊँ कि अपने को।"

मिश्रा बहन जी। उन्हें तो छूते ही पता चल जाएगा। क्या करूँ? अच्छा, आने दो। अकेले में बात करने को मिली तो समझा लूँगी। और जो हो, माँ से चुगली नहीं करेंगी, मुझे पूरा भरोसा था। पर होना अकेला पड़ेगा।

"हाय माँ!" आवाज में मिसरी घोलकर मैं कराहती-कोसती माँ से बोली, "कैसे करोगी तुम अकेली? उन्हीं को भेज देना ऊपर। तुम कहाँ गठिया में ऊपर-नीचे फिरोगी।"

पहले तो कभी ऐसे नहीं बोली उनसे। माँ ने चकित नजरों से मुझे देखा। चुप ऐसे हुई जैसे साँप सूँघ गया हो। आँखों में आँसू उमड़ने को हुए। पर बोलीं कुछ नहीं। होठ भींच असमंजस पी गई और पीठ फेर, लँगड़ाती हुई नीचे उतर गईं।

मिश्रा बहन जी को मैं मना लूँगी। एक ही चीज चाहती हैं न मुझसे। कसम खाकर कहूँगी, अब से ध्यान लगाकर पढ़ूँगी। एकदम अर्जुन की तरह। बस इस बार माँ की मार से बचा लें, बचा लेंगी।

अभी उनके आने में वक्त था। मैं उठी और छत पर पाँव जमाकर ठीक वैसे नाचने लगी, जैसे वह नाचा था। आत्मविभोर। मुझे लग रहा था, मेरे हाथ में चरखी और माँझा है और दूर आसमान में ऊपर, ऊपर उठती लहराती पतंग।

## जीरो अक्स

**कुछ** दिन पहले राजधानी में एक कत्ल के काफी चर्चे रहे। पूरे दो हफ्ते लोग घरों में बैठे बतियाते, उससे रोमांचित होते रहे। इससे ज्यादा, राजधानी किसी मामले में रस नहीं लेती, गोरों के मामलात हों तो बात और है। हादसा ऐसा नहीं था कि उसकी चर्चा सड़कों पर होती। मारने-मरने वाले दोनों लेखक थे। और आप जानते हैं, सड़क को लेखकों में दिलचस्पी नहीं होती। होती तो घरों के भीतर भी नहीं, पर चूँकि मारनेवाला मर्द और मारी जाने वाली औरत थी, इसलिए वाकये में कुछ रंगीनी आ गई थी। फिर भी, जब किस्सा पहले-पहल बयान हुआ तो बड़ा फीका-फीका लगा। नाजायज छोड़, किरदारों के बीच कोई जायज रिश्ता भी नहीं था। पर कयामत की नजर रखने वालों ने बिला धुएँ काफी आग देख ली और उसे हवा देकर, खासी धुन्ध पैदा कर दी। मुश्किल यह थी कि कत्ल की एक चश्मदीद गवाह भी थी। उसका बयान इतना बेपेंच था कि क्या हुआ, हर कोई जान गया था, पर क्यों हुआ कोई नहीं जानता था। गवाह का नाम था रागिनी। वह मौका-ए-वारदात पर, खुले दरवाजे के सामने, दूसरे कमरे में बैठी, चिट्ठियाँ टाइप कर रही थी। समझे आप। दरवाजा पूरा खुला था। यानी पोशीदा रखने लायक रिश्ता नहीं था, दोनों के बीच। बातचीत भी किसी राजदार मसले पर

नहीं हो रही थी। यानी गुनाह की आम वजूहात, जर-जोरू-जमीन गिनती में नहीं थीं। रागिनी के बयान के मुताबिक उसने साफ देखा था, साजन भाई ने मेधा दी का गला टीप दिया। पहले नजर पड़ी तो उसने सोचा, झप्पी-शप्पी ले रहे होंगे। आजाद खयाल लोग थे। पन्ना पूरा टाइप होने पर जब आँखें दोबारा ऊपर उठाईं तो गला टिप चुका था। मेधा दी, दुबली-पतली, उमरदराज शै थीं, सो वक्त कितना लगता।

तो, आज की तारीख में सब जानते थे कि मेधा दी का गला साजन भाई ने दबाया था, पर क्यों दबाया था, कोई नहीं जानता। मैं जानती हूँ, शुरू में यह बतला देने से कि कातिल कौन है, कहानी का अद्‌भुत रस फीका पड़ जाता है। पर कयास लगाने का मजा, सिर्फ यह जानने में नहीं है कि जुर्म किसने किया, इसमें भी है कि क्यों किया। तो चलिए, उसी की टोह में चलते हैं। पहले, दोनों किरदारों से मिल लें। उनके नाम मैं बतला चुकी हूँ, साजन भाई और मेधा दी। तो आइए, पहले नामों की कलई खोलें।

पहला नम्बर साजन भाई का। अपने समाज का उसूल है, पहले मर्द। हो सकता है, साजन भाई का साजन नाम माँ-बाप का दिया हुआ हो। हो सकता है, लेखक बनने का इरादा करने पर उसने खुद रख लिया हो। नाम के साथ भाई का जुड़ना, हिन्दी में लेखक होने की डिग्री पाने जैसा है। और साजन इत्तफाक से लेखक नहीं बना था, एकदम मंसूबा बाँधकर, खाका खींचकर बना था।

बात यह थी कि साजन खासा बदशक्ल था। कद उसका नाटा था। बदन थुलथुल और चेहरे के नक्श बेडौल। नाक चपटी और चौड़ी थी, होठ मोटे और फैले हुए, ठोड़ी लाचार-सी पीछे को धसकी हुई। उस पर माथा इतना तंग कि लगता बाल ठीक आँखों के ऊपर लग रहे हैं। आँखें थीं तो छोटी, पर गजब की चमकदार। आँखें बन्द होने पर देखनेवाला यही समझता कि थुलथुल बदन और कमजोर सीरतवाला, बेचारा-सा आदमी है। पर आँखें खुलते ही, दूसरी तसवीर सामने होती। शुरू-शुरू में अपनी सूरत आईने में देखता तो साजन को खुद अपना चेहरा नागवार मालूम पड़ता था। पर उसने उसके आगे हथियार नहीं डाले। आँखों में एक खूँखार चमक पैदा कर ली। पैदा की या खुद हो गई

या हमेशा से थी, कहा नहीं जा सकता। हर हाल में, चमक इतनी हिंसक थी कि देखनेवाला सिहर उठता। जब वह कॉलेज में पढ़ रहा था, तभी साजन जान गया था कि उस जैसे बदसूरत आदमी की तरफ लड़कियाँ (औरतें) तभी खिंच सकती हैं, जब उसकी शख्सियत में कोई खास बात हो। पढ़-लिखकर वह यह भी जान गया था कि लेखकों, कलाकारों में ऐसा कुछ होता है जो मर्द-औरतों को यकसाँ बाँध लेता है। ललित कलाओं में उसकी रुचि नहीं थी पर शब्द उसकी पकड़ में आ जाते थे। संयोग से (या प्रभु कृपा से) वह जब जवान हुआ, तब हिन्दी प्रदेश में यथार्थवादी लेखन का बोलबाला था। वह धारा उसे खूब रास आई। भीतर जितना तेजाब बनता पन्नों पर उगल देता था। उसका कहना था, नफरत प्यार से ज्यादा टिकाऊ होती है। उसने अंग्रेजी की एक किताब में पढ़ा था, नफरत में प्यार से ज्यादा ताकत होती है क्योंकि नफरत उसूलों में से आती है, प्यार दिल से। बकवास। ये सर्द देशोंवाले क्या जानें, प्यार और नफरत के ताप को। उसकी नफरत का ताल्लुक किसी उसूल-वुसूल से नहीं, दिल और दिमाग से था। दोनों से बराबर। जब आप हर सुन्दर चीज, हर आला खयाल, हर कामयाब इनसान और हर खरे उसूल से नफरत करेंगे तो जाहिर है, आपकी नफरत का वजूद खुदा-सा बुलन्द हो जाएगा। एक लाइन्तिहा खजाना हाथ लग जाएगा। जब चाहो, जितना चाहो, निकालकर इस्तेमाल कर लो, उसकी इन्तिहा पैमाइश के परे बनी रहेगी।

तो इस तरह घृणा की निधि भुनाते हुए, चर्चित लेखक बनकर वह साजन से साजन भाई हुआ। जब औरतें उसे साजन भाई कहकर पुकारतीं तो उसका तन-मन गुदगुदा उठता। साऽला, क्या देसी विरोधाभास था शब्दों में। साजन भी और भाई भी। यहाँ औरत मर्द को साजन बनाने से पहले भाई ही बनाती हैं। धर्म-भाई। क्या धर्म है यार, एकदम...मनमाफिक। हिन्दू धर्म के अलावा यूँ राखी बाँधकर, बाकायदा भाई बनाने का बन्दोबस्त कहाँ है? अपने देश की देखा-देखी सभी धर्मों ने इसे स्वधर्म बना लिया है। बकौल साजन भाई, धर्म और क्या है, यही स्वधर्म, नहीं? साजन भाई से न सही, किसी और 'भाई' से पूछ लो।

ओहो, अच्छा याद दिलाया। साजन के किस्से में मेधा तो एकदम छूटी जा रही थी। तो उसके नाम का वाकया मुख्तसर यह है कि शादी से पहले

वह कमला, विमला या ऐसी ही कुछ थी। शादी के बाद नाम बदलकर मेधा कर लिया गया। रिवाज है साहेब। लेखन करना शुरू किया तो मेधा के आगे 'दी' खुद-ब-खुद लग गया, बस। हाँ, आप कह सकते हैं, यह तरफदारी है। साजन भाई पर इतना कुछ और मेधा दी पर इतना-सा। क्या करें, सामाजिक नियम-कायदा मानकर चलना पड़ता है। मर्द पर ज्यादा लिखा जाता है, औरत पर कम। रीत है, बराबरी का दर्जा दे भी दें तो जितना पता होगा, उतना ही बतलाएँगे न। साजन भाई अपने बारे में सब कुछ बतलाने में यकीन करते हैं और मेधा दी, कम-से-कम। साजन लेखक बना तो जितना पढ़ा गया, उससे ज्यादा चर्चित हुआ। और मेधा दी कितनी पढ़ी गईं, वे जानें या उनका प्रकाशक, चर्चा नहीं हुई तो हम-आप कैसे जानेंगे? खैर छोड़िए, वापस चलें साजन भाई पर।

चर्चित लेखक होने के नाते साजन भाई के यहाँ आए दिन अखबारवाले और दूसरे अण्ट-शण्ट शोधार्थी-बोधार्थी इंटरव्यू लेने आते रहते थे।

पहला सवाल उनका हमेशा होता था, आप लिखते क्यों हैं या आप लेखक क्यों बने? आप जानते हैं, लेखकों से कैसे-कैसे बेहूदा, बचकाने सवाल किए जाते हैं। पर साजन भाई का जिगर देखिए कि जवाब में दन से कह देता था—"औरतों को पटाने के लिए।"

इंटरव्यू लेनेवाला मर्द होता तो जुमला बोल लेने पर, वह एक जोरदार ठहाका लगाता। हँसते हुए उसकी छोटी आँखें पूरी तरह मुँद जाती थीं। उनका बेरहम, खूँखार भाव पढ़ने में नहीं आता था। उसकी कमी सामनेवाला पूरी कर देता था। इतने नामी लेखक का हमराज बनने का लुत्फ लेते हुए, वह वहशी-सा खुल जाता। लपलपाती आँखों और लार टपकते होठों के साथ जुगलबन्दी करता कि यार औरत के मामले में हम भी कम नहीं।

इंटरव्यू लेने वाली औरत होती तो उसके तेवर और रहते। अखबारवाले ज्यादातर उसके पास औरतों को ही भेजा करते थे। अण्ट-शण्ट में भी काफी औरतें रहती थीं। कुछ उसकी कहानी की दाद देने, कुछ अपनी पढ़वाने और कुछ यूँ ही दरम्यानी जिन्दगी की ऊब मिटाने चली आती थीं। औरत के सामने जुमला बोल वह झिझककर चुप हो जाता था। कनखियों से उसे एक

बार देख, नजर नीची कर लेता था। औरत झेंप जाती, फिर सँभलकर हँसती और एक ममतालु मुस्कराहट, बरबस चेहरे पर खिल आती। नजरें बच्चे-सा उसे थपथपातीं...धत्, शरीर, बदमाश, दुष्ट कहीं का। मुँह से कहतीं, बड़े लतीफेबाज हैं आप। तभी वह आँखें ऊपर उठाता और उस पर टिका देता। हिकारत से सनी हिंसा की लपट उनमें कौंध उठती और औरत के ममतालु चेहरे पर खिंचाव आ जाता। पर अखबारनवीस या शोधार्थी-बोधार्थी होने के चक्कर में आजाद औरत होने का नाटक करना पड़ता। सो नजरें साजन से मिली रहतीं। फिर...जो-जो वह कहता, वह-वह होता। उसमें एक मुकाम पर आकर उसका औरत से ऊबना, मुँह फेरना और औरत का रोना-कलपना भी शामिल रहता। वरना, खेल का मजा क्या रहता? खेल न हुआ, पक्की नौकरी हो गई। कॉलेज के दिनों से ही, साजन ने अपनी आँखों के हिंस्र भाव को पालतू कुत्ते-सा साध लिया था। मौका-माहौल देखकर, जंजीर खोलता था और दौड़ा देता था, एक झपट्टे में हलाक करने।

उसका कहना था, हिकारत झेलकर औरत तिलमिलाएगी तो जो असला उसके पास होगा, उसी का इस्तेमाल करेगी। एक ही हथियार होता है उसके पास, उसका बदन। वही दाँव पर लगाकर हिंसा को पैशन और क्रूरता को वासना में बदल सकती है। बेचारी! सहवास को प्रेम का नाम देकर मैदान में उतरती है और हर बार मात खाती है।

मैं नहीं कह रही, साजन भाई का कहना है। मुझे यह मानने में जरा उज्र नहीं है कि औरत के पास दिमाग, बुद्धि, तर्क, ज्ञान, विवेक, चेतना सब होता है। और वह उनका इस्तेमाल करके शिकस्त से बच सकती है। पर मेरे-आपके मानने से क्या होगा, किस्सा साजन भाई का बयान हो रहा है। मैंने कब कहा, वे हिन्दी साहित्य जगत के प्रतिनिधि हैं, आप मान बैठें तो आपका जिम्मा। मैं तो एक शख्स की कहानी कह रही हूँ। भूल हुई, दो शख्स हैं कहानी में। मेधा दी को फौरन हाजिर करती हूँ, लीजिए, आ गईं।

जिस दिन मेधा दी का गला दबाया गया, साजन भाई से उनकी पहली मुलाकात का दिन नहीं था। उससे कोई पन्द्रह एक बरस पहले, जब साजन महज लेखक था, वह उसका इंटरव्यू लेने आ चुकी थी।

ओहो, यह बतलाना भूल ही गई कि आजकल साजन लेखक ही नहीं, प्रकाशक भी है। या जैसा वह खुद कहता है, वह प्रकाशक है नहीं, बनाया गया है। लेखक वह अपनी मर्जी से बना था। पर इस प्रकाशन-संस्थान का मालिक, सम्पादक, आलोचक, संयोजक, सम्पर्क अधिकारी, वगैरह-वगैरह, उसे मजबूरन बनना पड़ा है। प्रकाशन की दुनिया में जो सन्नाटा छाया हुआ था, जो बाजारूपन आ गया था, समाजोन्मुख होने के बजाय, किताबों की दुनिया जो समाज विमुख होती जा रही थी, उससे लोहा लेने के लिए उसे मैदान में उतार दिया गया। फर्ज अदायगी में बदन का खून पसीना बना ही, अपना लिखना भी छूट गया। वह लम्बी साँस खींचकर खुद पर रीझता है तो लोग हाथ उठाकर कहते हैं, आप धन्य हैं। महान हैं प्रभो आप! आज की अदबी दुनिया के पैगम्बर हैं। अब, महाप्रभो, हमारी नई रचना की पाण्डुलिपि ग्रहण कीजिए। पीठ पीछे लोग क्या कहते हैं, उसे छोड़िए, लोगों का काम है कहना।

खैर, यह आज की बात है।

पन्द्रह साल पहले, जब मेधा उसका इंटरव्यू लेने आई थी तो वह सिर्फ लेखक था। चर्चित, सफल, प्रतिष्ठित लेखक। और मेधा लेखिका थी फकत। नहीं, गलत। उसके पास वह बहैसियत लेखिका नहीं, संवाददाता आई थी। कागज पर कलम साधकर उसने जो पहला सवाल पूछा, वही घिसा-पिटा था—"आप लेखक क्यों बने?"

साजन भाई ने वही बेधक जवाब दिया था—"औरतों को पटाने के लिए।" फिर झिझककर चुप होने, कनखियों से देखने, नजर नीची करके ऊपर उठाने तक का पूरा दृश्य अदा करने के बाद, भरपूर उसकी तरफ ताका था।

मेधा का चेहरा भावहीन था। न असमंजस, न कौतूहल, न ममता, कुछ नहीं। वह मन लगाकर उसका जवाब दर्ज कर रही थी। साजन भाई की आँखों में औसत से दोगुना खून उतर आया—साऽली! नाटक करती है।

मेधा ने आँखें ऊपर उठाई थीं। उसकी आँखों से मिलाई थीं और दूसरा सवाल किया था—"आप पात्र कहाँ से उठाते हैं? अपने आसपास से या किन्हीं खास हालात का इन्तजार करते हैं या...?"

उसका चेहरा अब भी किसी जज्बे का इजहार नहीं कर रहा था। न खिंचाव था, न खौफ और न कोई औचक चाहत।

साजन भाई और बेमुरव्वत हो उठा था—"क्या बेहूदा सवाल कर रही हो।" उसने कहा था।

"जो सम्पादक लिखकर देते हैं, वही पूछना होता है।"

"अजीब अहमक सम्पादक हैं।"

"जी।"

"तुम अपने सम्पादक को अहमक समझती हो?"

"सम्पादक हैं।"

"तुम्हारे हिसाब से सब सम्पादक अहमक होते हैं?" उसने चूहा-बिल्ली खेल खेला और अचरज के साथ देखा, वह सिर झुकाए कलम घसीट रही है।

"क्या कर रही हो?" उसके मुँह से निकला था।

"लिख रही हूँ।"

"क्या लिख रही हो?"

"जो आपने कहा।"

"छोड़ो उसे।" वह गर्माया था।

"तो मेरे सवाल का जवाब दे दीजिए। आप अपने पात्र कहाँ से उठाते हैं?"

साजन ने ध्यान से उसकी तरफ देखा था। चेहरे पर कोई चुहल? चोर नजर? नखरीली मुस्कराहट? तलब जगाती कोई शोखी? बदन में इतराहट या औरतनुमा बाँकपन? कुछ नहीं था। अब आँखों के साथ उसका पूरा बदन सुलग उठा।

"कहीं से नहीं उठाता," उसकी जबान से चिनगारियाँ उड़ने लगीं—"मेरे पात्र मेरे होते हैं, मेरे अपने गढ़े हुए। मैं उन्हें अपने इशारों पर उठाता, बैठाता, घुमाता हूँ। मन होता है तो जिलाए रखता हूँ, वरना मार देता हूँ। खुदा होता हूँ मैं उनका, समझीं। बड़ी लेखिका बनी फिरती हो। सवाल पूछ रही हो, प्राइमरी स्कूल के बच्चों जैसा। पात्र कहाँ से उठाते हैं। साला, कचरे के ढेर से पन्नियाँ उठाने का काम है?"

वह गुस्से में बक रहा था और मेधा, ठहरे पानी-सा बेलहर चेहरा लिये, लिख रही थी।

"कर क्या रही हो तुम!" वह गुर्राया था।

"लिख रही हूँ। तेज लिखती हूँ। शार्ट हैण्ड की जरूरत नहीं पड़ती," मेधा ने कहा था।

"बेहया औरत!" बेकाबू होकर, साजन ने कागज उसके हाथों से छीन, टुकड़े-टुकड़े कर दिए थे—"गेट आउट!"

वह चली गई थी।

बाद में अखबार के सम्पादक का फोन आया था। मेधा के लिए माफी माँगी थी और किसी दूसरे को भेजने का सुझाव रखा था। पर साजन अड़ गया था। उसी को वापस भेजो। उस लड़की...औरत...जो है, उसी को। पर इस बार सवालों की सूची नहीं पकड़ाओगे। वह अपनी मर्जी से पूछेगी। मंजूर हो तो भेजो वरना रखो अपनी टेंट में।

दोबारा, मेधा कागज-कलम के बजाय टेप रिकार्डर देकर भेजी गई थी। उसके आने का इन्तजार करता, साजन, कई बार परमानन्द की स्थिति में पहुँच लिया था। कैसी मुहर्रमी सूरत लिये आएगी बेचारी। कुछ तो मजबूरी होगी जो इतनी बेइज्जती सहकर दोबारा उसका इंटरव्यू लेने आ रही है। बड़ी लेखिका बनी फिरती है। एक अहमक सम्पादक से न कहने की हिम्मत तक है नहीं। है क्या बेचारी, एक अदना संवाददाता। अरे, काहे का दाता, प्राप्ता कहो, प्राप्ता। संवाद प्राप्ता। वह अपनी व्यंजना पर खुश, बिना ठहाके हँसा। शब्दों की भीख माँगने आ रही है पतुरिया...। दस गालियाँ दे लो, पैसे की खातिर पड़ी रहेगी जबान से कान सटाए। उसका निचला होठ लार से सनकर नीचे को लटक गया। थूक को उसने उगला नहीं, जबान पर लेकर, मुँह के भीतर फिरा लिया। औरत की फजीहत भी क्या 'काम' की चीज है। यूँ ही औरत को कामिनी नहीं कहते न! अब आएगी मान-मर्दित कामिनी तो बहुत प्यार से बात करेगा उससे। बात के अलावा कुछ करने की जरूरत महसूस नहीं हो रही थी। काफी रंजन हो चुका था।

वह आई तो चेहरा पहले की तरह निर्विकार था। हाथ जोड़ने की औपचारिकता पूरी करके टेप रिकार्डर उसके सामने मेज पर रख दिया था।

फिर एक पन्ना उसकी तरफ बढ़ाकर कहा था, "सवाल देख लीजिए। कोई जरूरी सवाल छूट गया हो तो जोड़ दूँगी।" साजन ने नजर डाली थी। ठीक-ठीक समाजोन्मुखी सवाल थे और वैसे ही जवाबों की माँग करते थे। मसलन, आप लेखन की सार्थकता किसमें देखते हैं? समाज के प्रति साहित्य का क्या दायित्व है? किस पाठक का चित्र आपके मन में होता है? वगैरह। साजन ने जवाब देने शुरू किए थे तो उसका सुर ऊँचा होता चला गया था। जवाब टेप होते रहे थे। मेधा ने आँखें बन्द कर ली थीं। जिस-तिस के खिलाफ फतवे देते, साजन भाई इस कदर मगन हुए कि मेधा की तरफ ध्यान, काफी देर बाद गया। लगा, वह झपकी ले रही है। तकरीर पूरी होने तक, उसने गम खाया। हाँ, मेधा को घूरता जरूर रहा। बात पूरी की तो तबीयत हुई, उसे ठोकर मारकर जगा दे। पर वह काफी दूरी पर बैठी थी। कुर्सी से उठकर उस तक जाने के लिए वह जैसे ही हिला, उसने आँखें खोल लीं। नाटक कर रही थी साऽली।

मेधा टेप रिकार्डर बन्द करने लगी थी।

"रुको!" साजन ने टोका था—"अब समष्टि से व्यक्ति पर आओ। उसके बिना इंटरव्यू पूरा नहीं होता।"

कुछ देर चुप्पी रही थी। साजन को अखरी थी और भाई भी थी। "सवाल पूछो!" उसने शह दी थी।

"कौन-सा?" मेधा ने पूछा था।

साजन को उसकी झिझक रिझा गई थी। चाव-भरी निगाह से उसका बदन टटोलकर बोला था—"जिसमें तुम्हें दिलचस्पी हो वही पूछो। सम्पादक ने कहा नहीं, अपनी मर्जी के सवाल पूछने को?"

"मेरे लिए यह काम है। इसमें मेरी मर्जी या दिलचस्पी नहीं है।" मेधा ने सपाट कहा था।

"दिलचस्पी नहीं है तो काम करने निकली क्यों हो? घर बैठकर पति को रिझाओ, खाना बनाओ, स्वेटर बुनो। उठाओ यह तामझाम, छोड़ो नौकरी का नाटक।" साजन एकदम नाटक के बाहर निकल आया था।

"देखिए," मेधा ने नरमाई से कहा था—"लोगों की दिलचस्पी आपके जवाबों में है, मेरे सवालों में नहीं। फिर भी पूछे लेती हूँ। आप लेखक क्यों बने?"

"बतला चुका हूँ।"

"आप पात्र अपने जीवन से उठाते हैं या..."

"शट अप!" साजन ने डपटा तो मेधा चुप हो गई थी।

चुप रही थी।

चुप रहती गई थी। लगा था, आँखें खोले-खोले सो गई।

"तुम्हारे बस का कुछ नहीं है," साजन भड़क उठा था—"जाओ, घर जाकर अचार को धूप लगाओ।"

मेधा चुपचाप हाथ जोड़ टेप रिकार्डर उठाकर बाहर निकल गई थी। बाद में सम्पादक ने बतलाया था, मेधा के लिए नौकरी शौक नहीं, जरूरत थी। पति से उसका तलाक हो चुका था। चार साल का बच्चा साथ था।

"तलाक। हुँह! पश्चिमी लफ्फाजी! सीधा कहो, छोड़ी हुई औरत है। परित्यक्ता!" लफ्ज को थूकते-थूकते उसने अपना मर्दों की बैठकवाला ठहाका बुलन्द किया था, जिससे वह टूटकर, परि-तक-ता की ताल पर ऐसे बजा था, जैसे माँ-बहन की गाली हो।

"साजन भाई आजकल..." सम्पादक ने हल्का प्रतिवादी सुर उठाया पर वह सम पर आने से पहले टूट गया क्योंकि उधर साजन लरज रहा था, "अपनी उस परि-तक-ता को इंटरव्यू की टंकित प्रति लेकर भेजो मेरे पास। सही करूँगा तब छपेगी।"

इस तरह मेधा तीसरी बार साजन के पास पहुँची थी।

"आइए-आइए मेधा जी!" साजन भाई ने गर्मजोशी से स्वागत किया था, "क्या लिख रही हैं नया आजकल? बड़े चर्चे हैं भई आपके।"

मेधा संकुचित नहीं हुई थी। नजर से नजर मिलाकर कहा था—"उपन्यास पूरा किया है।"

"लिख मारा! क्या आत्मकथा?"

"सब लोग वही तो लिखते हैं।"

"सब नहीं सिर्फ औरतें। आत्मकथा को उपन्यास क्यों कहती हैं? इतना डर क्यों?"

"घटित के अलावा और बहुत कुछ लिखा जाए तो उसे आत्मकथा कैसे कहें?"

"अरे जाओ! किसे हाँक रही हो। हम घाट-घाट का पानी पिये हुए हैं।"

साजन की लप-लप करती आँखों में कौंधती कामना ने मेधा के बदन का जायजा लिया। निचला मांसल होठ आप से आप निकलकर नीचे लटक आया। अब वह साड़ी का पल्लू ठीक करेगी। वक्ष को ढकने के चक्कर में और उभार देगी। दूर जाने की कोशिश में बदन खींचेगी तो और उद्दीपक नजर आएगी। सोचकर, साजन ने गीले होठों पर जबान फेरी और मुँह में थूक घुमाया। मेधा ने थैले में से कागज निकालकर उसके सामने रख दिया, कहा, "देख लीजिए।" साजन ने सरसरी निगाह उन पर डालकर कहा, "दो-चार दिनों में ले जाना। अभी चलो, हम तुम्हारा इंटरव्यू लें। कहो, तुम लेखिका क्यों बनीं? किसलिए लिखती हो तुम?"

"पता नहीं," उसने कहा, "अब तक जान नहीं पाई हूँ। जब पता चल जाएगा..." वह चुप हो गई। चुप्पी खिंचती गई।

"और पात्र कहाँ से उठाती हो? बेडरूम से?" साजन ने पूछा।

काफी देर तक मेधा उसकी आँखों में गहरे ताकती रही। पर उसकी दृष्टि का मतलब साजन की पकड़ में नहीं आया। वह असमंजस में पड़ गया। यह औरत है या मौन की शिला? मौन नहीं, बर्फ की शिला कहा जाता है, उसके मन में बजा। साऽली, पश्चिमी लफ्फाजी। छूटे नहीं छूटती, काफिर, मुँह को लगी हुई। तभी मेधा बोल पड़ी—"मुझे लगता है, मेरे सब पात्र मेरे ही अलग-अलग रूप हैं।"

"अच्छा?" साजन ने हिकारत से कहा, "भगवान हैं आप?"

"नहीं, पर..." मेधा सोचकर बोली, "हम लिखते या रचते क्यों हैं? भगवान से होड़ लेने के लिए ही न...नहीं?"

"नहीं। मैं खुदाई लफ्फाजी का कायल नहीं हूँ। समाज की बात करो। उसके दु:ख-दर्द के बारे में सोचा है कभी?"

"दु:ख-दर्द," उसने दोहराया। अलग होते ही दोनों शब्द अर्थ पा गए।

"सोचा तो अजनबियों के बारे में जाता है," उसने जोड़ा—"वे तो मेरे अपने हैं। उन्हें महसूस करती हूँ।"

"वाह!" साजन ने ठहाका लगाया—"बोल तो अच्छा लेती हो। पहले तो ऐसे जता रही थीं जैसे मुँह में जबान न हो।"

"सॉरी!" उसने कहा। पर लगा नहीं, वाकई खेद था। "सच यह है," वह कहती गई, "अभी मेरे पास किसी सवाल का जवाब नहीं है। जब हो जाएगा... देखो..." वह देर तक उसकी आँखों में आँखें डाले, सोच में डूबी उनके परे देखती रही।

साजन की आँखों में हिंसा की लौ ऊपर-नीचे होती हुई, बुझने लगी। भरसक, उसे उकसाकर, उसने कहा, "पहले दिन तुम्हें देखा, तभी लगा था, तुम्हारे साथ एक जोरदार अफेयर होकर रहेगा।"

अब तो चौंककर खिंचेगी परि-तक-ता इस तरफ या उस तरफ।

मेधा की नजर दूर से पास आकर उसके बदन पर उसी तरह घूमी, जैसे उसकी मेधा के बदन पर घूमी थी। धीरे-धीरे रेंगकर, जायजा लेती हुई। साजन बुरी तरह सकुचा उठा था। अपनी बदशक्ली का इतना हैबतनाक अहसास उसे पहले कभी नहीं हुआ था।

मुद्दत बाद उसने गर्दन ऊपर की थी और कहा था—"चलूँ। कागज लेने कब आऊँ?"

"अभी ले जाओ!" साजन ने जल्दी से वक्तव्य के आखिरी पन्ने पर दस्तखत किए थे और उसे पकड़ा दिए थे।

वह चली गई थी।

उसके कुछ दिन बाद मेधा नौकरी और शहर छोड़कर चली गई थी। नौकरी उसने मर्जी से छोड़ी या मजबूरी में, समझदार जन खुद समझ लेंगे।

एक छोड़ी तो नए शहर में दूसरी पकड़ी। दाना, पानी, घरौंदा और बच्चे के लिए स्कूल, इनका जुगाड़ करने के लिए नौकरी जरूरी थी। कई छोटे शहरों और कस्बों में रहकर उसने मामूली क्लर्कनुमा नौकरियाँ कीं और लिखती रही। वह जान गई कि लिखना भी एक किस्म की मजबूरी थी। प्रभु

इच्छा या संयोग से उसका जन्म हुआ तो सेहत और शक्ल-सूरत औसत मिली, पर संवेदन-शक्ति और सौन्दर्यबोध औसत से कुछ ज्यादा। वह सिर्फ जीने पर नहीं, औरों के जिए को अपनी शिराओं में महसूस करने पर भी मजबूर थी। लेखन उसके जीवन का केन्द्र नहीं था। यानी जीवन जीने के लिए वह उसका इस्तेमाल नहीं करती थी। पर जो केन्द्र था, जिसके लिए हर दुख झेल लेती थी और हर सुख छोड़ने को तैयार थी, उसके रहने पर भी लिखा तो इसलिए कि सुख को थोड़ा-बहुत बढ़ा सके। फिर केन्द्र के न रहने पर भी लिखती रही तो शायद अकथनीय दुःख को कथनीय बनाने के लिए। कोई ठीक उत्तर मिले बगैर पन्द्रह एक बरस बीत गए। उसने पाया, लिखना मजबूरी से बदलकर आदत बन चुका था। इस बीच, वह भी मेधा से बदलकर मेधा दी बन गई थी। पर नामवर साहित्यकारों की सूची में उसका नाम हाशिए से हटकर अधबीच नहीं आ पाया था।

प्रभु इच्छा मानिए या संयोग या चाहे तो कुछ और, उसकी हर किताब की पहली समीक्षा साजन करता। बहुत महीन नक्काशी के साथ, शब्दों की आड़ में अर्थों से खिलवाड़ किया जाता। सन्दर्भ से तोड़कर, चार-छह वाक्य, यहाँ-वहाँ से इकट्ठा किए जाते और उन्हें पुस्तक का सत्त्व घोषित कर दिया जाता।

मेधा को बड़बोला, फेमिनिस्ट, व्यक्तिवादी, मध्यवर्गीय, आध्यात्मिक आदि में से कुछ नाम देकर उसकी खिल्ली उड़ाई जाती। साहित्यिक तत्त्व गौण होते-होते अनहुए हो जाते। किसी थोपे हुए जीवन-दर्शन के तहत उसे समाज से विमुख साबित कर दिया जाता।

फिर साजन इन्तजार करता कि चोट खाई मेधा अपने जख्मों की नुमाइश करती दिखेगी और उसका मनोरंजन करेगी। वैसे असली मजा उसे लोगों को ऊपर उठाकर नीचे गिराने में आता था। पर मेधा ने ऊपर उठने के लिए उसके घुटनों का सहारा लेने से इनकार कर दिया था। इनकार भी ऐसा घुन्ना कि घुटने आगे करने से पहले सिकोड़ लेने पड़े थे। मजबूरन दोयम रोमांचवाले खेल से सन्तोष करना पड़ रहा था। ऊपर चढ़ाकर पटाक से नीचे फेंक नहीं सकता था तो पहली सीढ़ी पर पाँव रखते ही, लात मारकर नीचे धकेलते तो रह सकता था। वही सही।

हाँ, यह बतलाना भूल गई कि इस बीच ठीक वक्त पर साजन लेखन का रास्ता काटकर प्रकाशक और आलोचक बन गया था। ज्यों ही उसके भीतर का तेजाब लेखकीय अभिव्यक्ति में दोहराया जाने लगा, उसने शीशे में आए बाल को ताड़कर, सामाजिक हित में, प्रकाशन का भार सँभाल लिया था। आलोचना लिखना हर वानप्रस्थी लेखक का स्वधर्म होता ही है तो वही उससे क्यों कतराता। दोनों पेशों में खूब सफलता मिली। सफलता की शर्त है ठीक वक्त पर ठीक कदम उठाना। साजन मँजा हुआ खिलाड़ी था। जिन्दगी का खाका उसने खूब सोच-विचारकर बनाया था। अपना लिखे या दूसरों पर लिखे, रहना उसे सुर्खियों में था और दूसरों को हाशियों पर। वही हो रहा था। नोट किया आपने? इस बार मेधा पर ज्यादा कहा गया, साजन पर कम। हिसाब बराबर।

अब सवाल यह उठता है कि पन्द्रह साल बाद मेधा दी साजन भाई का इंटरव्यू लेने, अपने फटीचर कस्बे की लीचड़ नौकरी छोड़कर राजधानी कैसे आईं? साजन भाई के इंटरव्यू तो खैर होते रहते थे। पर लेने के लिए मेधा क्यों? और कैसे?

हुआ यह कि प्रभु-इच्छा कहें या संयोग (देखती हूँ यह कहानी भारतीय संस्कृति से ज्यादा ही आक्रान्त हुई जा रही है। आप चाहें तो तीसरा विकल्प ढूँढ़ लें।) अस्सी के आसपास हिन्दी साहित्य लेखन में महिलाएँ एकजुट होने लगीं। देखते-देखते फेमिनिस्ट शब्द गाली से इतर भी मायने रखने लगा। जोश में आकर कुछ महिला साहित्यकारों, पत्रकारों और आन्दोलनकारियों ने एक पत्रिका निकाल डाली। चंडी या दुर्गा जैसा कुछ नाम था। मेधा की भी जरूरत पड़ी उसी सिलसिले में। अपनी मेधा दी को आजकल के चर्चित लेखकों के इंटरव्यू लेने का काम सौंपा गया। उनकी नारी सम्बन्धी दृष्टि वगैरह को लेकर। साजन भाई ठहरे चर्चितों में चर्चित। सो, उनका इंटरव्यू होना ही था।

मेधा दी साजन भाई का इंटरव्यू लेने उसके दफ्तर पहुँची तो वह उसे पहचान नहीं पाया। पहले से इत्तिला न रही होती तो वह मानता नहीं कि वह औरत मेधा थी।

खिचड़ी बाल, पिचका रूखा चेहरा, पतले कागज-सी खरखरी त्वचा, पत्थर आँखें और हड्डी निकले बदन पर लिपटी कभी सफेद रही भूरी साड़ी।

वह उसके सामने बैठ गई। आँखें उस पर टिका दीं। टिकाए रही। उसे याद आया ये वही आँखें थीं जो भर्त्सना और अवमानना के साथ उसके बदन का जायजा लेतीं, सिर से पैर तक घूमी थीं। याद क्या आना था, वह भूला कब था। अब वे आँखें एकदम स्थिर थीं। लोहे की कँटिया की मानिन्द उन्होंने उसकी चमकीली आँखों को जकड़ रखा था

साजन भाई ने गला खँखारा। चुप्पी टूटी तो लोहे की कँटिया आँखों से हटकर उसकी गर्दन में लिपट गई। उसका दम घुटने लगा।

ढीले कुरते को गर्दन से थपथपाकर उसने और ढीला किया। लम्बी साँस खींचकर धीरे-धीरे बाहर छोड़ी और कहा, "टेप रिकार्डर?" अपनी आवाज सुनकर वह आश्वस्त हुआ। हमेशा की तरह दमदार थी। मेधा ने हरकत नहीं की।

साजन ने फिर गला खँखारा। उसे दिखलाकर कलाई घड़ी देखी और कहा, "लगाइए। जरा जल्दी। मेरे पास वक्त क़म है।"

"जरूरत नहीं है।" मेधा फुसफुसाई।

"यह आप तय करेंगी या मैं?" साजन तुनका।

"मैं!" मेधा ने इतनी दृढ़ आवाज में कहा कि साजन सकपका गया। पल भर चुप रहकर बोला, "आप जाइए, मुझे इंटरव्यू नहीं देना।"

"देख लीजिए। नामी लेखकों की फेहरिस्त से आप अकेले छूटे रह जाएँगे।"

मेधा की आँखें उसकी गर्दन पर कस गईं। साजन को महसूस हुआ उसका गला दबाया जा रहा है।

उसने फिर गर्दन के ऊपर से कुरता ढीला किया।

मेधा चुप, बेहरकत बैठी रही। जैसे उसके पास कयामत तक इन्तजार करने को वक्त था।

बर्फ की सिल्ली। साऽली। अँग्रेजी का मुहावरा भूलकर नहीं देता, वरना कहाँ की बर्फ? यहाँ की गर्मी में कब की पिघल ली होती। यह तो पत्थर की शिला है। अहल्या। राम के चरण-स्पर्श की प्रतीक्षा में युगों तक यहाँ धरी रहेगी। जाएगी तो मुझे साथ लेकर।

रसहीन, भावहीन चुप्पी कब तक झेल सकता है आदमी? साजन भाई जैसा आदमी? "चलो सवाल करो।" अनचाहे, उसके मुँह से निकल गया।

मेधा ने एक टंकित पर्चा उसके आगे सरका दिया। साजन ने सरसरी निगाह उस पर दर्ज सवालों पर डाली। ठीक-ठाक सवाल थे। जो हमेशा पूछे जाते थे वही। नारी की स्थिति, स्त्री विमर्श, स्त्री और दलित साहित्य की उपेक्षा, नारी-मुक्ति का देशज सन्दर्भ, वही सब।

"ठीक है," उसने ठसके से कहा, "आप एक-एक करके सवाल पूछिए। जवाबों में स्वाभाविकता बनी रहती है। लिखकर मुझे दिखला दीजिएगा। मेरे दस्तखत होने पर ही छपने जा पाएँगे।"

"जरूरत नहीं है।" मेधा ने कहा।

"क्या मतलब..." साजन हकला गया।

"जवाब भी हैं साथ।" उसने एक फर्मा उसके आगे कर दिया।

"क्या है यह?"

"जवाबों की जीरोक्स कापी करवा रखी है। आपको बस इस पर दस्तखत करने हैं।"

"क्या बक रही हो?" साजन गुर्राया।

"मैं जानती हूँ, आप सबके जवाब एक ही होंगे। इसलिए तैयार करवा लिए हैं। यह देखिए, काफी प्रतियाँ हैं।" उसने एक फाइल उसे दिखलाई— "आप सही कर दें, बस।"

"समझ क्या रखा है तुमने मुझे?" साजन चीखा।

"एक जीरोक्स कॉपी।"

"क्या?"

"जी। जीरोक्स कॉपी।" अब मेधा हँस दी। ठहाका मारकर नहीं, धीमे से। अपनी आँखों की लोहे जैसी कँटिया उसकी आँखों में फँसाए रखकर। हँसी से बिंधकर शब्द चिथड़ गया। जीरो-अक्स। हँसी ने, पत्थर बनी आँखों से बरसों से जमा हिकारत का लावा बाहर निकाल दिया। वह हँसती रही। रुक-रुककर। निमिष भर को रुकती, साजन की साँस में साँस आती कि वह फिर हँसने लगती।

आँखें गरम लावा छिटकतीं, उसके बदन पर घूमती रहीं। रुक-रुककर हँसी का साथ देती हुई।

साजन ने देखा, वह कुर्सी से उठकर धीमे चलती हुई उसके पास आ गई। उसके मरियल, सूखे हाथ लोहे की सलाखों की तरह उसकी छाती पर जकड़ गए। वहाँ से हटकर, कन्धों पर। फिर गर्दन पर। बड़ा खौफनाक मंजर था। थरथराती हँसी थी कि थमने का नाम नहीं ले रही थी। रुक-रुककर ठनक उठती थी और हर ठनक कहती थी, जीरो-अक्स। जीरो-अक्स।

साजन ने अपनी बलिष्ठ बाँहों से धकेलकर उसे हटाना चाहा पर मेधा की बर्फीली बाँहों में पत्थर की तासीर थी। उनकी जकड़ बनी रही।

ठीक किस क्षण साजन भाई ने मेधा दी का गला दबाया, कहा नहीं जा सकता। जैसा पहले कहा गया था जब तक रागिनी ने पन्ना टाइपराइटर से निकाल मुँह ऊपर उठाया, गर्दन टीपी जा चुकी थी। मेधा दी अपनी कुर्सी पर निढाल पड़ी थीं।

जी हाँ, वह साजन के आसपास फर्श पर पड़ी नहीं पाई गई थीं। सामने वाली कुर्सी पर थीं और साजन पास खड़ा था। रागिनी ने ही नहीं और बहुतों ने देखा था।

लोगों की आवाजाही के बीच साजन अब भी अपनी गर्दन पर उसके सर्द सख्त सूखे हाथ महसूस कर रहा था। और सोच रहा था मैंने तो इसे बहुत पहले मार दिया था। इसकी भटकी आत्मा यहाँ कैसे चली आई? इस चुड़ैल के चंगुल में फँसकर मैं खुदकुशी पर कैसे उतारू हो गया?

फिर भी वह घबराया नहीं। उसे यकीन था जिन्दगी-भर की उसकी जोड़-तोड़ बेकार नहीं जाएगी। साबित कुछ हो, न हो, अपने समाज की हर कचहरी, अदालत से वह बाइज्जत बरी हो जाएगा।

होगा या नहीं, यह तय करना, मैं आप पर छोड़ती हूँ।

# इक्कीसवीं सदी का पेड़

**पेड़** को नहीं मालूम था, इक्कीसवीं सदी आएगी, आ गई। जब उसने उगना शुरू किया तो बीसवीं सदी थी या उन्नीसवीं, उसने पता करने की कोशिश नहीं की थी। पेड़ों को सदियों से क्या लेना-देना! सौ-दो सौ साल कुछ नहीं होते उनके लिए। उन्हें वहीं के वहीं खड़े रहना होता है, जड़ें जमाए। चाहे जितने साल बीतें। गर्दन ऊँची और कन्धे चौड़े करते जाने की छूट है, पर पैर में चक्कर पालने की नहीं। पेड़ कद निकालता है, मांसपेशियाँ बनाता है, लम्बा, चौड़ा, मोटा, होता है, एक सेहतमन्द गदबदे बच्चे की तरह, पर बड़े होने पर आवारागर्दी करने निकल जाना उसके स्वभाव-संस्कार में नहीं है। उम्र कितनी बढ़े, उसका काम नहीं बदलता और न कम होता है। पेड़ भी भला रिटायर होते हैं! पाँच साल गुजरें या पचास या पाँच सौ, वह अपना काम करता रहता है। वही परिन्दों को ठौर देना, दरिन्दों को छाँव। पत्तियाँ झाड़कर मिट्टी को उर्वर बनाना, नमी फैलाना, फल-फूल खिलाना, बीज बनाकर नए पौधे अंकुरित करना, पत्ते-टहनियों में हवा फँसाकर संगीत पैदा करना। कोई-कोई पेड़ खुशबू भी फैलाता है। संशोधन : कोई नहीं, हर पेड़ खुशबू फैलाता है, भीनी हो या घनी। गन्ध लोगों तक पहुँचे,

न पहुँचे, यह उनकी घ्राण शक्ति पर निर्भर है। आपने महसूस किया होगा...न भी किया हो...ध्यान देंगे तो करेंगे कि शोर के बीच आवाज ही नहीं गन्ध भी हम तक नहीं पहुँचती। कूड़ा-कर्कट फैला हो तो हम सुरों में बँधी महीन आवाजें सुन नहीं पाते। शोर और कूड़ा पेड़ों की तान और महक को खतरे में डाल देते हैं। परिन्दे-दरिन्दे फिर भी सुन-सूँघ लेते हैं, असल दिक्कत इनसानों को होती है।

दिन में पेड़ योगाभ्यास करता था। श्वास-प्रश्वास की प्रक्रिया में गहरे खींचकर हवा पेट में भरता। फिर पेट पिचकाकर, देर तक, धीमे-धीमे साँस बाहर फेंकता। गहराई से निकालकर बाहर फेंकी गई साँस को वैज्ञानिक ऑक्सीजन कहते थे। रात में पेड़ हँसता था। दिन भर के देखे इन्सानी कारनामे वह याददाश्त में जमा कर रखता। सूरज छिपने के बाद उन्हें नाटक के दृश्यों की तरह सिलसिलेवार याद करता और मजे लेकर हँसता। उसकी हँसी से निकलते उच्छ्वास को वैज्ञानिक कार्बनडाईऑक्साइड कहते थे।

पेड़ खुद कहीं नहीं जाता था, पर चिड़ियाँ दूर-दूर से घूम-फिरकर उसके पास आती थीं। जितनी चिड़ियाँ उतनी बातें। शाम घिरते ही दाना चुगने गई चिड़ियाँ पेड़ को आतीं। कानाबाती करने को आकुल मर्द-औरतों की तरह, वे जमकर बैठने से पहले ही पर-बेपर की उड़ाने लगतीं। पूरा मंजर उनकी चहचहाहट से भर जाता। पेड़ हर कुछ पर यकीन नहीं करता था। कहीं जाता भले न हो, कद इतना ऊँचा कर चुका था कि काफी दूर तक ऊपर-नीचे देख लेता था। पर-बेपर की शिनाख्त कर सकता था। कहकहाकर जब चिड़ियाँ शान्त हो जातीं तब रात के अँधेरे में वह उनकी बातें याद करके हँसता था।

प्रवासी पंछी सैर करते, जाने कहाँ से कहाँ निकल जाया करते। महीनों गुजर जाते पर वे लौटकर आते जरूर। यायावर की यही सिफत होती है, वे कहते, वह संन्यासी नहीं होता। भ्रमण चाहे जितना करे, लौटकर जरूर आता है। वे जो किस्से सुनाते, क्या बतलाएँ। कभी-कभी तो हतप्रभ पेड़ देर रात तक हँसना भूल जाता। फिर जो हँसता तो अट्टहास करके। तभी न सर्दियों में हवा में कार्बनडाईऑक्साइड की मिकदार भक्क से बढ़ जाया करती थी।

ऐसा नहीं है कि परिन्दों के तमाम किस्से तमतमाने या हँसानेवाले होते थे। कभी-कभी वे पुरसुकून खबरें भी दिया करते थे। एक दिन सर्दी के तीन महीने, जनवरी-फरवरी और मार्च दक्षिण में बिताकर, एक कोयल उत्तर देश लौटी तो ऐसी कहानी सुनाई कि पेड़ की बाछें खिल गईं। उसने बतलाया कि दक्षिण के शहर में जब सड़क बनाई गई तो ऊँचे-ऊँचे दरख्तों को बचाकर, घुमा-फिराकर निकाली गई। और तो और जब कई मंजिला मकान बना तब भी पेड़ों का पत्ता बाँका न हुआ। छज्जे में अर्धचन्द्राकार गोलाइयाँ काटकर पेड़ों के तनों की जगह दी गई और वे तीसरी-चौथी मंजिलों के घरों की छतों को छाँव देते खड़े रहे। क्या-क्या नाज नहीं उठाए इनसानों ने पेड़ों के।

वाह! उस रात पेड़ कम हँसा। दिल को ऐसा सुकून मिला कि अपनी हवा का आनन्द खुद लेने का मन हो आया। भला हो, सबका भला हो। ऐसा सुर उठा कि उसे झपकी-सी आ गई। वैज्ञानिकों ने उस रात परीक्षण किया होता तो कहते, कुछ पेड़ रात को भी ऑक्सीजन छोड़ते हैं। कहा तो था, पीपल के पेड़ के लिए। वह यही पेड़ था। बाद में प्रयोगशालाओं में परीक्षण हुए तो विभ्रम पैदा हो गया। सो, बहस जारी है। वैसी खुशनुमा रात लौट-लौटकर नहीं आई न।

पेड़ अपना काम करता रहा, वक्त अपना। बिना रुके, वक्त आगे बढ़ता गया। पेड़ वहीं खड़ा गुजरे वक्त को देखता रहा। वक्त गुजरा तो गलियों के बजाय सड़कें, सड़कों के बजाय हाइवे और फ्लाईओवर बनने लगे। गलियों से भी पहले पगडण्डियाँ हुआ करती थीं। सड़कों के किनारे पेड़ नहीं उगाए जाते थे। पेड़ों के बीच में पाँव-पाँव चलने लायक रास्ता बनाया जाता था। जैसे-जैसे पेड़ मारे जाते गए, रास्ता सड़क बनता गया। फिर भी लोग कहते, छायादार सड़क, ठंडी सड़क। यानी पेड़ पहले, सड़क उनकी छाया में। फिर हाइवे और फ्लाईओवर बने, पेड़ हाशिए में खड़े दिखने लगे। फिर भी जो बचे रहे, पेड़ों की तरह ही बने रहे।

पेड़ कुछ-कुछ भगवान की तरह होते हैं। अनादि नहीं, पर अनन्त अवश्य। हम जानवरों की तरह उनकी आयु निर्धारित नहीं होती। हर साल, एक साल उम्र बढ़ती है, पर खत्म नहीं होती। पेड़ खुद मरते नहीं, पर मारे

जरूर जा सकते हैं। कई बार कातिल पेड़ काटकर जड़ें वहीं छोड़ जाते हैं। तब कभी-कभी उनमें से दोबारा पत्ती-टहनी फूट पड़ती है। जड़ से उखड़कर तो भगवान भी...

जैसे-जैसे सड़कों को चौड़ा और इमारतों को ऊँचा करता वक्त गुजर रहा था, एक नई शै हवा में घुलने लगी थी। अनचीन्ही-सी बू। अकेलेपन की। सदी के शुरू में कोई अकेलेपन का नाम लेता तो पेड़ फौरन कहता, पेड़ भी कहीं अकेले होते हैं! जहाँ तक निगाह डालो और उम्र के साथ कद बढ़ने पर निगाह जाती भी दूर तक है, पेड़ ही पेड़ नजर आते हैं। एक की साँस दूसरे तक पहुँचे तो कहने-सुनने की जरूरत नहीं रहती। पर अब...जवाबी साँसों को महसूसना मुश्किल होता जा रहा था। तो क्या हुआ? पेड़ अकेला थोड़ा हो गया। निगाह दूर से हटाकर नीची करता है तो कितने लोग चलते, दौड़ते दीखने लगते हैं। दौड़ने का चलन नया है। पहले लोग कितने भी फुर्तीले क्यों न हों, चाल को दौड़ में नहीं ढालते थे। अब भी काम पर जानेवाले लोग नहीं दौड़ते। दौड़ते वही हैं जो महज दौड़ने को निकलते हैं। बस पकड़ने वालों को छोड़कर। पर वह छलाँग-भर की दौड़ होती है, कवायद या रेस वाली नहीं। पेड़ सब जानता है। खैर, जाते हुए जो जैसे जहाँ जाए, लौटते हुए उसकी छाँव में ठिठके बगैर नहीं रह पाता। कुछ लोग बाकायदा बैठकर सुस्ताते हैं, कुछ सिर्फ चाल धीमी करके लम्बी साँसें भर लेते हैं। उनकी साँसों और पदचापों की आवाजें भी चिड़ियों की चहचहाहट की तरह, उसकी शाखाओं से गुजरती हवा के सुरों के साथ संगत बिठला लेती हैं। फिर पेड़ अकेला क्यों महसूस करे?

सैर करनेवाले लोगों में उसे सबसे अच्छे, बूढ़ों का हाथ थाम जाते छोटे बच्चे लगते हैं। पता नहीं क्या बात है कि जितना बूढ़ा आदमी हो, उतने ही छोटे बच्चे की अँगुली पकड़कर घुमाने ले जाता है। घुटलियाँ छोड़ तभी-तभी पैरों पर चलना सीखे बच्चे को डाँवाँडोल होने से बचाने के लिए, बूढ़े जिस तरह दोहरे होकर कद बच्चे के बराबर बनाते, उसे देख पेड़ को बड़ी ममता हो आती। वह और गहरे खींच प्राणवान साँसें छोड़ता। बूढ़ों के चेहरे खिल उठते। कहते, अरे, अचानक कैसी ठंडी हवा चल पड़ी, नहीं? पेड़ की साँसें

और गहराती, दुलारती, यहाँ तक कि हवा पैदा करते-करते, वह खुद झूम उठता। उसके देखते-देखते बच्चे कद निकालते और एक दिन दौड़ने वालों में शामिल हो जाते। उनकी जगह नए बच्चे आ जाते; पुराने बूढ़ों की जगह नए बूढ़े ले लेते।

यूँ वक्त गुजर रहा था कि एक दिन एक बदहवास चिड़िया उसके पास आई। कहाँ तो दूर-दराज चीन देश से। उसकी कहानी सुनकर पेड़ दंग रह गया। चीन देश में वह अकेली चिड़िया बची थी। गुलेल का पत्थर बाल भर की दूरी से निकल न गया होता तो वह भी ढेर हो गई होती। वह उड़ निकली। दिन भर किसी चौड़े पत्तोंवाले पेड़ में छुपी बैठी रहती, अँधेरा घिरने पर उड़ पड़ती। पेड़-से-पेड़ तक छिपती-उड़ती वह सरहद पार कर यहाँ आ पहुँची।

पर बाकी चिड़ियाँ? वे क्यों मारी गईं? पेड़ ऑक्सीजन-भरी साँसें फेंककर साँस छोड़ती चिड़िया को सहेजता रहा और खुद से सवाल करता रहा। उससे क्या पूछना! साँस पर काबू रहा तो खुद बतलाएगी। उसने बतलाया। रुक-रुककर। चीन में हुक्म हुआ कि खेती की पैदावार बढ़ानी है। चिड़ियाँ अनाज खा जाती हैं, इसलिए उन्हें मार गिराना है। हर किसान का, हर चीनी नागरिक का फर्ज है, वह चिड़ियाँ मारे। वे मारने लगे। चिड़ियाँ खत्म होने लगीं।

हो गईं। "बस मैं बच निकली, यहाँ तक पहुँचने में सालों लग गए," चिड़िया ने डैने फड़फड़ाए, खुलकर साँस ली और हँस दी।

हँसी क्यों? पेड़ ने सोचा।

"बदला ले लिया हमने," चिड़िया ने कहा, "चिड़ियाँ नहीं रहीं तो एक फसल तो बढ़िया गई, फिर कीड़ों की फौजें फसल पर टूट पड़ीं। तरह-तरह के कीड़े, दिन-दूने, रात-चौगुने बढ़ने लगे। चिड़ियाँ थीं तो कीड़ों की आबादी पर काबू रखती थीं। अन्न खाती थीं मुट्ठी भर, कीड़े मन भर।"

हुक्मरान नहीं जानते थे, चिड़ियों के न रहने पर ऐसा कहर टूटेगा? इतने बेवकूफ हुक्मरान? बेवकूफ नहीं मगरूर, चिड़िया ने समझाया। जब कोई आदमी समझता है कि उसके हर हुक्म की फौरन तामील होगी, उलटा-सीधा जैसा भी हो, तो उसकी दूर की नजर धुँधला जाती है। गरूर के परदे के पीछे से उसे पास का ही दिखता है, दूर का नहीं। उसने हुक्म दिया, चिड़ियाँ मारो।

जितना सोचा न था, उतना आदेश पालन हुआ। आँख-दिमाग मूँदकर, हर कोई उसकी बात पूरी करने दौड़ा। घमंड और बढ़ा। परदा और गाढ़ा हुआ। और अँधेरे में चमकती अपनी तसवीर से चकाचौंध होकर, वह आनेवाले दिनों का हिसाब रखना भूल गया। भूल गया कि जल्दबाजी में दिए गए हुक्म की झटपट तामील उसे और गाफिल बना देती है।

अरे, कमाल की जहीन हो तुम तो, पेड़ ने उसमें और साँस भरी, उसे सहेजा-सँभाला, पत्तों की ओट में महफूज रखा। रात में हँसते हुए भी खयाल रखा, चीनी चिड़िया देशी चिड़ियों के साथ पत्तों के बीच सोई हुई है ना। नीचे न उतर आए कहीं, विदेशी ठहरी। विषाद भरी हँसी से झरता कार्बनडाईऑक्साइड, ऑक्सीजन की तरह हल्का नहीं, बमबारी की तरह भारी होता है। ऊपर से नीचे गिरता है। चिड़ियाँ ऊपर सलामत रहती हैं।

वह क्या जानती नहीं होगी। कितनी तो चतुर थी। बचती-बचाती, चीन से यहाँ तक जिन्दा उड़ आई थी। अब धीरे-धीरे वह दानिशमन्द, अपनी जिन्दगी के गमजदा हादसे को फलसफे में तब्दील कर लेगी। भूलेगी नहीं, कोई नहीं भूलता, पर यादगार पर मकबरा जरूर खड़ा कर लेगी। फिर वह अकेली नहीं रहेगी। किसी को अकेले नहीं रहना चाहिए। यहाँ से कोई संगी ढूँढ़, घर बसा लेगी। वाह, फिर तो एक नई नस्ल तैयार होने लगेगी।

पर चिड़िया ने घोंसला नहीं बनाया। जहीन जितनी रही हो, दिल से खाली हो चुकी थी। इतनी मेहनत से बचाई जान को कुछ दिन पेड़ से लगाए सहेजे रखा। फिर एक सुबह चुपचाप नए देश की मिट्टी में जा गिरी।

पेड़ डर गया।

अगर चिड़िया नई नस्ल शुरू करने की हिम्मत कर लेती तो वह निडर बना रहता। जैसे एक बेवकूफी भरी बेदिली को जिन्दा जवाब मिलने से, आगे आने वाली दरिन्दगी से लड़ने का जज्बा पैदा हो जाता। पर दरिन्दगी वह क्यों कहे, पेड़ ने सोचा, वह कुनाम तो दो पैरों पर चलनेवाले 'आदमी' का दिया हुआ है। दरिन्दे, बेचारे उतना जुल्म कहाँ करते हैं, जितना इनसानी हुक्मरान। उतना लम्बा-चौड़ा प्रभाव क्षेत्र ही कहाँ होता है, किसी चौपाए के पास। रिहाइशी जंगल बड़ा हो तो भी, अमलदारी सीमित रहती है। इन्सान का

ही माद्दा है कि अपना इकबाल-जलाल कहाँ-से-कहाँ तक फैला ले। एक बार में जंगल-के-जंगल, बस्ती-की-बस्ती तहस-नहस कर डाले। आने वाली दरिन्दगी से नहीं, इन्सानगी से हमें बचा, ऐ खुदा। पर सुना है, खुदा मर चुका? नहीं, यह भी इन्सानगी का दावा है। जैसे पेड़ नहीं मरा करते, खुदा भी नहीं मरता, साल-दर-साल, सदी-दर-सदी उम्र बढ़ाया करता है।

सदियों जिए पेड़ ने अपने डर को काबू करने के लिए खुदा का नाम लिया ही था कि एक और हादसा हो गुजरा। खुदा की मौत के डर ने पेड़ के पहले डर को और बढ़ा दिया था। उसने खुद से बहस तो की, पर शायद पूरी शिद्दत से नहीं क्योंकि बाद में बुजुर्ग पेड़ यही महसूस करता रहा कि कसूर उससे हुआ था।

चिड़िया के मातम और अपने डर में डूबे पेड़ ने एक क्षण के लिए, बस क्षण भर के लिए, साँस भरनी-छोड़नी बन्द कर दी होगी। उसका पूरा वजूद चिड़िया की कहानी दोहरा कर डर रहा था। पेड़ों को डरना नहीं चाहिए। डर जाते हैं तो हवा में ऑक्सीजन कम हो जाती है। फिजा में डोलती नाराज रूहें उस पर काबिज हो जाती हैं और तब वह हो जाता है जो उस वक्त हुआ।

क्षण भर के लिए, महज उतनी देर के लिए, जितनी देर पेड़ साँस रोककर डर में डूबा था, हल्की-सी आँधी चली। चिड़िया की नाराज आत्मा, चक्राकार घूमती हुई जैसे धरती से ऊपर उठी हो। और बुजुर्ग पेड़ ने देखा, उसका पड़ोसी, कद्दावर जवान पेड़, जड़ से उखड़कर जमीन पर मरा पड़ा है।

हे भगवान! उसके बेटे की उम्र का नौजवान पेड़। यह क्या हो गया? इतनी तेज आँधी तो थी नहीं। इससे कहीं तेज अन्धड़ वे दोनों पहले कितनी बार झेल चुके। आज क्या हुआ? ऐसी अकारण मौत। मेरे बेटे, मेरे वंशज, मेरे जवाँ पेड़। यह क्यों हुआ? यह कोई आँधी में आँधी न थी। जीवन की अन्तिम साँस जैसे अन्य साँसों से अधिक दीर्घ होती है वैसे ही यह भी थी। विषाद जरूर घुला था बेइन्तहा। पर उसने तुम्हारी साँस कैसे उखाड़ दी? तुम इतने जिन्दादिल, हिम्मती, कद्दावर, जवानी के जोश और गुरुर से भरपूर, आसमान की ऊँचाई छूने को आतुर, तुम कैसे...?

ओह, कितनी बार समझाया था तुम्हें, कद थोड़ा छोटा रखो, तने का आयतन फैलाने पर शक्ति लगाओ। पर तुम तो आसमान की बुलन्दी छूने की आरज़ू रखते थे। जब भी मैं कहता, बड़ा हुआ तो क्या हुआ जैसे पेड़ खजूर, तुम बीच में टोक देते। बुढ़ापे में आपकी याददाश्त कमजोर पड़ गई है, मैं खजूर नहीं हूँ; मेरे फल लगे, अति दूर, न अति पास। और छाया, मैं कहता, पन्थी को छाया तो चाहिए न? तुम हँस पड़ते, पाँचवें माले की छत पर कर तो रहा हूँ छाया। बाबा, जमीन पाँच मंजिल ऊपर उठ गई, पन्थी छतों पर जा चढ़े। बेमौका हँसी देख मैं झल्ला उठता, हँस मत, दिन में मत हँसाकर, हवा दूषित हो जाती है। बूढ़ों की नसीहतों से खुदा बचाए, तुम बुदबुदाते। मैंने नहीं कहा तुमसे, पेड़ बूढ़े नहीं होते। नौबत ही नहीं आई। मैं तो पहले ही हिदायतें देने का धीरज खो बैठा। कई बार समझाया कि बेटे हँसना हो तो रात में हँस, जब पूरा आलम नींद में डूबा हो और तंज भरी साँसों से किसी का नुकसान न हो। और बेटे, लम्बाई को चौड़ाई के अनुपात में बढ़ा, कद पर कद निकालता न चला जा। फिर बन्द कर दिया। तुमने सुना नहीं तो क्या हुआ। मुझे कहते रहना चाहिए था। मेरा खयाल था, हिदायतें मिलनी बन्द हो जाएँगी तो तुम्हारे विरोध खत्म हो जाएँगे। परम्परा और पुश्तैनी ज्ञान तुम्हारे भीतर जग उठेगा। ऐसा ही होता आया था, मैंने दुनिया देखी थी।

खाक दुनिया देखी थी। अधीर, नाकारा था मैं। मैंने अनगिनत पतझड़ देखे थे, मेरा फर्ज था सिखलाना। काश, मैं समझाना बन्द न करता। वह अपने कद पर काबू रखता, इतना लम्बा-पतला न होता चला जाता। तब वह चिड़िया की नाराज़ रूह को बहिश्त तक उड़ा ले जाने को आतुर हवा की दर्द भरी साँस की चपेट में न आता। धरती पर चौड़ा खड़ा उसका तना, उसे सँभाले रखता। काश, मैं समझाता और वह समझ लेता।

आँधी रुक गई। हवा सुबकी में बदल गई। तो क्या चिड़िया बहिश्त पहुँच गई? सुना है, इस जमीन और हवा से बहुत ऊपर कहीं स्वर्ग है, जहाँ धरती से बहिष्कृत आत्माएँ चैन और सुकून से रहती हैं। मेरे जवाँ पेड़ की भी रहेगी? कौन जानता है।

बुजुर्ग पेड़ को दिलासा नहीं मिला। दुःख हद से बढ़ा तो वह उसी में

अर्थ खोजने लगा। पहले से भी गहरी-लम्बी प्राणवान साँसें भरने लगा जैसे वह ऐसा करके बाकी बचे को बचा ले जाएगा।

उस शाम पेड़ को लौटती चिड़ियों ने चहचहाना मुल्तवी रखा। धराशायी पेड़ पर बसेरा करने वाली चिड़ियाँ भी बुजुर्ग पेड़ की तरफ आ गईं और चुपचाप मातम पर बैठ गईं। दो पहर, बेचहक अफसोस में गुजर गए। फिर जैसा कि सामूहिक मातम में होता है, वे धीमे सुर में एक-दूसरे से मातमपुर्सी करने लगीं। दो-दो मौतें हुई थीं। विदेशी चिड़िया को जवाँ पेड़ ने अपने छितरे पत्तों का कफन ओढ़ा रखा था।

बात से बात निकलने लगी। पेड़ ने सुना आजकल अनेक जवान पेड़ औचक गिरने लगे हैं। जरा तेज हवा चली; आँधी नहीं, लू या बरसाती थपेड़ और पेड़ जड़ से उखड़ गए। पर क्यों? आजकल पेड़ों की हालत बीमार कैदियों जैसी हो गई है। रोड़ी-पत्थर डालकर सड़कें बनाई जाती हैं तो किनारे खड़े पेड़ों के चारों तरफ, माकूल कच्चा दायरा नहीं छोड़ा जाता। जड़ों से रोड़ी यूँ साट-साटकर बिछाई जाती है कि तन फैलाने की क्या कहें, साँस तक लेना दूभर हो जाता है। तपेदिक के मरीज की तरह पेड़ कमजोर पड़ते जाते हैं। फिर नामुनासिब हवा का एक झोंका भी जानलेवा हो जाता है। लगता है लोगों को पेड़ों की जरूरत नहीं रही, चिड़ियाँ अफसोस कर रही थीं। हाँ, जैसे चीन में चिड़ियों की नहीं रही थी।

या खुदा। पेड़ की साँसें आहों में बदल गईं। नाहक वह बच्चे को दोष देता रहा। कितनी बुलन्द थी उसकी खुदी कि फेफड़ों पर पड़े कहर के बावजूद, कद ऊँचा करके हवा ईजाद करता रहा...हँसता नहीं तो क्या करता। और वह बड़ा बुजुर्ग शाबाशी के बजाय नसीहतें देता रहा। हे भगवान, ऐसे कितने जवाँ पेड़ बदबख्त हुक्मरान और काहिल रिआया के शिकार हो चुके हैं। कितने अभी और होंगे?

पौ अभी फटी नहीं थी कि टिड्डी दल की तरह औरतों-मर्दों का जमावड़ा जवाँ पेड़ पर टूट पड़ा। नोच-खसोटकर टहनियाँ अलग करने लगा। घर का चूल्हा जलाने के लिए ईंधन मिलने की खुशी में सब चहक-चहचहा रहे थे। जैसे कोई उत्सव हो। पेड़ों का दाह-संस्कार ऐसे ही होता है।

फिर भी, ऐसी बेरुखी। पहले एक पल रुककर अफसोस तो जाहिर किया होता। हाय, इतना सुन्दर, सजीला, जवान पेड़ असमय कैसे उखड़ गिरा।

चिड़ियाँ कह रही थीं, शहर के बाशिन्दों को पेड़ों की जरूरत नहीं रही। ठंडी गाड़ियों में चलनेवाले, पन्थी नहीं कि छाया की दरकार हो। बिजली से आग बनाने वालों को पेड़ों से क्या काम? फिर ये इन्सानी टिड्डियाँ किस शहर से आई हैं? इस शहर के अन्दर कितने शहर बसे हैं? नहीं, लोगों को पेड़ों की जरूरत तो है, पर उनसे उंसियत नहीं रही। इस कदर बेदिली! ऐसी बेमुरव्वत मौत! इतना बेदर्द इस्तेमाल!

दुःख की इन्तिहा ने पेड़ की नजर में तीखी रोशनी भर दी। भविष्य पर पड़ा आज का परदा पारदर्शी हो गया। वह आनेवाले वक्त में दूर तक देखने लगा...

एकमंजिला मकान तोड़कर, ऊँचे-ऊँचे हवाई महल बनाए जा रहे हैं। तोड़-फोड़ का मलबा पेड़ों की जड़ों में फेंका जा रहा है। सड़कें चौड़ी की जा रही हैं, फ्लाईओवर बन रहे हैं। चौड़ी सड़कों पर स्कूटरों, गाड़ियों, ट्रकों की कतार पर कतार चली आ रही है। लोग चीख रहे हैं, भोंपू पर जोर-जोर से नारे लगा रहे हैं, कागज के पोस्टर और प्लास्टिक के थैले पेड़ों की जड़ों में डाल रहे हैं।

खा-पीकर बचा खाना जहाँ-तहाँ फेंक रहे हैं। पेट भरकर और जोर से नारे लगा रहे हैं। ट्रकों पर लदा शोर, पहले चार-पाँच साल बाद सुनाई देता था। अब हर साल देने लगा है। प्लास्टिक लिपटे कचरे और मलबे ने पेड़ों की जड़ों पर कफन लपेट दिया है। साँस? साँस का क्या होगा? शोर है कि बढ़ता जा रहा है। एक जुलूस सड़क से घूमकर दूसरी पर पहुँचता है कि दूसरा जुलूस पहली सड़क के कान फोड़ने लगता है। शोर का डेसीबल इतना बढ़ा कि तमाम विज्ञान सम्मत सीमाएँ लाँघ गया। गुजरे जमाने की फौजों के बूटों की धमक कुछ नहीं थी इसके सामने। पुलों को बचाए रखने के लिए, उन्हें उन पर हौले से गुजरना सिखलाया गया था। पर पेड़?

शोर उस बिन्दु पर पहुँच गया जब प्लास्टिक में घुटे, बेहोश पेड़ उसे सह न सके। एक-एक करके आखिरी हिचकी ली और धरती पर लोट गए।

इधर पेड़ गिरता, उधर औरतों-मर्दों की टोली उसपर लपक पड़ती। टहनियाँ नोंची, खसोटी जातीं। कुल्हाड़ी और आरियाँ तना चाक करतीं। हर इन्सान ज्यादा लकड़ी पर हक जमाने के लिए छीना-झपटी करता। जरा देर में पेड़ का नामोनिशाँ न बचता।

शोर मचाते इन्सानी रेवड़ पेड़ों पर टूट रहे थे तो भौंकते, गरियाते कुत्ते-सियार-भेड़िये कूड़े पर। शहर के आला हिस्से के वासियों ने जो जूठन वहाँ फेंकी थी, उसमें से मांस लिपटी बोटियाँ लूटने के लिए। जब से जंगल कटे थे, शेर-चीते जैसे मर्यादा पशूत्तम खत्म हो गए थे। जूठा मांस खानेवाले अमर्यादित पशुओं का रुख शहर की तरफ हो गया था। अब कुत्तों और भेड़ियों में फर्क करना मुश्किल था।

पेड़ ने देखा कि जानवरों के रेले में नंग-धड़ंग बच्चे भी आ मिले हैं। जानवर हड्डियों पर दाँत गड़ाए थे और बच्चे दूसरे सड़ते खाने पर। सब कुछ हड़प हो जाने पर सिर्फ प्लास्टिक बचा रहता था। और शोर, दिन पर दिन शोर का डेसीबल और कचरे का प्लास्टिक बढ़ता जा रहा था।

रह-रहकर पेड़ को एक सर्द देश से आए प्रवासी पंछी के शब्द याद आ रहे थे। उसने कहा था, इन्सान क्या खाक चुनेगा, यही कि कैंसर से मरे या एड्स से? इन्सानगी से रुँधे पेड़ भी क्या चुनेंगे, यही कि कचरे से मरे या शोर से?

पौ फट रही थी। वक्त आ गया था कि पेड़ हवा में प्राण फूँकने का काम शुरू करे। पर दु:ख की तमाम सरहदें पार करता, वह उस मुकाम पर पहुँच चुका था जहाँ साँस सिर्फ छूटती है, ली नहीं जाती। वह यह भी समझ रहा था कि खुद उसके पास ज्यादा वक्त नहीं है। प्लास्टिक ने उसकी जड़ें कैद कर रखी हैं। हवा का हल्का-सा झोंका उसे ढेर करने के लिए काफी है। हवा है कहाँ? शोर ने उसे सोख लिया है। पेड़ क्या करे? क्या अपनी साँसों के बल पर हवा ईजाद करे? जितनी देर के लिए भी कर सके...या...

तभी, कत्ल हुए लापता पेड़ों ने जो श्मशानी वीराना छोड़ा था, उसमें पुष्पित शोर के बीच से उठते नारे, उसके कानों में पड़े। पेड़ लगाओ, पर्यावरण बचाओ।

पेड़ हँसने लगा।

जैसे-जैसे दिन का उजाला बढ़ा, वह साँस रोककर हँसता गया।

जिस रोज पेड़ पहली बार दिन में हँसा, संयोग से वह इक्कीसवीं सदी की पहली सुबह थी।

# तीन लम्हे

**सर्दी** के दिन थे। काफी ठंड थी। मूसलाधार बारिश होने लगी। ठंड बढ़ गई। यूँ रविवार था। सुबह के बाद का पहला पहर। अमूमन, इतवार को इस वक्त, कॉलोनी के तमाम प्राणी, पार्क में जा विराजते थे। धूप सेंकने। आज धूप नहीं थी। बरखा थी। और सरदी थी। तमाम ऊँची बस्ती, बन्द दरवाजों के पीछे, घरों में समाई हुई थी। शायद हीटर भी जला रखे हों।

मैं पार्क में थी। रोज नहीं जाती थी। कभी-कभार। हर रविवार को भी नहीं। आज गई। अकेले, हरियाली का आनन्द लेने। सरदी का मौसम हो तभी अकेलेपन को असल एकान्त मिलता है। ठिठुरने का मजा भी तब है, जब निपट अकेले हों। वरना, कोई-न-कोई पहलू में आ, गरमाई देने लगता है। या हाथ बढ़ा, माँगने लगता है। बारिश हो तो क्या कहने। खुद से और खुदी से पर्दा हुआ रहता है। खुदा की खुदा जाने।

मैं भीग रही थी पर काँप नहीं रही थी। बारिश में डूबी थी। खुद से बाहर के शून्य में बरसते पानी में। शायद इसीलिए कँपकँपी अपना अहसास मुल्तवी किए थी।

तभी अकेलेपन में खलल पड़ा। तीन बच्चे पार्क में घुसे। घुसे क्या, भीतर फुदके। छह-सात बरस के होंगे। सिर्फ एक ने कच्छा पहना हुआ था। शायद वह लड़की होगी।

बाकी दोनों नंग-धड़ंग थे। रूखे बाल, मैली-फटी त्वचा और बिवाई भरे तलवे लिये, काले-कलूटे बच्चे।

इस पार्क में ऐसी वेशभूषा में बच्चे कभी नहीं दिखते। मनाही नहीं है। फाटक पर चेतावनी की तख्ती नहीं लटकी। फिर भी, खुशहाल जनों के पार्क में रहते, वे भीतर नहीं घुसते। क्या बतलाऊँ क्यों नहीं घुसते? नहीं घुसते, कहा तो। तब भी नहीं, जब भीषण गर्मी के मौसम में, भद्र जनों के बच्चे, करीब-करीब, नंगी पोशाकों में पार्क में खेलते हैं। करीब-करीब नंगा होने और अलिफ नंगा होने में बहुत फर्क है, जिसे एक मैले-कुचैले कच्छे से नहीं पाटा जा सकता। पर इस वक्त, मेरे सिवा, पार्क में कोई नहीं था। मैं एक झाड़ी के पीछे दुबक ली। जंगल में तेंदुआ हूँ जैसे।

बच्चे भीतर आए। ठंड के बावजूद, बारिश में नहाने लगे। उछलते, कूदते, किलकारियाँ भरते, कलाबाजियाँ खाते। इतना कूदे-फाँदे, उलटे-पुल्टे, हँसे-गाए कि बारिश जरा देर को थम गई। वे घास में लोट-लोटकर बदन सुखाने लगे। एक पोंछ लगी नहीं कि वर्षा फिर शुरू।

शुक्र किया मैंने भगवान का। इसलिए नहीं कि नंगे बच्चों को, सिहरती सरदी में भीगता देख, मैं परपीड़क सुख भोगना चाहती थी। उतनी तेंदुआ नहीं थी। पर बारिश रुकी रहती तो कॉलोनी के रुतबेदार जन, धड़ाधड़ पार्क में चले आते। नंग-मलंग बच्चों को बाहर निकालने को फटकार बतलाने लगते। या उन्हें देख, डाँट से पेशतर, बच्चे खुद भाग लेते।

मेरे भीतर गुस्सा फनफनाने लगता। छोटे-बड़े के फर्क पर आनेवाला गुस्सा। बेचैनी पैदा करता, बेबस गुस्सा। उन बच्चों के चेहरे-मोहरे से, उनकी माली हालत, माँ-बाप की आमदनी, समाज में उनका वर्ग और बदहाली, साफ जाहिर थीं। फिलहाल मुझे उनसे सरोकार नहीं था। फिलवक्त मैं, झाड़ी के पीछे तेंदुए-सी दुबकी, सोए दिमाग से कायनात भोगती, एक इनसान भर थी। अकेली। ओहदेवाले आ जाते तो मैं समाज हो जाती। सोए दिमाग को, नाइन्साफी का अहसास, जगा देता। मैं ताव खाती, बहस करती और, हारती चाहे जीतती, हर हाल, छोटी बनाई जाती। सुकून पर लाचारी हावी हो जाती।

अभी पार्क में, उन तीन बच्चों के सिवा सिर्फ मैं थी। उनके लिए मैं भी नहीं

थी। वे मुझे देख नहीं सकते थे। मैं झाड़ी के पीछे, मुड़-तुड़कर, पूरी तरह छिपी बैठी थी। उनके लिए सिर्फ वे थे और हिचर-मिचर बारिश थी। कभी तेज, कभी हल्की। अब तक घास पूरी तरह भीग चुकी थी। पानी से खेल लेने पर वे क्यारियों की मिट्टी में लोट रहे थे। गिलहरियों की तरह। बदन को धूल का आलेप मिल रहा था। पर क्यारियों में पौधे थे। काफी फूल-पत्तियाँ, उनके मिट्टी नहान में, टूट-टूटकर बिखर रही थीं। गर्द के लिबास पर नगीने जड़ रही थीं।

मेरा डर बढ़ रहा था। इस वक्त कोई आ गया तो टूटे पौधों की हमदर्दी में एकदम बेदर्द हो जाएगा। शुक्र था, बारिश की रफ्तार बढ़ रही थी। मैं रेंगती हुई, झाड़ी-दर-झाड़ी, एक बड़े दरख्त के नीचे पहुँच गई थी। मौलश्री का पेड़ था। बारिश ने फूलों से खुशबू छीनकर नीचे बिखेर दी थी। फूल सूख चुके थे, पर कुछ थे जो जबरन शाख से जुड़े थे। अब बौछार ने धराशायी कर दिया था। पर किस कदर खुशदिली से कि पूरा मंजर खुशबूदार हो गया था। फिर भी पेड़ का छाजन और झाड़ी की आड़, दोनों, मेरी बूढ़ी हड्डियों को बौछार और शीत की मार से बचाने को काफी नहीं थे। यकीनन मेरी बूढ़ी हड्डियों को घर लौट जाना चाहिए था।

पर जब तक मन इजाजत न देता, वे हिलतीं-डुलतीं कैसे? और मन था कि जवान से बच्चा हुआ जाता था। हुक्म देने के नाकाबिल पर बालहठ करने में माहिर।

"नईं जाणा, मैंनू नईं जाणा,
पार्क छड़ के नईं जाणा।"

मेरा मन गा रहा था। बच्चे गा रहे थे। बूढ़ी हड्डियों के पास आवाज नहीं बची थी। जवान मन को डाँट-फटकार नहीं सकती थीं। बस काँपती खाल की लय पर बजे जा रही थीं। सूखी पत्तियों के खड़ताल की तरह।

मेरी हड्डियों को छोड़कर सब कुछ तरोतर था। रस से लबरेज। पत्ती-पत्ती, बूटा-बूटा भीगा था, जवान मन की तरह।

बच्चे गाए जा रहे थे, ऊँचे-ऊँचे। जैसे जवान हो रहे हों। मेरा मन भी गा रहा था, हौले-हौले। मेरी उम्र घट रही थी। बच्चों की बढ़ रही थी। हम सब जवान हो रहे थे।

मैंने देखा, वे जवान हो गए। एक त्रिकोण बना। एक लड़की, दो लड़के। लड़की को एक लड़के से प्यार हुआ, दूसरे से नहीं। कितना खुशनुमा था कि इतने बदहाल, बेशऊर बच्चे भी जवान होने पर प्यार कर सकते थे। कर रहे थे। करते हैं।

मैंने देखा, लड़की, एक लड़के से प्यार कर रही है। दूसरा पतंग उड़ा रहा है। बारिश में भीगते-भीगते बड़ा हो रहा है। गर्मी-सर्दी में बोझा उठा रहा है। रोजी-रोटी कमा रहा है। लड़की भी उठा रही है। पहला लड़का भी। पर लड़की पहले से ही प्यार कर रही है। दूसरा अपने में निमग्न है, अपनी रोटी कमाने, मेरी बस्ती में चला आया है। बाकी दोनों दूसरी बस्ती में हैं। वे हैं, मैं हूँ। हमारी उम्र अब एक बराबर है।

एक जवान लड़के से उस लड़की को प्यार हुआ, दूसरे से मुझे। और... और क्या? और कुछ नहीं। प्यार में और नहीं जोड़ना चाहिए। शब्द जुड़ते ही प्यार गड़बड़ा जाता है। और विवाह, और घर, और संग-साथ, और साझेदारी। हमदर्द, हमनिवाला, हमसफर। खाना, सोना, रहना, भूख-प्यास, साथ-साथ। हर साथ के साथ एक अपेक्षा, एक उम्मीद, एक चाह कि वह हमसे भी ज्यादा हमें चाहे। वह-वह करे जो हम खुद अपने लिए नहीं कर पाते। सोचते हैं, उसके लिए करते हैं पर करते नहीं।

हमें अपना-प्यार मिला। बस, बहुत हुआ। मैंने साथी नहीं कहा। प्यार। पूर्ण विराम। होड़ा-होड़ी नहीं, जलन-डाह नहीं, रार-तकरार नहीं। एक भाव। उमंग। उल्लास। एक स्मृति। स्मृति? मैं फिर से बुढ़ा रही थी? हाँ। जरूर।

और बारिश थम गई।

जाओ बच्चो, घर जाओ। काफी जवान हो लिए। मेरी बूढ़ी हड्डियों की फिक्र करो। मेरी खाल काँप तक नहीं रही। इस कदर ठिठुर चुकी। अब मेरी देह को घर जाना ही होगा। मन अपनी जिद पर अड़ा रहा तो वह प्राण त्याग सकती है। इतनी भी मन की गुलाम नहीं।

पर जाऊँ तो कैसे? मैं चली गई और ये बने रहे तो भद्र पड़ोस के यहाँ आने पर उससे लड़ेगा कौन? लड़ने में मैं रईस-से-रईस पड़ोसी को धता बतला सकती हूँ, जानती थी। पर उसके लिए जरूरी था कि गले से साफ, करारी आवाज

निकाल पाऊँ। हाथ-पाँव से जुम्बिश करवा सकूँ। झाड़ी के पीछे उकड़ू बैठे-बैठे बदन इतना अकड़ गया था कि उसे हरकत में लाना मुश्किल हुआ जा रहा था। इससे पहले कि उससे कोई और काम करवाया जा सकता, जरूरी था कि उसे जमीन से उठाकर खड़ा किया जाए।

मैं खड़ी हुई। एक ठिठुरी, झुकी, कृशकाय बुढ़िया। बारिश में भीगी साड़ी बदन से इस तरह चिपकी थी कि उसे करीब-करीब नंगा किए दे रही थी। पर थी तो। साड़ी-ब्लाउज-पेटीकोट, एक नहीं अनेक वस्त्र थे। गीले-लिपटे पारदर्शी, पर थे। कपड़े थे। करीब-करीब और अलिफ नंगा होने में बहुत फर्क है।

बच्चे बीच उछाल यूँ थम गए जैसे बुतों में तब्दील हो गए हों। मेरी तरफ इस नजर से ताका, जैसे झाड़ी के पीछे से वाकई खूँखार तेंदुआ या चीता प्रकट हो गया हो। मेरा अकड़ा, ठिठुरा, झुका शरीर, उन्हें, घात लगा शिकार पर झपटता चौपाया जान पड़ा।

वे भाग गए। एकदम। अब सामने थे और अब आँखों से ओझल।

# वो दूसरी

**हर** इनसान की जिन्दगी में तीन औरतें आती ही आती हैं—माँ, नानी और दादी। मेरी बदकिस्मती कि मैंने नानी-दादी को न जाना। मेरे माँ-बाप की शादी होने से पहले ही दोनों चल बसीं। मेरा वजूद तक उन्हें कबूल न रहा।

नाना ने दुबारा शादी नहीं की, इसलिए नानी की जगह, नानी की याद ने ले ली। माँ बराबर उनकी कहानी मुझे सुनाती रहीं और यूँ उनकी शख्सियत के तिलिस्म को जिलाये रखा। एक मैं थी, उल्टी खोपड़ी वाली, सुनती नानी की और सोचती दादी की। जिन्हें माँ ने क्या, मेरे बाप ने भी देखा न था। उन्हें जन्म देते ही वे चल दी थीं। माँ ने जब मेरे पिता को जाना तो पार्श्व में दूसरी थीं। ठीक समझे आए, दादी को मरे साल भी न हुआ था कि दादा ने दूसरी शादी कर ली थी। मैंने दादी की तरह जिसे जाना, वही दूसरी थीं।

न-न, हम उन्हें दूसरी कहकर नहीं पुकारते थे। वही, दिवंगत दादी को, मुसलसल, पहली कहकर, खुद को दूसरी बनाए रखती थीं। कभी-कभार, जब माँ, नानी को छोड़, दादी पर आतीं तो जिक्र दूसरी का रहता, पहली का नहीं। दरअसल, पहली के बारे में थोड़ी-बहुत जो जानकारी उन्हें थी, दूसरी की मार्फत ही हासिल हुई थी।

माँ बतलाती रही थीं कि जब वे, बहू बनकर उनके घर आईं तो अगवानी में सास नहीं, सास की जिठानी को खड़े पाया। बड़े लाड़-चाव से उन्होंने बहू को देहरी पार करवाई और लम्बी साँस भरकर कहा, "आज वह होती तो कितनी खुश होती। वैसे खुश यह भी कम नहीं पर...अरे ओ छोटी!"

उनके पुकारने पर, अचानक ऊँचे सुर में गाई जा रही गजल थम गई। माँ के कानों में उस फड़कती गजल के बोल, बाहर बारजे में ही पड़ गए थे। पर उसका दूर का भी ताल्लुक, उनकी सास से हो सकता है, सोचा न था। अब देखा कि एक औरत, जो तौर-तरीके से, किसी सूरत, माँनुमा नहीं थी, अधूरा काम छोड़ने की कसमसाहट के साथ, फर्श से उठ खड़ी हुई है। और ताया सास कह रही है—"अब, बहू, यही तुम्हारी सास है।"

उस औरत ने उनके पास आने या उन्हें अपने पास बुलाने की पहल नहीं की। वहीं से हाथ उठाकर आशीष दी, कहा, "पहली होती तो आज कितनी खुश होती। दूधो नहाओ, पूतो फलो।" कहते न कहते, वे वापस फर्श पर थीं, और छूटी गजल पकड़ने की गरज से हारमोनियम सहेज रही थीं।

कुछ ही देर में कमरा, दुबारा, गजल की गिरफ्त में था। खुरदरी पर पुरसोज आवाज में गाई जा रही गजल में, कुछ ऐसी आशिकाना तलब थी कि मुजरे का समाँ बँध गया था। असमंजस में भरी माँ, उन्हें ताकती, खड़ी रह गई थीं। आगे बढ़कर पाँव छूने का खयाल भी जेहन में नहीं आया था। ताया सास ने ज्यादा वक्त दिया भी नहीं था। बाँह से थामकर, रस्में पूरी करवाने, कमरे के दूसरी तरफ ले चली थीं।

वह औरत, उसी तरह, सुरों को भरपूर उठान देकर, ऊँची आवाज में गाती रही थी। उसे घेरे जो पाँच-छह औरतें बैठी थीं, उन्होंने भी उठकर, बहू के पास आने की कोशिश नहीं की थी। उनमें से एक को दिखलाकर, ताई ने इतना जरूर कहा था—"वह...तिल्ले के काम की हरी साड़ी में जो है, मेरी भांजी है, बिट्टो। तुम जानो जैसी बहन की जाई वैसी मेरी।" पर उसे पास नहीं बुलाया था। वह ढोलकी लिए बैठी थी पर फिलहाल थाप नहीं दे रही थी। शायद गजल के सुर उसकी पकड़ के बाहर हो गए थे। कुछ देर बाद सँभाल पाए...शायद...

'मुँह-दिखाई को औरतें आती होंगी, तुम बैठ लो,' ताया सास ने माँ को टकोरा था। माँ पीढ़े पर बैठ गई थीं। पर उनका मन, पूरी तरह, जोम पर आ रही गजल में टँका रहा था। यहाँ तक आने वालियों की काइयाँ नजरों और बेलौस फिकरों की बाबत सोच, पशेमाँ होने का भी खयाल न आया था। उस वाकये का मुझसे बयान करते हुए, माँ दुबारा उसी मोहपाश में बँध गई थीं। कहा था—"तब मेरी समझ में नहीं आया था कि जैसे-जैसे गजल उठान पर आ रही थी, उनकी खरखरी आवाज में जो कामुकता पैदा हो रही थी, उसके बारे में, यह तय करना क्यों मुश्किल था कि वह मर्दाना है या औरतनुमा। यानी, वह मर्द को आसक्त करेगी या औरत को? अब तो खैर जान गई हूँ कि कामुकता ऐसी कयामती चीज है, जो मर्द-औरत को यकसाँ लुभाती है। तब नहीं जानती थी।"

तभी नीचे से बाकायदा मर्द की मर्दाना आवाज गूँजी थी—"उससे कहो, धीरे गाए।" उन्होंने एकदम गाना बन्द नहीं किया होगा, करना मुमकिन नहीं था। बन्दिश में सहज रूप से वक्फा आया होगा। इसलिए पहले से कहीं धीमी आवाज में कहा गया, अगला फ़िकरा, साफ सुनाई पड़ गया—"रण्डियों के मोहल्ले की है न, तभी..." आगे का जुमला, कई मर्दों की मिली-जुली हँसी में खो गया। कहनेवाला भी नाराज कम, चुहलबाज ज्यादा लगा। सास ने बीच बोल, गज़ल रोक दी, हारमोनियम भी। पर लज्जित या अपमानित, वे नहीं दिखीं। माँ ने अचरज के साथ देखा था, उनके चेहरे पर एक नखरीली मुस्कान तैर आई है, जैसे कई बार का सुना आशिकाना जुमला, फिर सुना हो। उनके बजाय माँ पर्याप्त लज्जित-अपमानित हो ली थीं। चेहरा लाल हो गया था, माथे पर पसीना चुहचुहा आया था। सास से अनदेखा न रहा होगा। उन्होंने हँसकर कहा था—"इनका तो हमेशा का एक ही बोल।"

तभी औरतें आनी शुरू हो गई थीं। जो आई, उसने यह जरूर कहा, "आज वह होती तो कितनी खुश होती।"

हर बार दूसरी ने हँसकर जोड़ा—"न हो पहली। जिठानी जी तो हैं।" चार-पाँच बार हो लिया तो ताई ने याद दिलाया—"तू भी तो है, छोटी।"

"हाँ!" वे खिलखिला दी थीं—"मैं तो हूँ ही, पहली की जगह।"

माँ को पूरा व्यापार, खासा अटपटा लगा था। बाद में, रफ्ता-रफ्ता दूसरी ने काफी बातों का खुलासा कर दिया था।

रंडियों के मोहल्ले के बारे में, माँ की जिज्ञासा सबसे ज्यादा थी। पर मुँह खोलकर उस बदनाम बस्ती का नाम लेना नामुमकिन था। इन्तजार ही कर सकती थीं कि दूसरी खुद बात छेड़े। ज्यादा इन्तजार नहीं करना पड़ा था। दूसरी को बोलने-बतियाने से गुरेज न था। खूब तफसील से बतलाया था।

"मैं ठहरी गरीब घर की लड़की। इकलौती तो क्या। लड़की और गरीब घर की। रंडियों के मोहल्ले के पिछवाड़े, रिहाइश थी अपनी। शाम ढले उस मोहल्ले में मुजरा जमता तो वह-वह गजल उठान भरती कि सुनो तो गश खा जाओ, दीन-दुनिया की सुध न रहे। एक बात कहूँ बीबी, जिठानी जी से न कहियो, पास में मन्दिर भी था अपने गरीबखाने के। वहाँ भी शाम-सबेरे कीर्तन हुआ करे था। एक-से-एक भजन गाए जावें थे। पर उन लोगों की गजलों के पासंग न ठहरे कभी भी। गजलों की क्या कहूँ बीबी, बोल ऐसे कि पाँव थिरक उठें। पर बीबी, मैं जो एक दिन नाची हूँ। मैंने कुछ किया तो यह कि उनके सुर से सुर मिलाकर गा दी। आप-से-आप। कैसी ऊँची बेझिझक आवाज में गाया करे थीं वे कि, गली पार कर, एक-एक बोल यूँ साफ कानों में उतरे, कि जस-का-तस उचार लो। वही किया करती थी मैं। जितना ऊँचा वे गाएँ, उतना मैं। किस्मत मेरी ऐसी बलवती कि मेरी माँ, बेचारी, ऊँचा सुना करे थी। उस गरीब ने तो कभी ठीक से उन्हें ना सुना तो मेरी क्या बिसात। जान ही न पाई, कितना ऊँचा बोल उठ गया मेरा। बाप भी मेरा कम बेचारा ना था। गरीब, हमारी-अपनी रोटी का जुगाड़ करने, देर रात तक, जाने कहाँ-कहाँ सिर फोड़ता फिरे था। घर पर रहता तब न टोका-टाकी करता। मैं इतनी बेवकूफ भी न थी कि उसके घर रहते, रियाज करती। रियाज। और सुनो।" वे बेसाख्ता हँस दी थीं। और काफी हँस लेने के बाद, हारमोनियम ले बैठी थीं। कुछ दिनों के अन्तराल के बाद, बीच में छूटी कहानी फिर शुरू हुई थी।

"जब बाऊजी तुम्हारे, पहली के इन्तकाल के बाद, दूसरी की खोज में निकले और हमारे गरीबखाने पहुँचे तो सबने जाना कि मैं किस कदर बेवकूफ थी। जैसी रीत है, बाऊजी ने जब मेरे बाप से कहा, बच्चों की खातिर दुबारा ब्याह

करना है, गरीब घर की लड़की चाहिए तो समझो, वह भवसागर तर गया। मेरे इम्तिहान देने की बारी आई तो मैंने, उसकी नाव क्या, लुटिया ही डुबो दी बीच सागर, खुशकिस्मत था जो कंगाल न हुआ।

"बाऊजी ने कहा, सुना है, यह गाना जानती है, कहिए कुछ सुनाए। लो, इन्हें कैसे खबर लग गई, मेरी समझ में न आया। बहुत बाद में सोचा, उनकी आवाज मुझ तक पहुँचे थी तो, कौन जाने, मेरी भी उन तक पहुँची हो। वह तो खैर बाद की बात है। उस वक्त तो, जैसे ही मुझसे कहा गया, गाओ, मैं शुरू हो गई। वह फड़कती गजल गाई और इतनी ऊँची आवाज में कि सकता छा गया। सुर कुछ ज्यादा ही ऊपर उठ गए थे। घबराहट में, तुम जानो बीबी, सुजान सवार भी, या तो ठिठका रह जाए है या लगाम खींचनी भूल जाए है। फिर मैं तो...मेरा गाना सुनकर बाप की मेरे, समझो कि दिल की धड़कन ही बन्द हो गई। पर बाऊजी हँस दिए, बोले, "रंडियों के मोहल्ले की है आखिर। कोई बात नहीं, सीख जाएगी।"

"क्या मतलब, आवाज नीची रखना सीख जाएगी या गजल न गाना सीख जाएगी?" मेरे बाप ने दूसरेवाला मतलब लगाया होगा। काफी फटकार पिलाई मुझे पर कितनी कहता, बाऊजी ने रिश्ते से इनकार तो किया नहीं था। पर माँ मेरी, शायद मुझसे भी ज्यादा पगलैट थी। बोली, रसिया है अपना दामाद। गाना सुनते आँखें हुलस रही थीं।

"ऐसा नहीं है बीबी, कि आवाज धीमी रखने की कोशिश न की हो मैंने। कितनी तो बाऊजी की डाँट-डपट सुनी। एक वह थी, पहली, सलीकेदार, छुई-मुई, सूफियानी, एक यह है, गावदी, बेशऊर। और बाऊजी क्या, सभी कहते रहे। कहाँ पहली, कहाँ यह।" तभी न बाऊजी ने चारों बेटों को जिठानी जी के हवाले कर दिया, दो पहली के, दो मेरे जाए। तमीज-तहजीब सिखलानी थी कि नहीं। उनके भी जो हैं, यही हैं, अपना तो तकदीर ने दिया नहीं। बहन की जाई एक है जरूर पर लड़की। एक बात है अपनी जिठानी जी हैं बड़ी इन्साफ-कायदे वाली। दिन में चाहे बीसियों बार कहें, जैसी बहन की जाई, वैसी मेरी, पर पालते वक्त, बेटों को, हाँ-हाँ, भतीजों को, हमेशा ज्यादा करके आँका। चारों के चारों, शहर के बढ़िया स्कूल-कॉलेजों में पढ़े। छोटे दोनों तो अभी पढ़ रहे हैं, बड़े

भइया की नौकरी लग गई, वहीं शहर में, इनकी (मेरे पिता जी की) भी लग जाएगी, देर-सबेर। सच, उनका हक उन्हें देने में जिठानी जी ने कभी कोताही नहीं की। जेठ जी कौन अपने छोटे भाई से कम हैं। बाऊजी को तो तुम जानो, लड़कियाँ फूटी आँख न सुहातीं। कहा करे हैं न, एक ही शुक्र है भगवान का कि लड़की ना दी। मेरी तरह गाने लगती तो बाऊजी उसका गला ही टीप देते। मेरा क्यों न टीपा? पूछो, बीबी, पूछो, जवाब है मुझ पे। लाख कहते फिरें, आवाज नीची रख, आवाज नीची रख, पर गजल सुनने की तलब उठती रहे है बराबर। जब-तब हुक्म सुनाने से बाज ना आते—"अरी ओ रंडियों के मोहल्ले की, सुना तो अपनी फड़कती गजल कोई?"

दूसरी से बोलने-बतियाने में माँ को जबरदस्त रोमांच महसूस होता, और वे डर जातीं। उनके करीब जाना चाहिए कि नहीं? सास तो उन्हें, किसी हाल, माना नहीं जा सकता। सास थीं तो ताई, उनका साथ खूब उबाऊ और सुकूनदेह था। पिता जी भी उन्हें ताई के पास देखते तो, कभी-कभार, पास आ बैठते। दूसरी के पास पाते तो कभी पास न फटकते। माँ के मन में अपनी असली सास को लेकर बहुत कौतूहल था। पिता जी से पूछा, उनकी अपनी माँ कैसी थीं, तो बड़ा ठंडा जवाब मिला—"पता नहीं, मैंने उन्हें नहीं देखा।" उसके बाद उनकी चुप्पी इतनी खिंची कि माँ को लगा, दोनों बुढ़ा लिए।

मेरी माँ वकील की बेटी थीं, हर बात की तह तक पहुँचना, उनकी खानदानी बीमारी थी। उन्होंने कयास लगा लिया कि उनके पति, अपनी माँ को, उन्हें पैदा करते ही मर जाने के लिए, माफ नहीं कर पाए थे। पर दूसरी तो अच्छी-भली, मुँहजोर, जिन्दा थीं। उनके बारे में पूछने पर भी, उतना ही ठंडा जवाब मिला था, और चुप्पी उसी तरह खिंची थी। माँ ने कहा था, वे दूसरी को समझ नहीं पातीं, क्या करें, उनके साथ वक्त गुजारें या नहीं, आखिर वे उनकी सास थीं। जवाब मिला था, वे ऐसी ही हैं। फिर चुप्पी यूँ खिंची थी कि लगा था, वे दोनों, उस दूसरी और उसके रसिया शौहर से तो ज्यादा बूढ़े हो ही चले होंगे। इस चुप्पा-चुप्पी में, माँ की जिज्ञासा और बढ़ गई थी। यह भी वे समझ गई थीं कि पहली के बारे में, ढंग की मालूमात होगी तो, दूसरी के जरिये।

ताया सास समेत गाँव के किसी प्राणी से पहली के बारे में पूछतीं तो लगता, किसी देवी या अप्सरा का बखान सुन रही हैं। कहने को सबके पास बहुत कुछ था। पर वकील की बेटी, मेरी जिरह प्रेमी माँ को, उसमें झूठ के सिवा कुछ सुनाई न देता। कसूर उनका नहीं था, माँ ने मुझसे कहा था, मरकर इनसान, इनसान नहीं रहता, नाटक का नायक या नायिका बन जाता है। जैसे मरना ही सब कुछ हो, खुद इनसान कुछ नहीं। दूसरी, अकेली ऐसी शख्स थी, जिसके लिए, पहली मरकर भी मरी नहीं थी, हाड़-मांस की औरत की तरह, उसके कद से ऊँचा कद निकाले, बराबर में खड़ी रहती थी। उन्होंने उन्हें देखा भले न था पर उनके इनसान और मादा होने के दो सबूत शुरू से आँखों के सामने रहे थे। उन्हें देखकर, पहली की सूरत का अन्दाज हो जाता होगा। सीरत का गुमान कराने को, गाँव के तमाम लोग थे, अपने से उनकी तुलना सुन-सुनकर तसवीर बन गई होगी। लोगों की बातों पर पूरी तरह विश्वास उन्होंने नहीं किया होगा, इतनी भोंदू नहीं थीं। पर इतना मान लिया होगा कि पहली उनसे ठीक उलट थी। अपने से उलट की कल्पना करने में कष्ट जितना हो, रोमांच भरपूर है। उसी बल पर उन्होंने पहली की खासी मांसल छवि गढ़ ली होगी।

मुझे यकीन है, माँ थोड़ी मशक्कत करतीं तो पहली की सरापा कैफियत, दूसरी से उगलवा लेतीं और उसके जरिए, दूसरी को भी बखूबी समझ लेतीं। पर वे कन्नी काट गईं। मेहनत से मुँह फेरा या रोमांच से घबरा गईं, कहना मुश्किल है। वे खुद कई बार मुझसे कह चुकी थीं कि दूसरी का साथ, जितना मोहित करता था, उतना डराता भी था।

इधर रसोईघर में अँगीठी पर खाना चढ़ाया जा रहा होता, उधर दूसरी चौपड़ फैलाकर बैठ जातीं कि, आओ बीबी, दो-एक बाजी हो जाए। माँ कहतीं, रसोई? तो जवाब मिलता, जिठानी जी हैं न। माँ डाँवाँडोल होतीं कि आवाज आ जाती—"बहूरानी सुन तो..." दरअसल, दूसरी के पास उनके देर तक बने रहने पर, ताई को कोई-न-कोई काम सूझ जाता और वे, प्यार पगी पुकार दे उठतीं 'बहूरानी!...' माँ रोमांच छोड़, वाजिब की तरह भाग लेतीं। जाते हुए कहना न भूलतीं, काम निबटाकर अभी आई। पर जब लौटतीं तो दूसरी को कुछ और सूझ चुका होता।

कभी वे कहतीं—"चलो तुम्हें तबला बजाना सिखला दूँ। तुम बजाना, मैं गाऊँगी। हारमोनियम अकेला क्या-क्या करेगा? सुर देगा, ताल नहीं न। या कहो तो, गजल गाना सिखला दूँ?" माँ की बोलती बन्द हो जाती। ताई जी बुला रही हैं कह, खुद पुकार का आह्वान करती, भाग लेतीं।

जो थोड़ा-बहुत आपस में कहा-सुना गया था, साड़ी पर फूल-पत्ती छापते हुआ था। अपनी कहानी, दूसरी ने तफसील से सुनाई जरूर थी, पर तमाम, एक बार में नहीं। रफ्ता-रफ्ता, तोड़-तोड़कर, कई बैठकों में।

पहले दिन शुरुआत यूँ हुई थी कि शहर से साड़ी के लिए बढ़िया टाइगर वॉयल आई थी। बेहतरीन रंग थे। बसन्तपंचमी पास थी, सो एक पीली साड़ी सामने फैलाकर, दूसरी ने कहा था, 'सुना है, तुम फूल-पत्ती आँकने में खूब माहिर हो। पेंसिल से जरा खींच तो दो इस साड़ी पर। धागे तो मैं भी पूर लूँगी या अपनी बिट्टो रानी से भरवा लूँगी। इसका हाथ खूब साफ है। पर चित्रकारी करना, हर किसी के बस का नहीं। मैं तो कहूँ हूँ, गाने-बजाने से कम हुनर नहीं है इसमें। पर तुम कौन तसवीरें खींचोगी। फूल-पत्ती को ही कह रही हूँ न। इतना तो कर लोगी।' माँ ने सावधानी और करीने से, बढ़िया वॉयल पर, फूल-पत्तियाँ उकेर दी थीं। पर दूसरी या बहन की जाई, बिट्टो रानी ने, उनमें धागे भरे या नहीं, पता नहीं चला। अपनी आँखों से देखा नहीं। उन्हें चौपड़ और हारमोनियम से फुर्सत मिलती तब न। गाँव में माँ का बसेरा ज्यादा दिन हुआ भी नहीं। जानती तो वे हमेशा से थीं कि पिता जी की नौकरी लगेगी तो शहर में। पर चारेक महीनों के भीतर हो जाएगी, वह नहीं सोचा था। गाँव छोड़ने का वक्त करीब आया तो, दूसरी से अन्तरंग होकर, पहली के बारे में सविस्तार जान लेने की इच्छा और तेज हो गई।

तभी, ऐसी अनहोनी घटी कि जी-की-जी में रह गई। हुआ यह कि माँ को पता चला, वे गर्भवती हैं। ताई के साथ, लजीली-नखरीली खुशी मना पातीं, उससे पहले, एक खबर और हाथ लग गई। यह कि दूसरी भी गर्भवती है। माँ की 'खुशी' मनाना, भूल, पूरा परिवार शर्मसार हो उठा। सबसे ज्यादा मेरे दादा, दूसरी के रसिया बाऊजी। बेटे-बहू के नक्शे-कदम पर, उस उम्र में! वह ऊँची आवाज में गाई जा रही गजल तो थी नहीं कि सारी तोहमत, रंडियों के मोहल्ले

पर थोपकर, पल्ला झाड़, अलग हो जाते। माँ-पिता जी के शहर रुखसत होने तक, बेचारे, तमाम रोबदाब भूल, मुँह छिपाए फिरा किए। दूसरी, अलबत्ता, खुशी का बाकायदा इजहार करती रहीं, खुलेआम। जैसे माँ नहीं, वे पहली बार गर्भवती हुई हों। माँ ने तो पति और ससुर की शर्म यूँ गाँठ बाँधी कि दूसरी से सीधे मुँह बात करना ही छोड़ दिया।

गनीमत यह हुई कि पिता जी जब शहर रवाना हुए तो, माँ को साथ जाने से, किसी ने मना नहीं किया। दूसरी का जापा सिर पर यूँ शर्म ताने खड़ा था कि ताया सास ने खुद निकास ढूँढ़ निकाला। कहा, बहू ठहरी बेहद नाजुकजान, उसका जापा, शहरी अस्पताल में डॉक्टरी मदद से होना चाहिए, गाँव की दाई भरोसे नहीं। एक बार भुगत चुके न, दूध का जला, छाछ फूँक-फूँककर पीता है। किसी ने मुँह खोलकर यह नहीं पूछा, दूसरी के जापे का क्या? ताई ने बिना पूछे कह दिया, उसकी कौन पहली जचगी है, दो ठीक-ठाक निबट चुकीं। जहाँ तक खुद दूसरी का सवाल था, उन्हें माँ या किसी और में कोई दिलचस्पी नहीं थी। अपनी तीसरी जचगी को ले, यूँ खुशदिल थीं कि खतरे का अन्देशा, पास फटकने से डरा पड़ा था।

यूँ अलग-अलग मुकामों पर, नौ महीने पूरे हुए, और दो बच्चियाँ पैदा हुईं। एक मैं, दूसरी मेरी बुआ। मैं, सही-सलामत, आज तक जी रही हूँ पर बुआ, चन्द घंटों की मेहमानी कर, भगवान को प्यारी हुईं। भगवान के प्यार के लिए, सबने, उसी की मर्जी को जिम्मेदार ठहराया और राहत की साँस ली। बस दूसरी, सदमे से यूँ काठ हुईं कि फिर कभी नहीं उबरीं। चुप्पी में पनाह ली और बाहर आईं तो सिर्फ यह कहने। 'एक पहली थी, बच्चा जन्मा तो सलामत रहा, खुद चल बसी। एक करमजली मैं हूँ, बच्ची को लील, खुद जिन्दा बैठी हूँ।'

मैंने दूसरी के बारे में माँ के मुँह से चाहे जो सुना हो, अपनी आँखों से उन्हें ठीक बुढ़िया ही देखा। उनकी निस्बत, दादा कम बूढ़े मालूम हुए। गजल तो बहुत दूर की कौड़ी थी, मुझे नहीं याद, मैंने उन्हें कभी भजन गुनगुनाते सुना हो। गाना-बजाना तो दूर, कभी उन्हें हँसते-बतियाते भी न देखा। देखा तो बस, खरबूजे के सूखे बीज छील, मग्ज निकालते। या हद-से-हद, कभी-कभार, भुने आटे या बेसन के लड्डू बोचते। चार-पाँच बरस की रही हूँगी मैं, जब की

शुरुआती यादें मन पर दस्तक देती हैं। याद आता है कि वो दूसरी दादी हमारे साथ नहीं रहती थीं। साल-दो साल में आती जरूर थीं, दो-एक महीनों के लिए। और मैं भी, गाँव, उनके पास जाया करती थी, कभी छोटी बहनों और माँ के साथ, कभी अकेले। ज्यादातर गर्मियों की छुट्टियों में। और हाँ, दूसरी को हम दादी नहीं, भाभी जी कहा करते थे। दादी तो हम, पिता जी की ताई को कहते थे। माँ-पिता जी भी उन्हें ताई और दूसरी को भाभी कहते। उन्होंने भी तो, माँ को, दादी की तरह, कभी बहूरानी या बहू नहीं कहा था। शहर हो या गाँव, भाभी जी की छवि वही रहती। चुपचाप मग्ज निकालती या हद-से-हद लड्डू बोचती। फिर गुड़िया कब बनाती होंगी? हाँ, गुड़िया मुझे खूब याद है। याद क्या, कल तक भी, वह मेरे-उनके रिश्ते की कड़ी रही थी। जब भी वे हमारे घर आतीं या मैं गाँव जाती, वे मुझे एक या दो गुड़िया जरूर देतीं। माँ कहती, भाभी जी ने अपने हाथों से बनाई है। चीथड़ों-कतरनों से। हम तीन बहनों में, गुड़िया की हकदार, सिर्फ मैं होती थी। शुरू में बहनें चिढ़ती-कुढ़ती थीं, पर धीरे-धीरे, मेरे साथ-साथ, वे भी, उन एक जैसी दीखने वाली गुड़ियों से ऊब चली थीं। उम्र के साथ, मेरी ऊब में शर्मिन्दगी भी आ मिली थी

उन्हीं दिनों, जरूर किसी दिन, भाभी जी के गाँव लौट जाने पर, उनकी दो शोभाहीन गुड़ियों और उनके अपने उदासीन, उबाऊ वजूद पर, मैंने खीज जाहिर की होगी, तभी माँ ने दूसरी की कहानी सुनानी शुरू की होगी। अलग-अलग पड़ावों में होकर, वह दूर तक चली थी। उसी के दौरान, वह दिन भी आया था, जब माँ ने गहरे पछतावे के साथ कहा था—"ऐसी काठ ये उसके मरे पीछे हुईं। और किसी को तो तनिक फर्क पड़ा नहीं था। इनके दु:ख में दिलासा देने की भी किसी ने न सोची। मैंने भी नहीं। दिलासा छोड़, इनके दु:ख को समझने की कोशिश भी नहीं की। सच कहूँ, औरों की तरह, मैंने भी उसके मरने पर राहत महसूस की थी। ससुर जी रिटायर होने को थे। तेरे साथ, उसका सारा काम भी, हमें निबटाना पड़ता। तेरे पिता जी ने किस फर्ज से कब कन्नी काटी। दोनों छोटे भाइयों की पढ़ाई में भी...फिर यह...बेटी के साथ की छोटी बहन...करना पड़ता तो करते ही। पर न करना पड़े, वही भला, नहीं?" मैंने सुन भर लिया था। पर धीरे-धीरे माँ की कहानियों के चलते, दूसरी में मेरी दिलचस्पी जगने

लगी थी। उम्र जब चौदह-पन्द्रह पर पहुँची तो वयसन्धि के सुरूर में, मैं दादी से पूछ बैठी—"माँ कहती हैं, भाभी जी पहले गजलें गाया करती थीं, अब क्यों नहीं गातीं?" उस बार माँ भी साथ थीं। दादी ने उनकी तरफ देखकर चुहल की थी—"लाला कहा करें थे ना, सीख जाएगी बड़े घर की तमीज-तहजीब। सो सीख गई।"

फिर चुहल भूल, पसीजे स्वर में जोड़ा था—"गाना-बजाना कब का छूट गया, रानी। तू हुई, समझ, उसी के बाद से।" उससे ज्यादा कुछ कहने को वे तैयार नहीं थीं। माँ की कहानियाँ भी चुक ली थीं। अब जिन्दगी के मंच पर मैं पाँव रख रही थी; वे प्रस्थान कर चुकी थीं। उन्हीं दिनों, मैं अपने भीतर, एक नई प्रतिभा की पहचान कर रही थी। यूँ तो बचपन से ही मैं चित्रकारी करती रही थी। सब स्कूलों की तरह, हमारे स्कूल में भी, कला की कक्षा लगती थी। अध्यापिका हमेशा मेरे चित्रांकन की तारीफ करती थीं; अंक भी मुझे ऊँचे मिलते थे। पन्द्रह-सोलह की उम्र तक आते-आते, मैंने पाया कि मेरा शौक, छवि-अंकन की तरफ बढ़ रहा था। स्कूल के बाद, शाम को चित्रांकण सीखने के लिए, मैंने एक नामी चित्रकार के पास जाना शुरू कर दिया था।

शौक के उस मंजर में, गर्मियों में मैं गाँव गई। तब भाभी जी ने जो गुड़िया मुझे पकड़ाई, उसमें मुझे उन्हीं की सूरत नजर आने लगी। और यूँ उनकी सूरत में, नई-नई शौकीनी पाए, मेरे चित्रकार मन की दिलचस्पी पैदा हो चली। अगले दिन, जब अन्यमनस्कता की मूर्ति बनी, वे खरबूजे के बीज छील रही थीं; मुझे चाव आया, उनका छवि-चित्र बना डाला जाए। मैं कागज-पेंसिल लेकर उनके सामने जा बैठी और उन्हीं की तरह, मौन साधे, छवि आँकने लगी।

कुछ वक्त बीतने पर मैंने देखा, मग्ज निकालते उनके हाथ, शिथिल पड़ते-पड़ते, थम गए हैं। उचटे, उकताए बदन में चौकन्नापन आ गया है। गरदन और कमर ऊपर खिंचकर सीधी हो गई है। चेहरा, हल्के स्मित से रँगा, आकर्षक कोण पर टिका है। जैसे कोई पेशेवर मॉडल या शोख कमसिन हो। मैंने अपने अचरज को जाहिर नहीं होने दिया। दम साधे रेखाएँ खींचती रही। छवि खंडित न हो जाए। कुछ देर यूँ ही चित्र बनता रहा, फिर उन्होंने धीमे से कहा, "इस लायक सुन्दर तो मैं ना हूँ। पहली थी।" चुप्पी

का टूटना, अब मुझे भला लगा। बात को चलाए रखने की खातिर पूछा, "आपको कैसे पता?"

उनका जवाब चौंकानेवाला था—"तसवीरें देखकर।" उन्होंने कहा।

कौन-सी तसवीर? मैंने गाँव के उस घर में किसी औरत की तसवीर कभी देखी न थी। शहर के घर में भी, पहली-दूसरी दादी तो दरकिनार, पूज्य नानी जी की भी कोई तसवीर न थी।

मुझे याद है, एकदम शुरू में, मैंने माँ से पूछा था, पहली की कोई तसवीर नहीं थी क्या, जो वे उनकी शक्ल-सूरत जानने को, दूसरी का मुँह ताकती रहीं? माँ ने हँसकर कहा था, उस जमाने में फोटो खींचने का चलन नहीं था। कोई रेखाचित्र बना देता तो हो जाती। उसी का सोचकर, उन्होंने ताई जी से एक मर्तबा पूछा जरूर था। उनका जवाब था—"तसवीरें रानियों-महारानियों की बनाई जाती हैं, या रंडियों-तवायफों की।" बाद में, बरसों बाद, मुझे छवि अंकन करते देख, माँ ने एक राज की बात बतलाई थी। मेरे नाना भी छवि-अंकन किया करते थे, नानी का एक चित्र भी उन्होंने बनाया था। और जमाने के चलन के अनुरूप, उसे अलमारी में बन्द करके रखा हुआ था। माँ ने एक बार चोरी से देखा था। नानी की छोड़ो। नाना ने तो दुबारा शादी तक नहीं की थी। उनके बारे में माँ ने जाने क्या-क्या किंवदन्तियाँ गढ़ रखी थीं। पर भाभी जी, नानी की नहीं, पहली दादी की कह रही थीं। कौन-सी अलमारी में बन्द है, उनकी तसवीर? चित्र पूरा हो गया तो मैं भाभी जी के एकदम करीब गई। फुसफुसाकर पूछा, "उनकी तसवीर है आपके पास?"

उन्होंने मेरे हाथ से चित्र झपट लिया। आँख भरकर देखा और बोलीं, "यह मैं हूँ।" उनके चेहरे पर लवलीन विस्मिति बिखर गई। उस वक्त, बुढ़ापे के बावजूद, वे मुझे काफी सुन्दर लगीं। तो माँ ने गलत नहीं कहा था, कभी वे काफी आकर्षक रही होंगी। मैंने मन ही मन अपनी पीठ ठोकी। वाह, क्या छवि उकेरी कि मॉडल की छुपी लुनाई बाहर आ गई।

"लाइए!" मैंने चित्र वापस लेने को हाथ आगे किया पर उन्होंने झट उसे धोती के पल्लू में लुका लिया। चेहरे पर त्रस्त भाव उभर आया। बोलीं, "ना। बाऊजी देखेंगे तो टुकड़े कर देंगे।"

मैं समझ नहीं पाई, किसके, उनके या चित्र के?

"किसी से कहना मत!" उन्होंने कहा।

"पर..."

"ले गिरी खा।" मुट्ठी भर मग्ज उन्होंने मेरे हाथ में ठूँस दिए। जब तक मैं उन्हें सँभालती, वे चित्र ले, सिरे से गायब हो गईं।

उसके बाद वे दिखीं तो उसी अन्तर्लीन मुद्रा में। गिरी निकालती, लड्डू बोचती, अन्यमनस्क, निर्लिप्त।

मैंने दो-एक बार कोशिश की कि सामने बैठकर, एकाध चित्र और आँक लूँ। पर मुझे तैयार देख, वे झट उठ जातीं और अपने कमरे में जाकर दरवाजा बन्द कर लेतीं। उन्होंने इस तरह खुद को मुझसे क्यों काट लिया, मैं समझ नहीं पाई। मैंने कहा भी—"मुझे चित्र वापस नहीं चाहिए। आप रखिए..." पर बीच ही में, दबी आवाज में 'चुप' कहकर, वे उठ गईं।

लगा, इस बार जाते हुए गुड़िया नहीं मिलेगी। जान छूटी। पिछले कई सालों से, मैं उनकी दी गुड़ियाँ, बिट्टो बुआ के बच्चों में बाँट जाती थी। मेरे गए पीछे उन्हें पता चल ही जाता होगा। पर मुझसे कभी किसी ने उसका जिक्र नहीं किया था।

जाने का वक्त आया तो, बदस्तूर, भाभी जी ने गुड़िया मुझे पकड़ा दी। मैंने सरसरी निगाह उस पर डाली और भौचक रह गई। पहले, उनकी किसी गुड़िया में ऐसी उम्दा कारीगरी देखी न थी। धागों से कढ़े नाक़-नक्श, तीखे, दिलकश; बदन की गढ़न, कटावदार, नाजुक; पहरावा, नफीस, सलीकेदार।

"अरे, यह तो पूरी पेंटिंग है पेंटिंग। आप चित्रकारी जानती हैं क्या?" मेरे मुँह से निकला—"पर माँ तो कहती थीं..."

"मेरा क्या...तू तो जानती है...वारिस है...हमारी..." उन्होंने बुदबुद करके कहा। गुड़िया में मग्न, मैंने कुछ सुना, कुछ नहीं। इसे साथ ले जाऊँगी, यह गुड़िया नहीं कलाकृति है, मैंने तय किया। हमारी चित्रकला की कक्षा में कलाकृति शब्द का सबसे ज्यादा इस्तेमाल होता था।

चलने की तैयारी में, भागते-दौड़ते, गुड़िया दादी को दिखलाई तो वे भी चौंक गईं। "यह तो...यह तो..." कहकर हकला रही थीं कि मैं चहक उठी,

"कमाल की है न। जैसे किसी को सामने बिठलाकर छवि उतारी गई हो।"

"वही तो...वही..." वे फिर हकलाईं कि मैं भाग ली। कलाकृति के लिए सामान में जगह बनानी थी। दादी की बुढ़ाती हकलाहट सुनती तो गाड़ी छूट न जाती।

अगले साल गर्मी की छुट्टियों में, मैं गाँव नहीं गई। अगले मार्च में हायर सेकेंडरी के बोर्ड के इम्तिहान होने थे, इसलिए गर्मियों में स्कूल में विशेष कक्षाएँ लगनी थीं। फिर मेरे चित्रकार गुरु ने भी, उन्हीं दिनों, मुझे खासतौर पर कुछ गुर सिखलाने का आश्वासन दिया था। उसके लिए हर हाल में वक्त निकालना था। यूँ वक्त था कहाँ? सोलह बरस की उम्र सिर पर, दुनिया-भर का सोच-विचार, सखी-सहेलियाँ, राज-रियाज, कौन जाता शहर छोड़कर। स्कूल का आखिरी साल था। बहुत कुछ छूटना था कॉलेज जाने पर। तब तक तो संग-साथ बना रहे।

इम्तिहान खत्म हुए तो मौज-मस्ती सूझी। शहरों में चाचा-ताऊ के जितने बच्चे थे, सबने एक साथ, गाँव जाने का कार्यक्रम बनाया। मैं एक तरह से मुखिया चुनी गई, गाँव के घर के बारे में मेरी जानकारी सबमें ज्यादा थी, मैंने ही उन्हें जतला रखा था। मेरी परधानी शुरू होती, उससे पहले गाँव से तार आ पहुँचा कि भाभी जी का स्वर्गवास हो गया। अरसे से मियादी बुखार आ रहा था, कई बार मुझे याद किया था। मेरे बोर्ड के इम्तिहान चल रहे थे, इसलिए खबर मुझसे छिपाकर रखी गई थी।

अब सबको गाँव जाना ही था। गए।

उनका संस्कार हो लिया तो बिट्टो बुआ, मुझे, हाथ से पकड़कर अपने कमरे में ले गईं। दरवाजा ढुकाया ही नहीं, बाकायदा कुंडी चढ़ाकर बन्द किया। लकड़ी की अलमारी खोली। उसमें ठुँसे तरह-तरह के सामान के बीच से एक टिन का बक्सा निकाला। पुराने कपड़ों के अम्बार में छिपा पड़ा था। बाहर आया तो पिचका, बदरंग। जंग खाया ताला भी दिखा, पर जिस कुंडी में लटक रहा था, वह खुद उखड़ी पड़ी थी। फिर भी बड़े जतन से सँभालकर, उन्होंने, उसे मुझे पकड़ाया। हाथ लगाते ही, ताले समेत ढक्कन खुल गया। भीतर मेरा बनाया, भाभी जी का चित्र था।

इसमें इतनी लुकाछिपी की क्या बात है। पर हँसी-मजाक का मौका न था। जब बनाया था, नजर-भर देख भी न पाई थी। अब लगा, बुरा नहीं बना था। जड़वा कर बैठक में लगाया जा सकता है, अपने शहर के घर में। मैंने ठीक से परखने को चित्र उठा लिया। नीचे एक और छवि चित्र था। भाभी जी का हरगिज नहीं। चेहरा, फिर भी पहचाना-सा था। मन में गुड़िया कौंध गई, जो पिछली बार मिली थी। तसवीर में बराबर उसकी सूरत झलक मार दी। अपना नीचे रख, उसे उठा लिया, बहुत एहतियात के साथ। फिर चित्र। वही सूरत। उठाया तो फिर वही। कमरा मायाजाल में बदल गया। यह क्या जादू है। एक-एक करके सभी चित्र मेरे आसपास लेट गए। मेरेवाले को छोड़, आठ थे। मेरेवाले से कहीं बेहतर। कला की निपुणता में, चेहरे के लावण्य में। जितनी समझ मुझे थी, उसके हिसाब से, चित्र बहुत बढ़िया...नफीस थे। तो भाभी जी, छिपकर चित्रकारी करती थीं? यकीन नहीं हुआ, माँ ने कहा था, फूल-पत्ती भी उनसे बनवाई थीं, साड़ी पर।

अकबकाए हाल, बुआ से पूछा, "भाभी जी ने बनाए थे?"

"ना," उन्होंने कहा, "पहली ने।"

"सूरत किसकी है?"

"उनकी अपनी।"

तभी! भाभी जी पहचानती थीं उनकी सूरत। पर भाभी जी के पास चित्र आए कैसे? पहली चल बसीं, तभी न दूसरी आईं। दादी जी ने दिए? पर भाभी जी तो कह रही थीं...

पर बुआ अब भी बोल रही थीं—"तेरे लिए हैं। मुझ पे सँगवा गई बेचारी। तुझ पे तो आया भी न गया आखिरी दिनों में। कित्ता याद किया। अपनी जाई रही नहीं, तुझी पे कुरबान होती रहीं। पर तूने कब परवाह की..."

बिट्टो बुआ को इतना बोलते पहले नहीं सुना था। सुनती तो क्या ध्यान देती? मेरे लिए वे भाभी जी की परछाईं-भर थीं, वह भी माँ के बतलाए इतिहास में। एक गाती, दूसरी बजाती, वरना चौपड़। एक का छूटा तो दूसरी का भी छूट लिया होगा। मैंने तो उन्हें जब कभी एक नजर देखा तो बच्चों से घिरे हुए।

पर वे बोले चली जा रही थीं। "बेटे पैदा किए तो समझो जैसे पहली के, वैसे इनके। ब्याह करके आईं तो किसी ने कुछ माना थोड़ा। जब पेट में वह आई, तेरे साथ वाली, तो समझ, अपने को मान बैठीं ये भी। क्या शौक जगमगाया था मन में बच्चे का, सब धरा रह गया। मेरे तो बाद में हुए पर कभी जो हाथ लगाया हो, कभी जो लाड़ किया हो। बस एक तू थी, जिस पर जान छिड़कती रहीं।"

ऐसे जान छिड़कते तो कभी देखा नहीं। देखने की तकलीफ कब की? बुआ ने भी कहाँ चेताया! मरे पीछे हमदर्द बनना क्या मुश्किल है। पर तसवीरें?

"ये तसवीरें उन्हें किसने दीं, दादा जी ने? खूब सहेजकर रखीं। जड़वाकर कहीं टाँगी क्यों नहीं? अच्छा नहीं माना जाता था तब? पिता जी को मालूम है इनके बारे में? ताऊ जी को? और दादी को?" सवाल करने शुरू किए तो मैं भी धाराप्रवाह बोलती गई।

"हाँ, दादा जरूर सहेजते तेरे।" बुआ तंज से बोलीं, "पा जाते तो जला न डालते। जैसे और जलाईं। रंडियों के मोहल्ले की ये थीं, वे नहीं। उनकी आबरू पर आँच कैसे आने देते।"

"तसवीरें जला दीं, क्यों?"

"आईने में देख-देख जो अपनी छवि आप उकेरे, रंडी से कम क्या हुई।" बुआ ने बन्द दरवाजे पर नजर डाल लेने पर भी, फुसफुसाकर कहा। और तुरन्त जोड़ा, "मुझे मती घूर। तेरे दादा का कहा, कहा मैंने।"

"फिर ये कैसे बचीं? और भाभी जी के पास..."

"पहली के मरे पीछे, बच्चों समेत, उनका सारा सामान, तेरे दादा ने तेरी ताया-दादी के जिम्मे डाल दिया कि ले सँभाल। चाहे खुद बरत, चाहे आने वाली बहुओं के लिए सहेज। पहली बहू आई, उनकी अपनी। मौसी ने कुछ गहना-गुरिया उसे दिया, कुछ आगे के लिए रखा। हाँ, उतरन-शुतरन सब उसी के माथे मढ़ी। उसी में ये भी थीं।"

"बक्सा खोलकर नहीं देखा?"

"लो और सुनो। तसवीरें बक्से में थोड़ा थीं। पुरानी गुदड़ी के अस्तर के बीच से मिलीं। धो-धाकर दुबारा बनाने को उधेड़ी तो देखीं। मेरे सिवा कोई नहीं जानता। दूसरी ने कसम दी थी मुझे, अब मैं तुझे दे रही हूँ, किसी से कहियो मत।"

बुआ ने चित्र, भाभी जी की साड़ी में लपेट दिये। मैंने अपने सन्दूक में कपड़ों के नीचे जमा लिए।

# छत पर दस्तक

**सूजी** आँखों में बिनसोई रात की थकन लिये नलिनी कालीन में पैर डुबाती रसोई तक पहुँच गई, बेआवाज, जैसे लम्बी घास में दुबका शेर, दबे पाँव आगे बढ़ रहा हो। वहाँ भी वही सन्नाटे भरी पदचाप। चूल्हे के सामने भी कालीन का फैलाव था न। अच्छा लगता है, सुबह-सुबह चप्पल की चट-चट से आजाद, चाय बनाने पहुँच पाना।

सच पूछो तो पूरे घर में बिछे इस एकसार सलेटी रंग के ऊनी बिछावन को कालीन कहते झिझक होती है। उसकी कल्पना में कालीन का रूप बिलकुल फर्क था। चित्रकला या नक्काशी की तरह, सौन्दर्य की बारीक सूझ-बूझ से भरपूर, कसीदे का भव्य प्रतिरूप। रंगों का मिलान हो या बेल-बूटों की पच्चीकारी, हर टाँके में राजसी शान-शौकत और कलात्मकता समाई हुई। ईरानी, कश्मीरी, मिर्जापुरी...बनते-बनते सपना टूटकर बिखर गया। कल्पना अलग होती है और यथार्थ बिलकुल अलग, दुःख-दर्द से भरा। उसे याद आ गया था, नन्हे-नन्हे बच्चे बुनते हैं कश्मीर और मिर्जापुर में कालीन। भूखे-नंगे, झुकी पीठ और कटी अँगुलियाँ लिये जवान होने से पहले बूढ़े होते बच्चे। सुना है, उन नन्हे हाथों से बुने गलीचों की सबसे ज्यादा बिक्री अमेरिका में ही होती है।

होती होगी! उसका दिमाग है या घनचक्कर! यहाँ कौन हाथ का बुना गलीचा बिछा है। यहाँ से वहाँ तक मशीन का बुना सलेटी कालीन है, पैरों के नीचे, और कुछ नहीं। नंगे पाँव चलने में आवाज नहीं होती। चप्पल की चटकार से बेटे के आराम में दखल नहीं पड़ता। उसके अमेरिकन बेटे को शोर पसन्द नहीं, चप्पलों का, बर्तनों का, हिन्दी गानों का।

नहीं, उसके पति अमेरिकन नहीं थे, न उसके भीतर रत्ती-भर अमेरिकन खून था। यही तो मजे की बात थी। इस देश में भरा-पूरा जवान आदमी, मिनट भर में हिन्दुस्तानी से अमेरिकन बन जाता था। माँ-बाप की नागरिकता, सदियों की विरासत, खून और नस्ल, सब धरे रह जाते हैं और आदमी बिना गर्भ में आए, बिना मदद या परवरिश, नया जन्म ले लेता है। शरीर का चोला तक नहीं उतारता, जिन्दा-का-जिन्दा...नहीं यह गलत है, मरता जरूर है, पुनर्जन्म लेने से पहले। बहुत कुछ मरता है अन्दर-बाहर। देखने में जवान-जहान आदमी भीतर से निरीह बच्चा बनकर ही जन्म लेता है। डरा-सहमा, पूरे एक देश को बाप मानकर, उसका हुक्म बजाता हुआ, इतना धीरे-धीरे बड़ा होता है कि डॉलर का मूल्य समझने के आगे, उसकी जेहनियत जा नहीं पाती।

वे होती हैं न, छोटी-छोटी कविताएँ, जो नन्हे बच्चे माँ की गोद में सीखते हैं। बच्चे तो कब से 'ट्विंकल-ट्विंकल लिटिल स्टार' रटकर बड़े होते आ रहे हैं। यहाँ दोबारा जन्म लेते हैं तो डॉलर-डॉलर गाने लगते हैं—

डॉलर-डॉलर दूर के।
पुए पकाएँ बूर के।

धत्, ऐसे भी कोई गाता है...वह हँसी। पर एक बात है। दोबारा जन्म भले हो जाए, इन नए-नकोर अमेरिकनों की जुबान का स्वाद नहीं बदलता। वही पुए-पुलाव, मटर-पनीर, मुर्ग मुसल्लम, देखे नहीं कि लार टपकनी शुरू। यही एक रिश्ता है जो जोड़े रखता है देश से, माँ से। खाना जितना चाहो पकाओ पर खबरदार जो बर्तन खड़कने का शोर हो। उसका अमेरिकन बेटा पसन्द नहीं करता।

खैर, शोर उसे खुद भी पसन्द नहीं है। नई शादी हुई थी तो अलस्सुबह, पाँच बजे से, सास-ससुर का पूरे घर में चप्पल चटकारते घूमना बड़ा नागवार गुजरता था। सास-ससुर ही क्यों, घर के तमाम प्राणी, देवर-देवरानी, ननदें सभी

उसी ऊँची सड़प-सड़प आवाज के साथ नंगे फर्श पर पाँव घसीटा करते थे। बस, उसका विवेक एकदम अलग था। उसकी पदचाप में एक कशिश थी, एक उड़ान और तरतीब। गरदन पर गरम साँस महसूस होने पर ही अहसास होता था, वह पास पहुँच चुका। सुना है, उम्र के साथ हर बेटा बाप जैसा होता जाता है। क्या एक दिन विवेक भी वैसा हो जाता...रहता तो? पर कहाँ...जैसे दबे पाँव करीब आता था, वैसे ही बिना आवाज दूर निकल गया, हमेशा के लिए।

घर तो उसके बिना भी भरा-पूरा बना रहा पर उसके लिए सूनापन इतना गहराया कि चप्पल की चटकार साथिन बन गई। शेर की तरह इतराकर चलना वह भूल गई। धीरे-धीरे वह खुद अपनी सास में तब्दील होने लगी। उसकी अपनी माँ, उसकी उम्र में ठीक कैसी थीं, कहना मुश्किल था। शादी के बाद उनसे मिलना बहुत कम हो गया था। दूर शहर, बढ़ते किराये वगैरह-वगैरह। सास के करीब बने रहना मजबूरी थी, फिर वही बढ़ते किराये, चढ़ती महँगाई। दो घरों का किराया कौन दे, नलिनी नौकरी पर जाए तो बच्चे को कौन देखे, वगैरह-वगैरह। सच, जिन्दगी में वगैरह की बड़ी अहमियत है। फर्क सिर्फ इतना है कि वे रुपये को वगैरह में डाल देते थे और उसका अमेरिकन बेटा डॉलर को जिन्दगी की तरह जीता है।

जो हो, चप्पल उतारकर बेआवाज नंगे पाँव चल पाना अच्छा लगता है... कितने डॉलर का आया होगा कालीन? छोड़ो...चाय बनाओ। हे राम! पानी तो सारा जल गया। पींऽऽ...सत्यानाश! बज गया स्मोक अलार्म।

उसने अखबार उठाया और अलार्म के नीचे हिलाने लगी। धुआँ तितर-बितर हो गया तो बजना बन्द हो जाएगा। शोर...

पर बेटा तो सामने खड़ा था। बिलकुल बाप पर गया है। ऐसा भी क्या दबे पाँव चलना!

"इतनी सुबह पराँठा बना रही थीं?" सुधीर ने बेदिली से पूछा।

"नहीं," वह शर्मिन्दा थी—"चाय का पानी जल गया।"

"चाय तो मैं पीता नहीं।"

"मैं पीती हूँ।"

"ओ हाँ, पराँठा नहीं बना रहीं?"

"नहीं, टोस्ट खाओ! कोलस्ट्रोल बढ़ जाएगा।"

"ओ माँ, अमेरिकनों की तरह मत बोलो।"

"क्यों, तू अमेरिकन बन सकता है, मैं नहीं।"

"तो चाय पीना छोड़ो, हर्बल पियो।" कहकर वह खट से अपने कमरे में जा घुसा। वहाँ उसका दखल नहीं था। पहले दिन ही उसने कह दिया था, प्राइवेसी भी कोई चीज होती है, हिन्दुस्तान की तरह नहीं कि तीन पीढ़ियाँ एक ही कमरे में सो रही हैं।

"हमारे घर में ऐसा था क्या?" उसने पूछा था पर तब भी वह अपने कमरे में जा घुसा था और भीतर जाते उसके कदम ठिठक गए थे।

प्राइवेसी भी कोई चीज होती है, उसने भी इतनी ही बेदिली से कहा था, जब शादी के बाद विवेक की पहली चिट्ठी आई थी और देवर-ननद ने मिलकर खोल ली थी। सास-ससुर सामने बैठे हँसते रहे थे। क्यों न हँसते! इन्हीं ससुर जी की बदौलत तो सुहागरात से ज्यादा, अगली सुबह, न भूलने वाली बन गई थी। सुबह आठ से ऊपर क्या बजे, ससुर जी उनके कमरे का दरवाजा धड़ाक से खोल, भीतर घुस आए थे। विवेक शायद रात में एक बार बाहर गया था...क्या करता, पाखाना जो एकदम बाहर था...और लौटकर सिटकनी लगाना भूल गया था। पर खटखटाया तक नहीं ससुर ने, दरवाजे पर हाथ मारा और एकदम अन्दर। उफ! भीतर घुसते ही फौरन लौट गए थे, विवेक ने बतलाया था, वह खुद तो शर्म से गड़कर चादर के भीतर दफन हो गई थी।

बाद में उनके सामने जाना कितना मुश्किल हो गया था...एक गाँठ पड़ गई थी मन में। पर अचरज, उन्हें कोई मलाल नहीं था। न पछतावा न शर्मिन्दगी। दो रात बीती नहीं थीं कि सास-ससुर ने सीख देनी शुरू कर दी थी। क्या गर्मी में कमरे में घुसे रहते हो...छत पर सोया करो खुली हवा में अलस्सुबह इतनी ठंड होती है कि कम्बल लेना पड़ता है। सेहत का खयाल करो। बुढ़ापे में पछताओगे हमें देखो, साठ के हो गए पर तुमसे जल्द उठते हैं दुगुना काम करते हैं वगैरह-वगैरह। शिक्षाप्रद वाक्यों के बीच विराम लगाने की परम्परा उनके यहाँ नहीं थी। उसी दिन से उसके मन में ससुर के लिए दुर्भावना घर कर गई थी।

यह भी कोई बात हुई भला। कोई पूछे, हिन्दुस्तान में बहुओं को क्या कुछ नहीं सहना पड़ता। यह क्या था उसके सामने, न तिल, न तिनका। यूँ चाहो तो तिल का ताड़ बना लो। कितना समझाया मन को पर मानकर नहीं दिया। क्या था अगर सिर्फ एक बार, आँख मिलने पर ससुर शर्म से सिर झुका लेते, चेहरा उनका तनिक-सा पसीज उठता तो वह सब कुछ भूल जाती। पर वे तो ऐसे अकड़े रहे जैसे कुछ हुआ ही नहीं, सिवा इसके कि आठ बजे तक बिस्तर में लोट लगाने से सेहत खराब हो जाती है। रात में तीन-चार बार उठकर दरवाजे की सिटकनी पक्की कर लेना उसकी आदत में शुमार हो गया था। पर विवेक से किसी रात उसने कुछ नहीं कहा था। ससुर के लिए दुर्भावना की बात जुबान पर नहीं लाई जा सकती थी। लाख विवेक परिवार से फर्क हो, पर था तो उसी परिवार का बीज।

विवेक के न रहने पर उसका कमरा रेलवे प्लेटफॉर्म बन गया था। जो मेहमान आए, बिस्तरा-बोरिया ले सीधा उसके कमरे पर काबिज। कुछ दिन बीतते न बीतते, कमरा छोड़ स्टोर में जाना पड़ा था। यूँ नाम उसका पिछवाड़े की कोठरी था। एक खाट बिछी थी भीतर। एक दरवाजा और एक खिड़की भी थी, हवा के आवागमन के लिए। सुधीर की पढ़ाई न रही होती तो वह कोठरी भी न मिलती। फिर उसे वजीफा मिलने लगा था और उसकी पढ़ाई का मोल बढ़ गया था। यूँ नलिनी भी स्कूल में पढ़ाती थी, अपने और सुधीर के खाने-पहनने लायक कमा लेती थी पर उसका कोई मोल नहीं था। होता भी कैसे? एक बरसाती तक किराये पर लेकर रहने की बिसात नहीं थी, कोठरी ही कोठी थी उसके लिए। सास-ससुर भले थे उसके, लाख कहते रहे हों, नलिनी का क्या है, कहीं भी पड़ जाएगी, पर किसी रात उसे रसोई या गलियारे में सोने के लिए मजबूर नहीं किया। रात होने पर वह कोठरी का दरवाजा कसकर बन्द करके सिटकनी चढ़ा देती थी। और जो हो, कोठरी में प्राइवेसी तो थी।

प्राइवेसी! हिन्दी में कोई शब्द है उसके लिए? शायद नहीं। ऐसी कोई अवधारणा ही नहीं है हमारे पास। जो खुद पर जाहिर, जगजाहिर। जो अपना होता है, नितान्त अपना, ढका-ढँपा, मन की परतों के भीतर कैद, बस वही अपना बना रहता है और कुछ नहीं। न कोई रिश्ता, न भावना। वह सुधीर के मन को समझ सकती है। उस कोठरी की पर्दाफाश रिहाइश के बाद प्राइवेसी कितनी कीमती

चीज बन गई होगी उसके लिए, यह समझती है। इसीलिए उसकी गैर-मौजूदगी में भी, उसके कमरे के भीतर नहीं घुसती। कभी-कभी मन होता है, भीतर जाकर कुछ सार-सँभाल कर दे, कौन वहाँ उसकी बीवी बैठी है। पर एक कदम अन्दर रखते ही, अपने कमरे के दरवाजे में टँगा ससुर का बिटर-बिटर ताकता चेहरा याद आ जाता है और वह जहाँ की तहाँ जड़ हो जाती है।

उसने कुकिंग रेंज के छोटे चूल्हे पर पानी दोबारा रखा। चाय तो पीनी ही पीनी है। मन भारी हो चाहे हल्का। बीता हुआ कल दिल पर काबिज हो या आनेवाला कल। विवेक के जाने के बाद भी सुबह की चाय नहीं छूटी थी। स्कूल के लिए सुबह जल्दी घर छोड़ना पड़ता था इसलिए निभ गई थी। चाय कहो, नाश्ता कहो, सुबह की चाय फिर भी चाय थी।

यहाँ आने पर सुधीर ने माइक्रोवेव में पानी का प्याला रखकर चाय बनाने को कहा तो वह बिफर गई थी। लो भला, सोंधी महक न उठी तो चाय का क्या फायदा। उसे न टी बैग सुहाता है, न चाय में लबालब दूध, न इलायची मसाला। उबलते पानी में छोड़ी गई लम्बी पत्ती वाली चाय की धीरे-धीरे ऊपर उठती गन्ध। विवेक के साथ के दिनों की यादगार के नाम पर यह दिलकश महक ही तो बची थी उसके पास...वही उसका ताजमहल, वही उसकी शेरो-शायरी।

पानी उबल गया। उसने चाय पत्ती उसमें छोड़ दी, भगोना ढका और चटपट चूल्हे से अलग कर दिया। अब दो मिनट का इन्तजार। तभी न पानी चाय की गन्ध सोख पाएगा। छलनी से छनकर प्याले में ढलती चाय की गन्ध से लबरेज समाँ विवेक को पास खींच लाएगा। ठीक दो मिनट के इन्तजार के बाद चाय की पहली चुस्की भरने का मजा नहीं मिल पाता था। सुधीर समेत घर भर का नाश्ता तैयार करने की हड़बड़ी में कितनी बार चाय पड़ी कड़वी और ठंडी हो जाया करती थी। फिर भी एक बार महक सोख ही चुकी होती थी उसकी अन्तरात्मा।

अन्तरात्मा! सुधीर को इस शब्द से खास चिढ़ है। कहता है, तुम लोगों के सिर पर हमेशा कोई अपराधबोध सवार रहता है, इसीलिए अन्तरात्मा-अन्तरात्मा चिल्लाते रहते हो। नहीं सुधीर, बात सिर्फ अपराधबोध की नहीं है। प्राइवेसी के नाम पर हमारे पास और कुछ नहीं है, सिवा इस एक अन्तरात्मा के। बाकी

सब कुछ तार-तार करके नंगा कर दिया जाता है। चाय की महक में विवेक के सान्निध्य को ढूँढ़ने की बात किसी से कहती तो लोग पागल करार दे देते मुझे, दुनिया के लिए मेरी खुदी अफसाना बन जाती। पर मैंने कभी किसी पर कुछ जाहिर नहीं किया। चाय के चस्के पर कितने ताने-तिश्ने सुने पर अपनी प्राइवेसी पर किसी को हाथ नहीं डालने दिया।

उसने पहली चुस्की ली, साँस लम्बी खींचकर गन्ध को सहेजा और मुस्करा दी। हर्बल पियो। हर्बल! ये नए बने अमेरिकन भी लकीर के फकीर होते हैं। शुरू होंगे वही अलिफ से पर जो कहेंगे तर्जुमा करके। मन हुआ सीधा जाकर सुधीर से पूछे-तू पीता था बचपन में बनफ्शा-जुशांदा जो मैं हर्बल पिऊँ? जुकाम-खाँसी होने पर दादी काढ़ा पिलाती थीं तो आसमान सिर पर उठा लेता था। यही हर्बल तो था वह, जिसे आज तू सेहत और तरक्की के नाम पर घोंटा करता है, तर्जुमा बेशक कर लिया तूने नाम का। पर बचपन की क्या कहे, तब तो सुधीर दूध पीना चाहता था...मुश्किल से आधा गिलास नसीब होता था। ऐसा नहीं था कि वह उसे दो गिलास दूध खरीदकर लेने लायक कमाती नहीं थी, पर घर में और लोग भी थे न। बूढ़े सास-ससुर, फिर देवर-देवरानी, उनके दो बच्चे। एक जने के हिस्से में मुश्किल से एक गिलास दूध आता था, सुधीर के लिए आधा ही बचता था, वह खुद दो बूँद दूध की चाय पीती थी वरना उतना भी नहीं होता शायद...अब तो दिन में तीन बार दूध पीता है, नलिनी से भी कहता रहता है, दूध पिया करो, पर उसकी दूध की आदत कब की छूट चुकी। अच्छा, कहीं इस दूध के मारे ही तो सुधीर अमेरिकन नहीं बना?

छोड़ो...होगा। चाय पीते हुए ऊल-जलूल नहीं सोचना चाहिए, मजा खराब हो जाता है।

चाय के चार घूँट अन्दर गए तो दिमाग चौकस हुआ। पुरानी यादों से निकलकर आज पर आया। कल फिर सारी रात, ऊपरवाला फर्श पर पैर पटकता रहा था। उसका फर्श, नलिनी की छत। रात-भर उसके पैरों की धमक सिर पर हथौड़े की तरह बजती रही थी। कौन रहता है ऊपरवाले फ्लैट में। सारी रात तंग दीवारों के बीच, इधर से उधर क्यों भागता रहता है?

नलिनी सो नहीं पाती। रातोंरात जगकर उसकी पदचाप सुनती है। पहले-पहल सोचा था, जैट लेग होगा, एक देश से उड़कर दूसरे देश जाओ तो, हल्की से हल्की आवाज भी रात में शोर बनकर जगाए रखती है। पर अब एक पखवाड़ा बीत चला। ऊपरवाले की चहलकदमी उसी तरह कायम है। रात में दो-एक बार उठकर रसोई या गुसलखाने तक जाना और बात है, यह तो सारी रात भूत की तरह इधर से उधर डोलता रहता है।

मर्द है, इतना वह पहली रात उसके कदमों के आघात और फासले से जान गई थी। धीरे-धीरे और कई कयास लगा लिए थे। उम्र साठेक होगी, अकेला रहता है, कभी किसी का बोल नहीं सुना। एक पैर जरा घसीटकर चलता है। फर्श पर कालीन नहीं बिछा क्या, इतनी आवाज क्यों होती है? उस फर्श और इस फर्श का फासला कितना है, बस कोई सात फुट। बन्द माचिस की डिब्बी-सी पतली, गत्ते-लकड़ी की दीवारें। ऊपर से आवाज बेरोक नीचे कूदती है और उसके साथ इस डिब्बी में कैद हो जाती है।

माचिस की डिब्बी। बिलकुल वही। बचपन में वे लोग माचिस की डिब्बियों से घर बनाया करते थे। एक के ऊपर एक डिब्बी रखकर कई मंजिल ऊँचा मकान। कैंची से चौकोर काटकर डिब्बी में खिड़की बना ली जाती थी। मकान काफी खूबसूरत लगता था, ऊँचा, सवाल-जवाब में खरा, कहीं कुछ बिखरा, फैला, असंगत नहीं। पर कितना तंग, उफ, कितना-कितना तंग और दमघोंटू। इतना दमघोंटू कि सहेलियों के इसरार के बावजूद, वह उसके भीतर वीर बहूटिया रखने को राजी नहीं होती थी। पकड़ने में अव्वल वही थी, इसलिए उन्हें उसका फैसला मानना पड़ता था पर काफी झक-तकरार के बाद।

अपने अमेरिकन बेटे का अपार्टमेंट उसे माचिस की डिब्बियों से बने बहुमंजिला मकान जैसा लगता है। ऊँचा, खूबसूरत, सवाल-जवाब में खरा, बाहर इतना खुला और भीतर एकदम कैदखाना।

यह कैलिफोर्निया है। इतना खुला, फैला और लम्बा-चौड़ा कि बिना गाड़ी आदमी कहीं आ-जा नहीं सकता। इस एक बड़े हिस्से का नाम सिलिकॉन वैली पड़ा हुआ है। यहाँ कम्प्यूटर की भरमार है, करीब-करीब हर आदमी-औरत कम्प्यूटर के धन्धे में लगा हुआ है। पर पते में सिलिकॉन वैली नहीं लिखा

रहता। यहाँ हर पाँच मील पर शहर बदल जाता है...सनीवेल, रेडवुड सिटी, साण्टा क्लारा, सानहोजे, माउण्ट व्यू, नाम इतनी जल्दी-जल्दी आते हैं कि उसे हिन्दुस्तान के गाँव याद आ जाते हैं। पर इनके नामों में गँवई बोली कि देशज ताजगी और कशिश नहीं है। यहाँ नाम बार-बार दोहराए जाते हैं। कैलिफोर्निया प्रदेश में निवाडा शहर और निवाडा शहर में फिर कैलिफोर्निया गली। निवाडा प्रदेश में कैलिफोर्निया शहर और उसमें निवाडा गली। यह माउण्ट व्यू नाम जाने कितनी बार आँखों के सामने से गुजर चुका। दूर-दराज अनदेखे इलाके में आदमी ठिठका खड़ा रह जाए, अरे आ तो गई अपनी गली...पर कहाँ, यहाँ तो जाना-पहचाना नाम भी अजनबी होता है। अजनबीयत कहो, प्राइवेसी कहो, हिन्दुस्तान की तरह बाहर को भीतर लिवा लाने का रिवाज यहाँ नहीं है। अब देखो, बाहर कितना खुला मैदान है, चौड़ी सड़कें, रेडवुड और डगलस फर के ऊँचे पेड़ और फूल ही फूल। कितनों के तो नाम भी वह पहचानती है—पिटूनिया, डेजी, पॉपी, हनीसकल, हाइड्रेंजिया...अरे कितने ढेर नाम पहचानती है वह...स्कूल में बॉटनी पढ़ाती थी न। पर खिड़की पर डले परदे इस खुलेपन और फैलाव पर रोक लगा देते हैं। बेमतलब की पतली दीवारें और नीची छत तमाम शोर को जज्ब करती हुई भी निस्संग बनी रहती है। हर आदमी अपनी प्राइवेसी में दफन हो जाता है। सामने पड़ जाए तो पड़ोसी को देखता नहीं, आवाज करे तो सुनता नहीं।

एक बार परदा हटाया था तो सुधीर ने फौरन वापस डाल दिया था। क्यों पूछने पर ऊबे स्वर में कहा था—"यहाँ एक-दूसरे के घर में कोई नहीं झाँकना चाहता।"

उसे एक डरावना खयाल आया था। फर्ज करो, कोई हादसा हो जाए, आग लग जाए, पानी का पाइप फट जाए, उसका खून हो जाए, तब भी कोई नहीं सुनेगा। वह चिल्ला-चिल्लाकर मदद की गुहार करेगी पर माचिस की डिब्बियों में बन्द पड़ोसियों का सन्नाटा नहीं टूटेगा। कोई कुछ सुनेगा ही नहीं।

उसने दफ्तर जाते सुधीर का रास्ता रोक लिया था।

"सुन, एक बात बतला, मान ले घर में आग लग जाए..."

"स्मोक अलार्म है।" उसने उकताकर कहा था।

"बात सुन पूरी। अगर कोई घर में घुस आए...।"

"ओह हाँ," वह सतर होकर भीतर आ गया था—"यह देखो, इस अपार्टमेंट बिल्डिंग के बाहर का दरवाजा हमेशा बन्द रहता है। जो आता है बाहर से घंटी बजाता है। यहाँ बजती है। घंटी सुनने पर यह बटन दबाओ, पूछो, कौन है? फिर यह 'सुनो' का बटन दबाओ। जवाब सुनकर, पूरा भरोसा करके ही यह तीसरा बटन दबाओ। तभी बाहर का दरवाजा खुलेगा, वरना नहीं। और यह घरवाला दरवाजा भी बन्द रखना। बस, कोई अन्दर नहीं आ पाएगा।"

"और जो कोई जबरदस्ती भीतर घुसकर मुझे मार दे, तो?"

"अब उसमें कोई क्या कर सकता है।" उसने कहा और बाहर चला गया।

यानी नहीं सुनेगा। कोई कुछ नहीं सुनेगा। उन्हें दिखलाई देता है पर वे देखते नहीं। वे सुन सकते हैं पर सुनते नहीं।

इस बात को पन्द्रह दिन बीत चले थे। अब भी रात को नींद मुश्किल से आती थी। तीन-चार रातें बीत जाने पर एक रात बेहोश भले बीत जाती हो पर अपनी मर्जी की नींद न पाने का मलाल मन में बना रहता था।

उसने बैठक के दरवाजे से परदा हटा दिया। बाहर की हरियाली ने मन मोह लिया। साबुन के झाग से हल्के, सफेद बादल नीचे आसमान पर छिटक रहे थे। उसने शीशे और जाली के, दोनों दरवाजे खोल दिए और चाय का प्याला थामे बाहर बालकनी में निकल आई। ताजी हवा में चाय की चुस्कियाँ भरना कितना अच्छा लगता है। सर्दियों के मौसम में वह थर्मस में चाय डालकर स्कूल ले जाती थी। आधी छुट्टी में बाहर बगीचे में बैठकर पीने का आनन्द सारी थकान हर लेता था।

अचानक पूरा समाँ कानफोड़ू शोर से भर गया। यह इनका सुबह का शोर है। चेहरे पर पट्टी बाँधे, दो नौजवान बड़ी-बड़ी मशीनों से बाहर के पेड़ और झाड़ियों पर कीटनाशक दवा डाल रहे थे। एक दूसरी मशीन बाड़ की छँटाई कर रही थी। यहाँ सड़क पर मोटर गाड़ियों का हार्न बजाने की मनाही है पर घर के ठीक सामने मशीनों का धड़ड़-धड़ड़ शोर सफाई और सेहत की निशानी है। अभी कान इस शोर के अभ्यस्त नहीं हुए थे कि दाएँ घर में कपड़ा धुलाई और बर्तन सफाई की मशीनें एक साथ चल पड़ीं और बाएँ घर में टी.वी., बचाओ-बचाओ की चिल्लपों मचाने लगा।

"दरवाजा बन्द करो, माँ।" देखा सुधीर पीछे खड़ा था।

उसे अच्छा लगा। बहरा नहीं है उसका बेटा। सुनता है।

"सारा केमिकल अन्दर आएगा। देख नहीं रहीं, उन्होंने मास्क पहना हुआ है?"

"अच्छा, ये रोज-रोज केमिकल क्यों छिड़कते हैं? मैंने तो पढ़ा था, आजकल अमेरिकन सतर्क हो गए हैं।" उसने गुस्से से कहा।

"उसमें मैं क्या कर सकता हूँ।"

"क्यों, तू अमेरिकन नहीं है?"

"हूँ, तो! सरकार मैं नहीं चलाता।"

"क्यों, तू वोट नहीं डालेगा?"

"ओ माँ, वोट तो तुम भी डालती हो हिन्दुस्तान में। सरकार तुमसे पूछकर काम करती है क्या?"

करती तो नहीं, ठीक कह रहा है सुधीर। उसने स्वीकार में सिर झुकाया ही था कि भीतर गुस्सा फनफना उठा।

"यह जो रात-भर सिर पर पैर पटकता है, उसका भी तू कुछ नहीं कर सकता।" उसने कहा।

"नहीं, हमें उससे कुछ लेना-देना नहीं है।"

लो, यह क्या बात हुई। ऐसे हथियार डालकर रहो तो हो लिया। उसकी शादी हुई थी तो सास-ससुर ने नौकरी छोड़ने पर कितना जोर दिया था। कितने ताने-तिश्ने सहे पर नौकरी नहीं छोड़ी। बाद में सबने राहत महसूस की, विवेक चला गया पर चलो नौकरी तो है। सारी उम्र वह गर्मी की छुट्टियों में भी घर नहीं बैठी। गरीब बच्चों को या बड़े-बूढ़ों को पढ़ाने का काम पकड़ लेती थी। इस बरस तो खैर...

"तुम्हारी छुट्टियाँ कब तक हैं?" उसने सुना, सुधीर पूछ रहा था।

"छुट्टियाँ?" अचकचाकर उसने दोहराया।

"हाँ, कब का टिकट करवाना है?"

"टिकट?"

"वापसी का टिकट। स्कूल कब खुल रहा है? आठ जुलाई को या पन्द्रह को?"

"तारीखें खूब याद हैं तुम्हें।" उसने बुदबुद की।

समझ नहीं आ रहा था, एकदम क्या कहे। अभी तक उसे बतलाया नहीं था कि इस बरस वह रिटायर हो गई है। नहीं जानती आगे क्या करेगी। बेटा वहीं हिन्दुस्तान में होता तो...पर नहीं है। वापस लौटकर आ रहा होता तो...पर नहीं आ रहा। अमेरिकन बन चुका है।

क्या कहे अपने इस अमेरिकन बेटे से? यह कि उसका कोई ठौर नहीं है, अब यहीं रहना पड़ेगा...नामुमकिन। कहे कि जब वह चाहेगा, लौट जाएगी, स्कूल नहीं जाना...नहीं, तब भी भिखारी-सा महसूस करेगी वह।

"बोलो, भाई," सुधीर ने कहा, "मैं हफ्ते-भर के लिए बाहर जा रहा हूँ, टिकट पहले करा देता तो..."

"कहाँ जा रहा है?" उसने चौंककर कहा।

"उससे क्या फर्क पड़ता है?"

"कब?"

"शाम को।"

"आज ही?"

"हाँ।"

"पहले नहीं बतलाया?"

"पहले बतलाने से क्या करतीं?"

"कुछ नहीं।" खुद अपना जवाब उसने तमाचे की तरह अपने मुँह पर दे मारा, कहा, "कल का करा दे मेरा टिकट।"

"कल का?" अब अचकचाने की बारी सुधीर की थी—"कल एयरपोर्ट कैसे जाओगी? मैं तो हूँगा नहीं।"

"तो हफ्ते बाद का करा दे।"

"आज दस है, पच्चीस का करा देता हूँ।"

"नहीं, बीस जून का। मुझे बहुत काम है वहाँ। कोर्स बदल गया है, तैयारी करनी है।"

"तो पहले कहतीं। अब जिस दिन का मिलेगा, उसी दिन का तो करवाऊँगा।"

"मुझे हर हाल में बाईस जून को दिल्ली पहुँचना है।"

"टिकट करवाना क्या मेरे हाथ में है?" सुधीर ने बिफरकर कहा।

"हश! धीरे। शोर नहीं। लोग सुनेंगे तो क्या सोचेंगे?"

"कोई नहीं सुनेगा। कोई कुछ नहीं सुनता यहाँ," सुधीर जोर से बोला और बाहर चला गया।

वह हँस पड़ी। चलो, लड़का अपने खोल से बाहर तो निकला।

पर ज्यादा देर हँसी टिकी नहीं। भविष्य की भयावह अनिश्चितता ने पेट में घबराहट का गोला उठा दिया। वह धम से कुर्सी पर बैठ गई। हिन्दुस्तान लौटकर कहाँ जाएगी, क्या करेगी? नौकरी गई। प्रोविडेंट फंड की सारी जमा-पूँजी सुधीर को अमेरिका भेजते वक्त निकाल ली थी। तभी न उसके टिकट का जुगाड़ हो पाया था। दिल्ली का घर, ससुर ने मरते वक्त देवर के नाम पर कर दिया था। कहा था, सुधीर अमेरिका में लाखों में खेल रहा है, ऐसे दस घर खरीद सकता है। सुधीर ने उसके लिए यहाँ आने का टिकट भेजा था तो देवर-देवरानी ने साफ कह दिया था—"जा रही हो तो अब वहीं बेटे के पास रहना। सारी जमा-पूँजी खर्च करके वहाँ भेजा, अच्छा कमा-खा रहा है, उसका भी कोई फर्ज बनता है। अपने पास रखे या दिल्ली में घर खरीद दे। इस छोटे से घर में कब तक इतने लोग रुलते रहेंगे। हमारा बेटा भी ब्याहने लायक हुआ।"

ख्वामख्वाह वह सुधीर के सामने अकड़ दिखलाने चली। बाईस जून को जरूर दिल्ली वापस पहुँचना है, खाक। साफ कह देना चाहिए था, मेरी नौकरी खत्म, अब माँ का बोझ तुझे उठाना है। महीने के महीने रुपये भेजा कर मुझे। उसकी सास कितने ठसके के साथ विवेक और देवर विनीत से पैसे माँगा करती थीं। हक जमा कर। ठीक भी है, आखिर माँ थीं उनकी। वह भी माँ है सुधीर की। सारी उम्र इसी लड़के की जरूरतें पूरी करते बिताई है। माँ-बाप के लाख जोर देने पर भी दूसरी शादी नहीं की। प्रोविडेंट फंड का तमाम रुपया इसके हाथ पर रख दिया। अब इसका भी कोई कर्तव्य है माँ के प्रति। ठीक है, लौटकर आएगा तो साफ कह देगी, दिल्ली में उसके नाम बैंक में रुपया जमा करे, महीने के महीने सूद मिलेगा तो घर खर्च के अलावा बचत भी कर लेगी। अरे यहाँ के हजार

डॉलर, वहाँ तीस हजार रुपये होते हैं, तीस हजार डॉलर में सारी उम्र कट जाएगी उसकी। इतना तो यहाँ इस छोटे से घर का, चार महीने का किराया देता है सुधीर।

आने दो लौटकर, साफ बात करेगी इस बार। जरूर। पक्का!

रात बिस्तर पर लेटी तो आँखों में नींद का नामोनिशाँ नहीं था। सुधीर से पैसे माँगने की बात सोचकर दिल डूबने लगता था। न माँगने का फैसला करती तो जिन्दगी का अगला सफर तय करने का खयाल, पिस्तौल-सा सीने पर तन जाता! नसों का तनाव इतना कि तनिक-सी आहट पर सिर फटने लगे और नींद कोसों दूर। अशान्त मन, वह हठ करके नींद का आह्वान कर रही थी कि हर रात की तरह, छत पर आते-जाते कदमों की धमक शुरू हो गई। तार-तार हुई नसों से आज आघात बर्दाश्त नहीं हुआ। गुस्से से उफनकर उठी और सुधीर का टेनिस का बल्ला उठाकर तीन बार जोर से छत पर दे मारा। क्षण भर को सन्नाटा हो गया। उसने फिर बल्ला छत पर बजाया, इस बार रुक-रुककर तीन बार...शोर मत करो।

क्षण भर के अन्तराल के बाद ऊपर से जवाब आया।

ठक-ठक-ठक, ठक...ठक...ठक। बिलकुल उसकी नकल करते हुए किसी ने ऊपर फर्श पर आघात किया था। तीन बार जल्दी-जल्दी, फिर तीन बार रुक-रुककर।

चकित-सी वह बैठी रही। सचमुच एक लय में कुछ बजा था ऊपर, या मात्र उसका भ्रम था?

उसने फिर बल्ला सँभाला और इस बार दो दफा ठक-ठक की।

ऊपर भी दो दफा ठक-ठक हुई।

उसने फिर तीन ताल में छत पर आवाज दी। तीन बार जल्दी-जल्दी, फिर तीन बार रुक-रुककर।

ऊपर बाकायदा प्रतिध्वनि हुई।

वह दम साध चुप्पी लगाकर लेट गई।

ऊपर कुछ देर चुप्पी रही फिर धीमे से टोह लेती दो ठक-ठक हुईं।

वह उठकर बैठ गई, बल्ला उठाया और छत पर यूँ बजाने लगी जैसे लोरी गा रही हो। दो बार ठक...विराम...दो बार ठक...फिर विराम...फिर दो बार ठक-ठक...

ऊपर एक ठक हुई।

उसने बल्ले को हल्के हाथ से समापन की तरह पूरी छत पर घुमा दिया। सो जाओ।

ऊपर चुप्पी छा गई।

कोई बैठा, उठा, लेटा और...सो गया? शायद। हो सकता है वह खुद सो गई हो और ऊपरवाला दोबारा चहलकदमी करने लगा हो।

अगली सुबह मन शान्त था, बदन चुस्त। ऊपर से नीचे तक घर की सफाई कर डाली, जैसे कोई मेहमान आनेवाला है। लौटने पर सुधीर को घर साफ-सुथरा मिलेगा तो खुश होगा। होगा? ध्यान जाएगा उधर? गन्दा होने पर दिखता हो तो साफ होने पर भी दीखे, जरूरी नहीं है। न सही। उसे करना था, कर दिया।

काम खत्म करके चाय पीने बैठी तो रात के खयाल ने आ घेरा। देखो आज रात क्या होता है? मान लो, उसके चहलकदमी शुरू करने से पहले ही नलिनी छत पर दस्तक दे दे? क्या करेगा तब ऊपरवाला?

हल्का खाना खाकर नौ बजे अपने कमरे में पहुँच गई और बल्ला उठा लिया। आज पहल उसकी रहेगी। छत पर दस्तक दी, तीन बार जल्दी-जल्दी, फिर रुक-रुककर तीन बार। फिर साँस रोककर जवाब का इन्तजार करने लगी।

कुछ देर चुप्पी रही, फिर जवाब बज उठा।

नलिनी ने दो बार बल्ला बजाया।

ऊपर भी दो बार बजा।

कैसे हो?

अच्छा हूँ।

नलिनी ने तर्जुमा किया और करती गई।

तीन बार...खाना खा लिया?

ऊपर तीन बार...कबका। तुमने खाया?

दो बार...अकेले हो?

ऊपर दो बार...हाँ, तुम?

अब नहीं।

मैं भी।

हाँ! अब तुम हो।

और? क्या किया आज?

घर साफ कर डाला।

मिलो न एक दिन।

कब?

कल।

अच्छा, देखूँगी।

जरूर मिलना।

धीमे-धीमे दो बार..गुड नाइट।

दो बार...गुड नाइट।

उसने आँखें बन्द कर लीं। दिन भर की थकान नींद लाने लगी।

सहसा आँख खुल गई। ठक-ठक की आवाज सुन पड़ी। शायद ऊपरवाला कुछ कह रहा था। वह उठकर बैठ गई। ध्यान देकर सुनने लगी। ऊपर से आ रही आवाज फट-फट एक सुर में बजती रही। हर रात की तरह ऊपरवाला इधर से उधर चहलकदमी कर रहा था।

कुछ देर वह स्तब्ध बैठी रही, फिर बल्ला उठाकर पूरी ताकत के साथ छत पर दे मारा। चहलकदमी तुरन्त रुक गई।

हाँफती-सी वह लेट गई।

चहलकदमी दोबारा शुरू हो गई।

वह झपटकर कुर्सी पर चढ़ी और छत के करीब पहुँच गई। हथेलियों के बीच मुँह थामकर चिल्लाई, "बन्द करो।"

उसे लगा किसी ने कहा, सॉरी। उसने बल्ला उठाया और कुर्सी पर खड़ी-खड़ी छत पर थपकियाँ देने लगी। धीमी-धीमी, दुलारती, सुलाती, हल्की-हल्की थपकनें।

सुबह आँख खुली तो अपने को कुर्सी पर तुड़े-मुड़े पसरे पाया। बदन अकड़ा पड़ा था, सिर भारी था और मन गुस्से से उबल रहा था। बहुत सह लिया। आज ऊपर जाकर दो टूक बात करेगी। मतलब क्या है, सारी-सारी रात सिर पर

चहलकदमी करने का? ऐसी कौन-सी मुसीबत है जो न उसे चैन से सोने देती है न दूसरों को, कुछ पता तो चले।

दो प्याले चाय पीकर दिमाग दुरुस्त हुआ तो गुस्से के बजाय डर से मन पिनपिनाने लगा। पता नहीं किस किस्म का आदमी है ऊपरवाला, कौन जाने पागल हो। सामने दिखे तो उठकर गला टीप दे। कोई सयाना भलामानुस तो रात-रात-भर पैर पटकता डोलता-फिरता नहीं। आदमी दो रात न सोए तो पगला जाए। नीम पागल तो होगा ही होगा। कौन जाने ड्रग खाता हो या पक्का शराबी हो। रात-भर गिलास भरकर उड़ेलने के लिए ही डोलता फिरता हो। नलिनी ने ठक-ठक की तो उसने भी नकल उतारकर रख दी। शराबी का क्या भरोसा, तरंग में जो कर बैठे, थोड़ा। सुना नहीं, भाँग खाकर लोग हँसना शुरू कर देते हैं तो हँसते जाते हैं, रोना शुरू करते हैं तो रोते चले जाते हैं। यह चहलकदमी करता होगा। सूझ गई तो बेंत ठकठकाने लगा।

पर...वैसे नहीं ठकठकाई। बराबर जुगलबन्दी करता था। होगा, उसे क्या? मौज में आ गया होगा। दिन-दहाड़े जाएगी तो कहेगा, मेरी प्राइवेसी में दखल क्यों दे रही हो? रात के नशे के बाद सिर यूँ ही फट रहा होगा। न भी हो तो सारा दिन घर पर थोड़ा बैठा रहता होगा। कभी कोई आवाज नहीं सुनी...होगा। सुधीर ठीक कहता है, वह इस-उस घर का शोर सुनने क्यों जाती है? बस, आज रात कोई ठक-ठक नहीं। किया करे अपनी चहलकदमी।

घर बन्द करके वह पैदल घूमने निकल पड़ी। खूब लम्बा चक्कर लगाया। यहाँ की साफ चौड़ी सड़कों के किनारे घूमना अच्छा लगता है। पैदल पथ पर चाहे जितनी दूर निकल लो, न धूल, न मिट्टी। यातायात का खयाल जरूर रखना पड़ता है पर कुछ दिनों में ठहरो का संकेत देखकर पैर अनायास रुक जाते हैं और चलो का संकेत आने पर मशीनी ढंग से खुद सड़क पार कर जाते हैं। दो-तीन मील घूम आएगी तो रात में नींद खुद-ब-खुद आ जाएगी। फिर सिर पर कोई चले या फुटबॉल खेले, उसकी बला से।

यही हुआ। तकिये पर सिर डालते ही झपकी आने लगी।

तभी छत पर दस्तक हुई। ठक-ठक-ठक...ठक...ठक...ठक! फिर शुरू हो गया मरदूद। वह उठकर बैठ गई। ऊपर चुप्पी छाई रही जैसे कोई जवाब का

इन्तजार कर रहा हो। क्या बकवास है। जरूर सपना देखा होगा। लेटने लगी तो फिर वही तीन ताल की ठक-ठक सुनाई पड़ी। तीन बार जल्दी-जल्दी, फिर रुक-रुककर तीन बार। माफी माँगती-सी थापें, झिझक-भरी। बिना सोच-विचार किए, अनायास उसने जवाब दे डाला।

ठक-ठक-ठक, ठक...ठक...ठक।

ऊपर दो बार जवाब चल निकले और साथ-साथ नलिनी के भीतर तर्जुमा भी होता गया।

"अच्छी हो?"

"हाँ, तुम?"

"कल नींद अच्छी आई।"

"सच, सो गए थे?"

"हाँ, तुम?"

"बाद में।"

"वेरी सॉरी।"

"ठीक है।"

"सो रही थीं?"

"हाँ, सोई थी।"

"तंग किया?"

"नहीं तो।"

"और कुछ कहो।"

"अब मत चलना।"

"तब क्या करूँ?"

"सोओ, भटको मत।"

"नींद न आए तो?"

"थपकी दूँ कल जैसी?"

"हाँ, कल जैसी थपकी।"

वह उठी, अलमारी से लम्बी छड़वाला ब्रश निकाला और बिस्तर पर लेटे-लेटे छत पर थपकियाँ देने लगी और...देते-देते सो गई।

अगली दो रात वही खेल चलता रहा। दोनों बार शुरुआत ऊपर से हुई। दिन होने पर नलिनी सोचती, आज ऊपर जाकर जरूर उससे मिलेगी पर जाते-जाते झिझक जाती। आने को तो वह भी आ सकता था, उससे मिलने, नीचे। पर वह जानता नहीं होगा, वह हफ्ते भर की मेहमान थी। पाँच-सात दिनों में हिन्दुस्तान वापस लौट जाएगी। फिर भी झिझक गई नहीं। हाँ, नीचे लॉबी में जाकर किरायेदारों की सूची में, अपने 204 नम्बर के फ्लैट से मिलान करके 304 में रहनेवाले का नाम जरूर देख आई। राबर्ट पेन। उतने से ही सन्तुष्ट होना पड़ा। अब उम्र, काम या शक्ल-सूरत का ब्यौरा तो वहाँ लिखा नहीं था। कुछ देर बजर के सामने अनिश्चित-सी खड़ी रही फिर लौट आई। दरअसल अपने कमरे से ऊपर कमरे तक जाने के लिए उसे बाहर का दरवाजा खुलवाने की जरूरत नहीं थी, पर पहले से आगाह कर देना जरूरी था। वरना न जाने कितनी देर दरवाजा खटखटाते रहना पड़े और खुलने पर...

जाने दो। ऐसे ही चलने दो। सामने जाते कैसा तो डर लगता है।

उस रात किताब लेकर बिस्तर पर लेटी तो छड़वाला ब्रश पास रखा था। दो-चार पन्ने पढ़े पर खास कुछ ग्रहण नहीं कर पाई, कान ऊपर लगे रहे। किताब किसी एक पन्ने पर खुली रह गई।

शायद वह जल्दी लेट गई थी। घड़ी देखी, साढ़े नौ। वक्त भी माकूल था। फिर? काफी देर इन्तजार किया पर ऊपर कोई आहट नहीं हुई। न दस्तक, न पदचाप।

आखिर उसने ब्रश उठाया और पहल कर दी। तीन बार जल्दी-जल्दी, फिर रुक-रुककर तीन बार।

कोई जवाब नहीं।

ठहरकर, दो बार ठक-ठक।

कुछ नहीं।

जल्दी-जल्दी। बार-बार।

सन्नाटा।

वह घबराकर उठी, खड़ी हुई। कहीं कुछ गड़बड़ थी। सोचने-विचारने में समय बर्बाद किए बगैर उसने अपनी चाबी उठाई और लिफ्ट लेकर, ऊपर 304 पर जा पहुँची। देर तक दरवाजा खटखटाती रही। कोई जवाब नहीं। दरवाजे पर धक्के मारे। कोई असर नहीं। ताला लगा था। भीतर से बन्द है या बाहर से बन्द करके आदमी कहीं गया है, इन मकानों में पता नहीं चलता। हो सकता है बाहर गया हो। जरूरी तो नहीं कि हर रात घर में घुसा रहता हो, उसने अपने को फटकारा। पर नीचे जाने से रुक नहीं पाई। नीचे जाकर उसने 304 का बजर बजाया। कोई जवाब नहीं। अपने खास अन्दाज में बजाया। तीन बार जल्दी-जल्दी, फिर रुक-रुककर तीन बार।

कुछ नहीं।

वह वापस अपने घर पहुँची, छड़ उठाकर देर तक छत पर ठक-ठक करती रही। जोर-जोर से।

कुछ नहीं।

बाहर गया होगा...पर पिछले पन्द्रह-बीस दिनों में एक रात भी बाहर नहीं रहा...उसे क्या पता...पता है, हर रात कदमों की आहट सुनाई देती थी...किसी रात न आई हो तो उसने कौन-सा खाते में दर्ज कर रखा था...आई थी, हर रात आई थी, आज का सन्नाटा पिछली किसी रात नहीं रहा था।

वह वापस नीचे उतर आई। 306 नम्बर के फ्लैट का बजर दबाया।

आवाज आई, "हाँ?"

"आपके बराबर 304 में राबर्ट पेन हैं, उन्हें कुछ हो गया है।"

"तो मैं क्या करूँ? अपार्टमेंट इमरजेन्सी को फोन कीजिए।"

"नम्बर?"

पर उसने बटन छोड़ दिया था।

उसने दोबारा बजर दबाया, कहा, "इमरजेन्सी का नम्बर?"

"उफ! तंग मत करो..."

उसका वाक्य पूरा होने से पहले ही 306 ने अपनी बात कही और बटन छोड़ दिया।

उसने 302 का बजर दबाया।

"हाँ?" कोई औरत थी।

"प्लीज, अपार्टमेंट इमरजेंसी का नम्बर बतलाइए।"

"शिट! आप कौन हैं?"

"आपके बराबर 304 में कुछ गड़बड़ है।"

"शिट! 768-3804"

"768-38...? आगे? प्लीज दोबारा बतलाइए।"

कोई जवाब नहीं मिला।

वह वापस अपने फ्लैट में आ गई। आपरेटर से पूछेगी। न हुआ तो 911 पर पुलिस को फोन कर देगी। जो होगा देखा जाएगा। फोन उठाया तो देखा उसके ऊपर अपार्टमेंट इमरजेंसी का नम्बर लिखा हुआ था। शुक्रिया, सुधीर। काँपते हाथों से उसने नम्बर मिला लिया।

"हाँ?"

"304 में कुछ हो गया है।"

"क्या?"

"वे दरवाजा नहीं खोल रहे।"

"बाहर गए होंगे।"

"नहीं, उन्होंने कहा था, मिलेंगे।"

"आप कौन?"

"मैं 204 में रहती हूँ।"

"रात में मिलने को कहा था?"

"जी।"

"कब?"

"कल रात।"

"खूब।"

"आपके पास चाबी होगी। दरवाजा खोलकर देखिए।"

"ठहरिए। पहले फोन करके देख लूँ।"

"प्लीज...जल्दी।"

"फोन बज रहा है...आन्सरिंग मशीन भी नहीं है। मैं आता हूँ।"

वह दौड़कर 304 के सामने जा पहुँची। थोड़ी देर में एक बीसेक साल का लड़का टहलता हुआ आया। च्यूइंगम चुभलाते हुए उसने उसे सिर से पाँव तक घूरा, भौंह ऊपर उठाई और पूछा, "आपने फोन किया था?" आवाज और हावभाव से हिकारत और हँसी फूट रही थी—ये बूढ़ी औरतें!

"जी!" उसने कहा।

"ये हजरत कितने बूढ़े हैं?" लड़के ने पूछा।

नलिनी ने जवाब नहीं दिया। जानती नहीं थी तो देती कैसे? हाँ, अपनी सबसे खनकदार, दबंग, टीचरनुमा आवाज में शुद्ध अँग्रेजी उच्चारण के साथ इतना जरूर कहा, "दरवाजा खोलो फौरन।"

लड़के के चेहरे से हिकारत पुँछ गई। उसने दरवाजा खोल दिया।

कमरे के बीचोबीच, कोट-पैंट और टाई में लैस, एक बूढ़ा आदमी, घिसेपिटे कालीन पर बेहोश पड़ा हुआ था।

शिट, कहकर लड़का एकदम हरकत में आ गया। ताबड़तोड़ फोन करने लगा।

नलिनी राबर्ट के बराबर फर्श पर बैठ गई। ढीला हाथ उठाकर नाड़ी देखी, मन्थर गति से चल रही थी। उसने टाई की गाँठ खोलकर अलग कर दी, कमीज के बटन खोल दिए, पैंट ढीला कर दिया। झुककर अपनी साँस उसके फेफड़ों में भरने लगी। टीचर होने के नाते प्राथमिक चिकित्सा देनी सीखी थी। कुछ अपना शौक भी था।

"राबर्ट पेन...वह पागल आदमी...मर गया।" उसने सुना, लड़का फोन पर कह रहा था।

"नहीं।" मुँह उठाकर उसने कहा।

"मरा नहीं?"

"नहीं, पगलाया भी नहीं।" उसने कहा और वापस अपने काम में जुट गई।

दस मिनट के भीतर वहाँ एम्बुलैंस, स्ट्रेचर, पारामैडिक, पुलिसवाला सब मौजूद थे।

"श्रीमती जी, आपने इन्हें बचा लिया।" डॉक्टरनुमा लड़का कह रहा था।

वे लोग उसे अस्पताल ले गए।

"तुमने उन्हें पागल क्यों कहा था?" नलिनी ने अपार्टमेंटवाले लड़के से पूछा।

"सॉरी। पर है वह पागल। सठियाया बूढ़ा। ओल्ड होम में जाने को तैयार नहीं है। अकेले घर में बन्द रहता है और रात-रात-भर चलता है। हमारे पास शिकायतें आती रहती थीं। पहले 204 में एक अमेरिकन रहते थे, उन्होंने इसे निकलवाने का नोटिस दिलवा दिया था। फिर वे चले गए और कोई हिन्दुस्तानी आ गया। शिकायत आनी बन्द हो गई। पर आप...?"

"मैं 204 की माँ हूँ।" वह हँस पड़ी—"बूढ़ों के घर जाने को मैं भी तैयार नहीं, पर मैं पागल नहीं हूँ और न राबर्ट हैं।"

"सॉरी लेडी!"

"पागल नहीं, बस अकेले। और अँधेरे से डरे हुए।" उसने कहा।

अगले दो दिन काउंटी अस्पताल आते-जाते बीते। राबर्ट को लकवे का दौरा पड़ा था। दो दिन बाद होश आ गया। उसने आँखें खोलीं तो नलिनी सामने बैठी थी। राबर्ट ने उसे देखा तक नहीं, पहचानता तो खैर कैसे।

"राबर्ट!" उसने पुकारा।

उस पर कोई प्रतिक्रिया नहीं हुई। चेहरा वैसा ही भावहीन, पत्थर बना रहा। आँखें निचाट सूनी, देखकर भी न देखती हुई। आवाज सुनकर भी न सुनती हुई।

नलिनी ने अपने पर्स से पतला कंघा निकाला और उसके बिस्तर से सटी मेज पर बजाया। ठक-ठक-ठक, ठक...ठक...ठक...। तीन बार जल्दी-जल्दी फिर रुक-रुककर तीन बार।

उसकी आँखों में पहचान कौंध गई। चादर पर पड़ा कृश हाथ उठा और दूसरे हाथ को थपकने लगा। थप-थप-थप, थप...थप...थप।

नलिनी ने मेज पर कंघे से दो बार ठक-ठक की, धीमे सुर में संगत करते हुए कहा, "राबर्ट राबर्ट!"

राबर्ट ने भी दो बार थप-थप की।

संगत नलिनी ने ही की, "न-लि-नी...न-लि-नी," उसने एक-एक अक्षर अलग उच्चारित करते हुए कहा। फिर स्वयं ठक-ठक करके अँग्रेजी में बोली,

"कैसे हो?"

राबर्ट ने सधे हाथ से थपकन दी।

नलिनी ने ठक-ठक के साथ कहा, "मुझे परवाह है।"

राबर्ट का चेहरा पसीजता मालूम पड़ा, हाथों की थपकन के साथ होठ हल्के से काँपे। नलिनी ने दो बार ठक-ठक की और कहा "मैं हूँ।"

राबर्ट थपकी देना भूल गया। पहचान-भरी नजर से उसे देखता रहा।

नलिनी ने उसका तकिया थपथपाया, मेज सँवारी, चादर ठीक की और... मिलने का समय पूरा हो गया था। वह उठकर खड़ी हो गई। चलते-चलते ठक-ठक की, कहा, "फिर आऊँगी।"

राबर्ट ने हाथ से थपकी दी, होठ कुछ बुदबुदाए। शायद उसने कहा, "अपना खयाल रखना।"

रेल और बस बदलकर रात घिरने पर घर पहुँची तो बैठक में चहलकदमी करता सुधीर बिफर पड़ा—"कहाँ चली गई थीं? मैं पुलिस को खबर करनेवाला था।"

"मुझे याद ही नहीं रहा, तू आज लौटनेवाला है।" उसने कहा और सीधी अपने कमरे में जाकर लेट गई।

सुधीर ने उसकी प्राइवेसी की लाज नहीं रखी। धड़धड़ाता हुआ भीतर घुस आया। बोला, "खाना नहीं खाना?"

"नहीं, सैंडविच खा ली थी।"

"कुछ बनाया नहीं?"

"नहीं।"

पल भर सुधीर अकबकाया-सा खड़ा रहा फिर बोला, "तुम्हारा टिकट और यह दो सौ डॉलर।"

नलिनी ने डॉलर ले लिए, टिकट पर तारीख देखी और वापस करते हुए कहा, "इसे बदलवाकर पन्द्रह दिन बाद का करवा दे। मुझे ठहरना पड़ेगा।"

"क्यों?"

"काम है।"

सुधीर अपने में गर्क था, उसका जवाब नहीं सुना, अपनी बात कही—"मैं शादी कर रहा हूँ।"

वह उठकर बैठ गई। "मुबारक!" उसने कहा।

"अमेरिकन लड़की है।"

"बहुत अच्छा है।"

"वह चाहती है शादी चर्च में हो।"

"शादी तो शादी है, कहीं भी हो।"

"वह रेडक्रॉस में काम करती है।"

"वाह, बहुत बढ़िया है।"

"तुम्हें कोई आपत्ति नहीं है?"

"नहीं, आपत्ति क्यों होगी?"

"शादी में आओगी?"

"बुलाएगा तो क्यों नहीं आऊँगी?"

"तो अगले हफ्ते कर लूँ?"

"जरूर।"

"तुम्हारा टिकट...?"

"पन्द्रह दिन बाद का करवा दे।"

"पर माँ, हम तो हनीमून पर चले जाएँगे।"

"चले जाना। मैंने कहा न, मुझे यहाँ काम है।"

"क्या काम है?"

नलिनी मुस्करा दी—"प्राइवेसी भी कोई चीज होती है, सुधीर!" उसने कहा। फिर कुछ रुककर बोली, "चाय पीएगा? मैं बना रही हूँ अपने लिए।"

सुधीर उसके पीछे रसोई में आ गया।

चाय की महक से तरोताजा होकर नलिनी ने कहा, "हो सके तो वापस लौटने से पहले एक बार तेरी बीवी से मिलना चाहूँगी।"

उसे लग रहा था, पूरी बात समझाकर कहेगी तो उसके चले जाने के बाद, वह अमेरिकन लड़की राबर्ट की खोज-खबर जरूर रख लेगी।

"तुम ठहरो न, माँ!" सुधीर ने कहा, "हम लौट आएँ तब चली जाना। तुम्हारा स्कूल..."

"पन्द्रह जुलाई तक पहुँच जाऊँ तो चलेगा।"

हिन्दुस्तान वापस लौटकर कोई काम देख लेगी। सुधीर से पैसे माँगना नामुमकिन है। थोड़े-बहुत जेवर हैं उसके पास। कुछ न हुआ तो उन्हें बेचकर कोई छोटा-मोटा धन्धा शुरू कर लेगी। कपड़े सीने का, खाना बनाकर दफ्तरों में टिफिन भेजने का, कुछ भी। एक बार हिम्मत कर ले तो बहुत कुछ कर सकती है औरत।

"माँ!" उसने सुना, सुधीर कह रहा था—"सोचता हूँ कुछ डॉलर हिन्दुस्तान में इन्वेस्ट कर दूँ। इम्पोर्ट-एक्सपोर्ट में बहुत पैसा है। उधर का तुम सँभाल सकती हो, इधर का मैं। अब यहाँ तो पैसा बचेगा नहीं...ये अमेरिकन लड़कियाँ, मेरा मतलब खर्च होता ही है अच्छी तरह जीने में...कभी मैं हिन्दुस्तान आने लगूँ तो... मेरा मतलब कुछ सुरक्षा तो हो..."

नलिनी ने प्यार से सुधीर का चेहरा परखा। तो अकेलेपन और अँधेरे का खौफ राबर्ट और नलिनी को ही नहीं, औरों को भी है।

"फिक्र मत कर!" उसने मेज पर रखे उसके हाथ पर थपकी देते हुए कहा, "मैं हूँ न!"

□□□